ちくま学芸文庫

解説 百人一首

橋本 武

JN287178

筑摩書房

目次

本書は一九七四年十一月、日栄社より刊行された。

解説　百人一首

序

遠藤周作

私が灘中（今の灘高）の悪戯小僧だった頃、もっともこわい何人かの先生のなかに橋本先生がおられた。

先生は当時、灘中にこられて間もなかったと思う。色黒く、大きな眼鏡をかけておられて、ワルさをすると、拳でコツンと叩かれる。そのコツンが、非常に痛かったのである。私は先生に一年間教えて頂いただけであるが、卒業後もコツンの痛さと先生の色の黒いお顔は忘れることができなかった。そして歳月がながれ、東京で開かれた灘の同窓会で先生に再会した時は、先生の黒い髪は銀髪に変り、私も頭がはげかかっていた。

あのコツンは痛うございましたと申しあげると先生は笑って、空手の練習をしていたと答えられた。驚いたことには、先生、ちかごろ、宝塚の歌劇に熱中していられるとか。その先生が「百人一首」の本を書かれた。ユニークな解説あり、イラストありの、たいへん楽しい本である。灘を愛し、宝塚を愛される橋本先生、万歳。

はしがき

私は長年、中学・高校の教師をつとめてきたが、百人一首の講義をしたことはただの一度もなかった。子供のころに遊んだ百人一首の歌がるたのイメージが残っているせいか、百人一首は味わい楽しみさえすればそれでよいと思っていたからである。それで、百人一首の歌が教材に出てきても、歌の講義はせずに、歌を暗誦させてかるた会をやることにした。私が〝教室かるた会〟をやりはじめてすでに二十年ほどになる。時間担当の関係で、毎年三クラスから七クラスが、かるたを楽しんできた。

私がこういう時間を作っていることを知っておられる日栄社から、百人一首の解説書を書いてみないかというお勧めを受けたのは、今年のかるた会が終わったころであった。百人一首は古典の入門書として手ごろな本だから、解説書・学習参考書のたぐいは、枚挙にいとまのないほど出版されている。そういう中に、わが一書を加えることにためらいを感じもしたが、全く自由に、書きたいように書いてくれればよいということでもあったし、絵のかけない私が、絵のことでは片腕のように思っている永井文明君のイラストを、百首のすべてに挿入するという決定も見たので、私は実に楽しい気持ちで書きすすめることができた。

私は歌をじっと見つめ、何度も何度も朗唱しているうちに、頭の中に浮かんでくるイメージのままに文章にしていった。私は歌の作者と真剣に対話するつもりで書いた。私のイメージからさらに飛躍して、永井君が歌をイラスト化してくれた。手の届かないようなところにあると思われるイラストをじっと見つめていると、古代と現代、現実と幻想の織りなす不思議な情感の湧き起こってくるのが感じられて、私は実に楽しい。

また、私のこのささやかな本に、こころよく序文を寄せられた遠藤周作氏に感謝したい。氏は今や売れっ子の作家として、日本全国にその名を知らぬ者のない存在となられた。私は、この本の読者諸賢の一人一人の方々が、活躍の場は問わず、有名無名をも問わず、氏のような豊かな個性にめぐまれ、ユニークな業績をあげられんことを念願しつつ、氏への感謝の意としたい。

昭和四十九年十月

橋本　武

凡例

出典 勅撰集における原歌の所在巻数・部立・題詞・詞書・作品番号を示した。

語句 古文学習の便をはかり、注意すべき語句の意味に、文法上の説明をも加え、なるべく逐語訳を示すようにした。

歌意 原歌の用語に不即不離の姿勢をとりつつ、現代語として不自然なことばづかいにならないように留意した。

解説 作品からうけたイメージにもとづき、自由な立場で自由に書いたので、解説とは言いがたく、むしろ〝鑑賞〟とした方が適切だったかもしれない。読者諸賢それぞれの立場から、ご自身の〝解説〟なり〝鑑賞〟なりを引き出される手がかり、いわゆる〝叩き台〟となれば……と思っている。

余録 主として作者について述べ、時に、作者にまつわるエピソードなどを書きしるした。

1

秋の田の　かりほの庵《いほ》の　苫《とま》をあらみ
わが衣手《ころもで》は　露にぬれつつ

天《てん》智《じ》天《てん》皇《のう》

歌意　実りの秋の田に設けられた仮小屋――それはお粗末な苫ぶきなのだが、苫の編み目もあらいので、そこに籠《こ》もって番をしている私の衣の袖は、はげしい夜露にしとどに濡《ぬ》れて、まんじりともできないことである。

解説　この歌は百人一首の第一首として、人口に膾炙《かいしや》しているが、それだけの理由はあるので、いわゆる〝全句切れ〟〈句切れ無し〉のなだらかな声調と、「秋の田のかりほの庵の」と、最初の四つの文節を「の」音の脚韻としたこと、それに、それぞれのことばのもつ秋冷のわびしさが、労働の喜びを

出典　後撰集〈六〉秋中・題しらず・天智天皇御製（三〇二）

語句　▼**秋の田の**　この語は〝実りの秋〟を連想させる。陰暦だから、秋は七・八・九の三か月である。▼**かりほの庵の**　「かりほ」は〝仮《か》り庵《いほ》〟の縮約で、語調を整えるために意味を重複させて「かりほの庵」としたとする説と、「かりほ」は〝刈り穂〟で「仮り庵」と掛詞になり、刈り取った稲穂を収蔵する番小屋だとする説とある。▼**苫をあらみ**　「苫」は菅《すげ》・茅《ちがや》などをコモのように編んで、雨露風雨を防ぐためのもの。苫屋・苫舟・苫庇《とまびさし》などと用いられ

底深いところに揺曳《ようえい》させつつ、人の心にしみじみと伝わってくるところにあるのであろう。この歌は天智天皇の作ということになっているが、「万葉集」には見えない。万葉集にあって、この歌に近いのは「秋田刈るかりほを作りわが居れば衣手寒く露そ置きにける」〈二一七四〉であるが作者未詳である。万葉集のこの歌は、天皇などの高貴な人の作であろうはずはなく、無名の農民の労働歌で、民謡というにふさわしい。刈り取りの作業は、農作業の中では最も大切なもので、この作業のために仮小屋を作って、そこに寝

る。一般に「AをBみ」〈A=名詞、B=形容詞語幹〉の形のとき、「を」は間投助詞で詠嘆の意を含み、「み」は接尾語で理由を示し、AガBナノデの意を表し、〝AをBみ〟がそのまま連用語となる。ここでは「ぬれつつ」を修飾する。

▼わが衣手は露にぬれつつ

「衣手」は袖の意。「つつ」は反復・継続の意を示す接続助詞。衣ノ袖ガ露ワウケテ濡レッパナシノ状態ダという意。

起きしたことは、万葉集の他の歌にも見られる。刈り穂をいったん収蔵するためのもので、鳥獣などの害を防ぐ意味もあったのであろう。「山田守《も》るかりほの庵」〈新千載集・四七五〉という語もある。「万葉集」に見える「秋田刈る旅の庵《いほり》に時雨《しぐれ》降りわが袖濡れぬ乾《ほ》す人無しに」〈二二三五〉「秋田刈るかりほをつくり庵してあるらむ君を見むよしもがも」〈二二四八〉などに類する労働歌が、いつか天智天皇の作として伝えられ、「後撰集」〈九五一年撰進〉に採択されることになった。三百年ほどの時の流れがこのような変身をもたらしたわけで、天皇の作ということになれば、それは、農民の労苦をわがことのように思いやっての作となり、天智天皇を名君としてあがめる風潮が自然にしからしめたところであろう。定家もそれをそのまま承認して百人一首の第一首に据《す》えたのであろう。

余録 天智天皇（六二六〜六七一）は、大化の改新の推進力となった実力派の天皇で、大津宮遷都など、思い切った改革を試みている。その縁で、大津市に「近江《おうみ》神宮」が創建され（昭和一五年）、最近の百人一首ブームで、選手権試合の会場となっているが、これはいうならば〝瓢箪《ひょうたん》から駒《こま》〟のたぐいで、天皇も苦笑しておられるかも知れない。また、天皇は水時計の制作者ということで、六月十日が〝時の記念日〟とされ、当日は近江神宮で記念祭が行われる。

2

春すぎて　夏来にけらし　白妙の
衣《ころも》ほすてふ　天《あま》の香具《かぐ》山

持《じ》統《とう》天《てん》皇《のう》

歌意　春の季節が過ぎ去って、いよいよ夏の季節がやってきたらしい。純白の夏衣を乾《ほ》しひろげているという天の香具山――まことにさわやかではないか。

解説　春が過ぎて夏が来る――何の不思議もない、あたりまえのことではないかと、言ってしまえばそれまで。そのあたりまえのことを、「春すぎて夏来にけらし」と表現したところに、時の経過をはっきり意識してとらえていることを思わせる。いよいよ夏になったのだ、夏がやって来たのだと、躍動するような気持ちの張りを、「けらし」という推定の語で軽

出典　新古今集〈三〉夏・題しらず・持統天皇御歌（一七五）

語句　**▼春すぎて夏来にけらし**　陰暦だから「春」は一・二・三の三か月、「夏」は四・五・六の三か月。「来」は動詞カ変の連用形。「に」は完了の助動詞〝ぬ〟の連用形。「けらし」は過去推定の助動詞の終止形。もともと過去の連体形「ける」に、推定の「らし」が連なってつづまったもの。夏ガ来テシマッタラシイの意。**▼白妙の**　〝枕詞〟で、「衣・袂《たもと》・袖《そで》」など、また「雲・雪」など、白いものにかかる。「白妙」はもともと、楮《こうぞ》類の木の皮の繊維

くおさえて二句切れとした。二句切れは、重厚な五七調という、万葉の大きな特徴を示している。そうでありながら、「来にけらし」という過去推定、「白妙の」という枕詞、「てふ」という伝聞表現と、極めて当たりの柔らかな表現にしてしまってある。

第一首は、万葉集においては幻の歌だったが、この歌はれっきとして存在する。「天皇御製歌」として「春過而《すぎて》夏来良之《きたるらし》白妙能《の》衣乾有《ほしたり》天之香来山」〈二八〉とあり、両者の間に多少の辞句の異同がある。「来るらし→来にけらし」「衣ほしたり→衣ほすてふ」の差が、万葉調と新古今調とを分けているともみられ

で織った、純白でつやのある布をいう。　**▼衣ほすてふ**　「てふ」は「といふ」のつづまったもので、伝聞の意を示す。　**▼天の香具山**　歌枕〈古歌に詠みこまれた名所〉。畝傍《うねび》山・耳成《みみなし》山と共に、〝大和三山〟と称せられる。「香具山は畝火雄々《をを》しと耳梨と相《あひ》あらそひき神代よりかくにあるらしいにしへも然《しか》にあれこそうつせみも妻をあらそふらしき」反歌「香具山と耳梨山とあひし時立ちて見に来し印南国原《いなみくにはら》」〈万葉集一三・一四〉

る。「来《きた》るらし」は、イマヤッテキタラシイと、今の時点で、夏の到来を、肌身に直接うけとめている感覚表現である。「来にけらし」は、自分ノ知ラナイウチニ、モハヤスデニ来テシマッテイタラシイという、余裕のある表現である。「衣ほしたり」の「たり」は状態を示すので、眼前嘱目《しょくもく》の実景と認められる。「衣ほすてふ」の「てふ」は伝聞表現だから、実景を観念的にとらえたものである。こういうのが新古今調といわれるもので、万葉の歌を故意に変改したというのではなく、自然の伝誦《でんしょう》でこのようにならざるを得なかったのであろう。

余録 持統天皇（六四五～七〇二）は天智天皇の第二皇女。この歌に詠まれた「天の香具山」は父帝ともかかわりあいが深い。それは天智に、有名な大和三山妻争いの伝説の歌〈語句欄〉があるからである。三山の性については問題もあるが、とにかく天智自身の三角関係の悩みが底流していたことは考えられる。一人の女性、額田王《ぬかたのおおきみ》を間に、兄の天智と、弟の大海人《おおあまの》皇子（後の天武天皇）とが恋敵であり、天智の皇女たる持統は天武の皇后である。持統が「天の香具山」に相対する時、そこには極めて複雑な情緒の動きがあったであろう。そういう情感をベールにくるんだように穏やかに、優しく、歌いあげたものといえよう。ついでながら、この恋の葛藤《かっとう》のなせるわざか、天智と天武との間に、天智の皇子（大友皇子＝弘文天皇）をはさんで、血で血を洗う皇位継承戦争がおこった。これを壬申《じんしん》の乱という。

3

あしひきの　山鳥の尾の　しだり尾の
ながながしよを　ひとりかも寝む

柿本人麻呂《かきのもとのひとまろ》

歌意　山鳥は独り寝をするというが、その山鳥の尾が長く垂れているように、いつまでも明けようとしない秋の夜長を、わたしも結局は、独り寝をする羽目になってしまうのだろうかなア。

解説　柿本人麻呂は、万葉集のみならず日本を代表する歌人で、古来〝歌聖〟とあがめられてきた。そこでまず万葉集に当たってみると、「思へども思ひもかねつあしひきの山鳥の尾の長き此《こ》の夜を」〈二八〇二〉というのがあって、その左注〈歌ノ後ニ添エタ説明〉に「或本《ノ》歌《ニ》曰《ク》」として、この歌が

出典　拾遺集〈十三〉恋三・題しらず・人麻呂（七七八）

語句　▼**あしひきの**　枕詞。「山・峰《を》」また、山を含む複合語、山の同義語（尾の上・八《や》つ峰《を》）などにかかる。山が裾《すそ》を長くひいた形からいう。▼**山鳥の尾の**　「山鳥」は雉《きじ》によく似た野鳥で、それよりやや大きく、尾羽はきわめて長い。雌雄が峰をへだてて寝ると言い伝えられており、〝独り寝〟の例にひかれたり、尾の長いところから〝長し〟を言い出すのに用いられたりする。▼**しだり尾の**　「しだり尾」は、長ク垂レサガッタ尾のこと、「しだる」は動詞ラ

「足日木乃山鳥之尾乃四垂尾乃長永夜乎一鴨将宿」と出ているばかりで、作者名はない。従って、この歌を人麻呂作とする根拠はないのに、拾遺集撰進のころ（十世紀末）には、歌聖の作として伝誦《でんしょう》されていたことになる。この歌には、それにふさわしい風格があったといわねばならない。

この歌の意味は下二句につきている。その意味を上三句が芸術的表現によって、格調高いものにしている。すなわち「あしひきの」という枕詞、「あしひきの山鳥の尾のしだり尾の」が、万葉式に言えば「寄物陳思」〈物ニ寄セテ思イヲ陳《の》ブ〉の〝たとえ〟で序詞。「ながながし夜」を引き出

行四段で、その連用形が名詞化して「尾」と複合したもの。「の」は比喩《ひゆ》を示す格助詞。以上の三句は序詞で、次の「ながながしよ」を言い出すためのもの。**▼ながながしよを**　「ながながし」は「ながし」を強調した言いかた。「ながながしよ」は、形容詞の終止形がそのまま名詞化して、更に体言〝夜〟に連なって複合語となったもの。**▼ひとりかも寝む**　「か」は疑問の係助詞、結びは「む」で推量の助動詞の連体形。「も」は強意の係助詞。

してくるために、これだけの回り道をしていることが、芸術の〝遊び〟であり〝ゆとり〟である。それあるがゆえに、ひとり寝のさびしさが、骨身を嚙《か》むようなわびしいものではなく、おおらかな大人《たいじん》の風格となってくるのである。しかも一首は〝全句切れ〟であり、上三句を構成する四つの文節が「の」の脚韻、第四句に「ながながし」と同音の重複があって声調のなだらかさをみせている。ここで、独り寝をかこっているのは男性か女性か、どちらの立場でも考えられるだろうが、この歌の場合は、男の訪れを期待して、繊細にうち震え揺れ動く女性の恋心というよりは、やはり男性の詠として味わうべきものであろう。拾遺集時代の人たちが、これを人麻呂作と信じていたように、今も人麻呂作として味わってみても、揺るがないだけの風格がこの歌から感じとられるであろう。

余録 柿本人麻呂は「万葉集」第二期の歌人。三十六歌仙の一人。〝歌聖〟といえば聞こえはよいが、在世中は微官に終始した。しかし、彼の作歌力は高く評価され、天皇讃歌の作者、宮廷の御用歌人として尊重されていた。実際、格調高い長歌を歌いきることのできるのは彼の独擅場《どくせんじょう》といってよい。生没の年ははっきりしないが持統・文武《もんむ》両朝に活躍した。明石市に〝人丸神社〟があり、柿本人麻呂を祀《まつ》るが、この地に彼の遺跡があるというのではなく、明石の地名を詠みこんだ歌のあること〈万葉集二五四・二五五、古今集四〇九左注〉によって彼を欽仰《きんぎょう》するがための神社創建となったものである。

4

田子の浦に　うちいでて見れば　白妙《しろたへ》の
富士の高嶺《たかね》に　雪はふりつつ

山《やま》部《べの》赤《あか》人《ひと》

歌意　田子の浦に出て、雄大な景観に視野をひろげて眺《なが》めてみると、富士の霊峰に、今や白清浄《はくしょうじょう》の雪が降りつづいていることだ。

解説　この歌も「万葉集」でみると、「田兒之浦従《ゆ》　打出而《いでて》見者《みれば》　真《ま》白衣《しろにぞ》　不《ふ》盡《じ》能《の》高嶺尒《に》　雪波零家留《ふりける》」〈三一八〉で、「山部宿禰赤人、不盡山を望《みさ》くる歌一首」の反歌として収録されている。万葉集と新古今集との差違は、「田子の浦ゆ↓田子の浦に」「真白にぞ↓白妙の」「雪はふりける↓雪はふりつつ」の三点で、これが、持統の歌で見たように、万葉調と新古

出典　新古今集〈六〉冬・題しらず・赤人（六七五）

語句　**▼田子の浦に**　六音だから〝字余り〟である。「田子の浦」は歌枕。富士川の河口から東へかけての駿河《するが》湾岸をいう。風光明媚《めいび》の地で、日本の代表的名勝が、今やヘドロの海と化していたとは。日本の風土の美を謳歌《おうか》しつづけてきた先祖に対して、まことに恥ずかしい限りである。　**▼うちいでて見れば**　八音だからこれも字余り。「うち」は接頭語で、実際の動作は「いで」の方だけで表されるが、「うち」がつくと、広々とした場所に出てきたという感じが強

今調との差になるのである。両者を比較してみよう。まず、「田子の浦ゆ」の「ゆ」がわかりにくいので、色々なことが言われる。これはほぼ「ヨリ」と同じで、動作の起点や経過点を示す。この用法に従うと、起点の場合は、田子ノ浦カラ舟ヲ漕《こ》ギ出シテ沖ノ方へ出テミルトとなるし、経過点の場合は、田子ノ浦ヲ通過シテ、ドコカ別ノ場所ニ出テミルトという、どちらにしても窮屈な解釈になってしまう。それはそれとしておいて、新古今の場合の「に」は到着場所を示すから、ドコカカラ田子ノ浦ニ出テキテ、ソコカラ富士ノ方ヲ眺

調される。「見れ」は動詞マ行上一段の已然形。「ば」は已然形に接続して、順接の偶発条件を示す。タマタマウチイデテ見タトコロガ、コレコレダッタということになる。

▼**白妙の**　枕詞（前出2）。ここは「雪」にかかるべきもの。

▼**富士の高嶺に雪はふりつつ**　今さら「富士の高嶺」を云々することはない。万葉の代表的自然歌人が、日本のシンボルの山を詠じているのである。「つつ」は反復・継続を示す接続助詞。

メルトとなって、最も自然な解釈となろう。第三句では、「真白にぞ」という、万葉の視覚による実景の表現が、新古今では、観念的な枕詞に置き換えられた。ところが、枕詞としては「雪」にかかっていくはずの語が、上から読みくだしていくと、すぐ下の語と強く結合して「白妙の富士の高嶺」となり、これだけで雪におおわれた霊峰富士のイメージが浮き上がり、「雪はふりつつ」は蛇足の観がある。第五句を「ける」で結ぶと、かつて降った雪が今見えている情景に対する詠嘆を表すが、「つつ」であると、これはいわゆる〝現在進行形〟である。今、雪が降り続いているのに、富士の姿の見えるはずがないと、理屈で割り切るのは現代の合理主義である。新古今的世界では、ことばによって作り上げられる心象の世界に住することができる。霏々《ひひ》たる降雪の中に、霊峰の姿を鮮やかにとらえることができる。そう思って「降りつつ」という語を見れば、これは決して蛇足などではなく、その美しさを一層強調する紗《しゃ》幕となるのである。

余録 山部赤人は「万葉集」第三期の歌人。微官ではあったが、人麻呂とともに歌聖と称《たた》えられ、叙景にすぐれていた。「古今集」仮名序に「人丸は赤人がかみに立たむ事かたく、赤人は人丸がしもに立たむこと、かたくなむありける」とあり、上田秋成の「春雨物語」には「山部赤人の　わかの浦に汐《しほ》満ちくれば潟《かた》を無《な》み葦《あし》べをさしてたづ鳴きわたる　と云ふ歌は、人丸の　ほのぼのとあかしの浦の朝霧　にならべて、歌のちち母のやうにいひつたへたりけり」（歌のほまれ）とある。

5　**奥山に　もみぢふみわけ　なく鹿《しか》の**
声聞くときぞ　秋はかなしき

猿《さる》丸《まる》大《だ》夫《ゆう》

歌意　奥山のもみじを踏み分けて、そこで妻を求めて鳴いている雄鹿の声を聞く時、その時こそが、秋という季節の、もの悲しい思いを、しみじみと感じさせられる時なのだ。

解説　この歌を見ると、花札の図柄を思い出す人も多いであろう。紅《あか》いもみじの下に鹿の立っている十点札は、この歌を図案化したものとしてピッタリである。ところが「古今集」で見ると、この「もみぢ」は、〝紅葉〟ではなくて〝黄葉〟の公算が大きい。この歌の前後にあるものにあたってみると、

出典　古今集〈四〉秋上・是貞のみこの家の歌合のうた・よみ人しらず（二一五）

語句　▼**奥山に**　「奥山」は「端《は》山《やま》・外《と》山《やま》」の対。「に」は場所を示す格助詞。ここは鹿の鳴いている場所が奥山なのだから「奥山に—なく鹿」と続く。　▼**もみぢふみわけ**　「もみぢ」は〝紅葉〟とも〝黄葉〟とも書くし、〝霜葉《そうよう》〟ともいう。「ふみわけ」は何か人間的行為を思わせるが、やはりそのまま「鳴く」につづく連用語として、主語を「鹿」とするのが、最も自然なことばの流れであろう。　▼**なく鹿の**　この鹿は妻恋いの雄鹿

山里は秋こそことにわびしけれ鹿のなくねに目をさましつつ〈二一四〉

の次にこの歌があり、そのあと「秋萩」と「鹿」との取り合わせられた歌が三首続きそのあと〈二二四〉まで萩をテーマにした歌が六首まで続き、次の〃秋歌下〃の巻の後半になって〃紅葉〃の歌になる。古今集の配列は季節の進行に合わせてあるので、この歌の〃もみぢ〃が、たとい〃紅葉〃と書かれていたとしても、それは書いた方がいけないのであって、古今集の撰者たちは、この歌の〃も

である。**▼声聞くときぞ秋はかなしき** 「ぞ」は強意の係助詞、結びは「かなしき」で形容詞シク活用の連体形。この語法は古文には頻繁《ひんぱん》に用いられるが、やはり強調意識がはたらくので、鹿の声を聞くとき、最も強く秋の悲しさが誘発されるという意味になる。

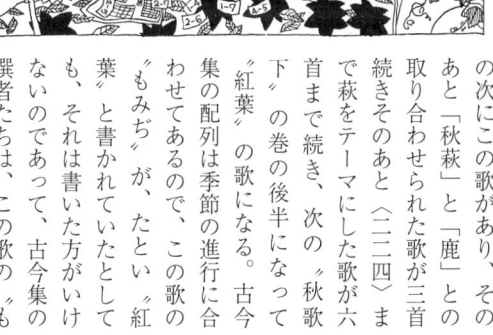

みぢ〟は秋萩の〝黄葉〟と見ていたのである。花札では〝萩と猪《いのしし》〟とが取り合わされているが、歌の世界では、萩と猪とではサマにならないのであろう。それはとにかく、この歌は歌合の歌として、頭脳プレイで構成した歌でありながら、妙にひねくったところがなく、内容もわかりやすいし、全句切れの声調もなだらかで、しみじみとした情感をたたえた名歌といっていいが、作者については、古今集に「よみ人しらず」とあるのを、猿丸大夫にこじつけられたきらいがある。この人の作品は勅撰集には見えず、伝記なども知られていない。ただ三十六歌仙の一人として名前が知られている程度だが、百人一首で、山部赤人と中納言家持《やかもち》との間に置かれているところからみれば、定家は万葉時代の歌人と考えていたことになる。

余録 猿丸大夫の名は「古今集」真名《まな》序に見えているが、全く伝説上の人物というほかはない。鴨長明《かものちょうめい》の「方丈記」には「田上河《たなかみ》〈宇治川ノ上流〉をわたりて、猿丸大夫《まうちぎみ》が墓をたづぬ」とあり、「無名抄」にも、或人の説として、田上のしもの曾束《そづか》という所に猿丸大夫の墓のあることをのせている。

因《ちな》みに、「徒然草」〈第九段〉に「女のはける足駄にて作れる笛には、秋の鹿、必ず寄るとぞ言ひつたへ侍《はべ》る」とある。鹿笛にだまされるほどの妻恋い鹿の鳴き声は、人の心に秋のもの悲しさを強く感じさせるのである。

6

かささぎの　渡せる橋に　おく霜の
白きを見れば　夜ぞふけにける

中納《ちゅうな》言《ごん》家《やか》持《もち》

歌意　かささぎが天の川にかけ渡したという、あの天上の橋におりた霜の、白く冴《さ》えた色を見ると、ああ、この夜もすっかり更けてしまったのだなァ……と思われる。

解説　一首は全句切れである上に、歌の音調そのものが、霜夜の冷たくもさわやかな感じをよく表している。一首を全部かなで書いてみると、「かささぎのわたせるはしにおくしものしろきをみればよぞふけにける」で、六音までが〝さ行〟の音で、〝し〟が三つも接近して用いられている。「かささぎの渡せる橋」と言ったのだから、作者の頭の中には、当然

出典　新古今集〈六〉冬・題しらず（六二〇）

語句　▼**かささぎの渡せる橋に**　「かささぎ」〈鵲〉は燕雀目《えんじゃくもく》の鳥でカラスよりやや小さく、肩羽と腹部が白い。朝鮮鳥とか高麗《こうらい》鳥とかいわれる。中国では〝烏鵲《うじゃく》〟という。中国には、七夕の夜に、烏鵲が自分たちの翼を拡げて天の川にかけ渡し、牽牛《けんぎゅう》・織女の二星を逢わせるという伝説がある。「る」は存続の助動詞の連体形。「に」は場所を示す格助詞。
▼**おく霜の白きを見れば**　「おく」は霜ガオリル意。「の」は主格の格助詞。「白き」は形容詞連体形の準体

〝天の川〟が思い浮かべられている。そこに〝おく霜〟だから、冬の歌にはちがいないのだが、澄みきった秋の夜空に鮮やかに横たわる天の川のイメージがあったにちがいない。その天の川が満天にひろがった霜のベールに包まれて、夜空を仰ぐ渺《びょう》たる一葦《いちい》にすぎない作者の身心をとかしこんでゆく。そんな心境の中で詠まれたものであろう。とにかくこの歌のイメージは、「月落《チ》烏啼《イテ》 霜満《ツ》レ天《ニ》 江楓漁火対《ス》ニ愁眠《ニ》一」と詠まれた「楓橋夜泊《ふうきようやはく》」〈張継〉のイメージに非常に近い。そういう点でスケールの大きさが感じられる。この歌の「橋」は、宮廷の御階《みはし》のことを指すとも説かれている。宮廷を〝雲居〟というから、宮殿の階段を、かささぎの渡した天上の橋に

用法で、白イノ、白イヨウスの意。「を」は動作の対象を示す格助詞。「白きを─見れば」と連用語になる「白き」が上をうけると「霜の─白き」と述語になっている。また「かささぎの渡せる橋におく」が「霜」の連体修飾語になっている。「見れ」は動詞マ行上一段の已然形。▼**夜ぞふけにける** 「ぞ」は強意の係助詞、結びは「ける」で詠嘆の意を含む過去の助動詞で連体形。「に」は完了の助動詞の連用形。夜モフケテシマッタノダナアの意。

見立てることは、もっとも自然な表現である。実際、作者は寒夜禁中に宿直《とのい》して、宮殿の階段に霜のおりたのを見て詠じたのであろう。しかし、実景は単なる手がかりにすぎない。実景を足がかりに、高く広く天上へ、幻想の世界に飛躍して、この作をものしたのである。

余録

大伴家持（?〜七八五）は旅人《たびと》の子、「万葉集」第四期の代表的歌人で、三十六歌仙の一人。彼は万葉集に五百首近い作品をとどめ、その編集に大きな力をかしたものと考えられている。彼は武門大伴氏の当主として、一門の奮起をうながす歌も作ってはいるけれど、その歌風は、線の太い万葉調というよりは、優雅繊細な古今調への傾きを強く示しており、「春の野に霞《かすみ》たなびきうら悲しこの夕かげに鶯《うぐひす》鳴くも〈四二九〇〉」「わが屋戸《やど》のいささ群竹《むらたけ》吹く風の音のかそけきこの夕かも〈四二九一〉」「うらうらに照れる春日に雲雀《ひばり》あがり情《こころ》悲しも独りしおもへば〈四二九二〉」などが代表作とされている。「かささぎ」の歌は、家持の歌とされながらも万葉集には見えない。いつのころから家持の作として伝誦《でんしょう》されたのであろうか。「大和物語」〈第一二五段〉に、この歌を本歌としたと思われる「かささぎの渡せる橋の霜の上を夜半《よは》にふみわけことさらにこそ」という歌が見える。このころすでにその伝誦があったのであろう。

7　天の原　ふりさけ見れば　春日《かすが》なる
三笠《みかさ》の山に　いでし月かも

安《あ》倍《べの》仲《なか》麿《まろ》

歌意　広々としてはてしなき大空をふり仰いで見ると、月が美しくのぼっている。ああ、あの月は、私が故国日本で見た、春日の三笠の山に出た月と、同じものなのだなア。

解説　「古今集」の左注に「この歌は、昔仲麿をもろこしにもの習はしにつかはしたりけるに、数多《あまた》の年を経て、え帰りまうで来ざりけるを、この国より又使ひまかり至りけるにたぐひて、まうで来なむとて、いでたちけるに、明州《めいしう》といふところの海辺にて、かの国人馬のはなむけしけり。夜《よる》になりて

出典　古今集〈九〉羇《き》旅《りよ》・もろこしにて月を見てよみける（四〇六）左注に作歌事情がくわしく述べられている。

語句　▼**天の原**　天をそのひろがりでとらえたことば。「はら」は平坦《へいたん》で広々とした広がりをいう。海原・野原・葛《くず》原《はら》・浅茅原《あさぢがはら》など。「天の原」でことばがぽっつりと切れている。歌の内容を置くべきバックをはじめに提示した形である。　▼**ふりさけ見れば**　「ふりさけ見る」は、ハルカ遠クヲナガメル意。　▼**春日なる三笠の山に**　「春日」は奈良市、春日神社のある一帯の地。「三笠の山」は春日神社の

月のいとおもしろくさしいでたりけるを見て、よめるとなむ語り伝ふる」とある。

さて、〝かささぎの〟といい、〝天の原〟といい、宇宙的素材の歌が二首つづいて、これもスケールの大きさを感じさせる歌である。しかもこの歌には、時間的なひろがり、一人の人間の

生涯の歴史にかかわる時間が含まれている。それの証《あかし》が「し」という助動詞なのである。同じ過去の助動詞でも、「けり」は伝聞的・詠嘆的回想をあらわし、「き」（「し」はその連体形）は体験的回想であること

ある一帯の山々の一峰〝若草山〟〝御《み》蓋山《かさやま》〟のことで、を「三笠山」ともいうが、それとはちがう。「なる」は、場所を示す格助詞「に」に、存在の動詞「あり」が連接して一語となったもので、存在の助動詞の連体形。ただしこの意味のときは連体形に限られるので、普通には、断定の助動詞の連体形の特殊用法とされる。

▼いでし月かも 「し」は体験回想の助動詞の連体形。「かも」は詠嘆の終助詞だが「か」に疑問の意を含ませることもできる。

を示す。それで「春日なる三笠の山にいでし月」は、三十数年の歳月と、万里の波濤《はとう》とを一瞬に消し去って、彼を故国につれもどすのである。「ふりさけ見れば」から、いきなり「春日なる三笠の山にいでし月」と詠じたことによって、作者の緊迫感、切ない望郷の念が、しみじみと感じられるではないか。今、ここで、「天の原」に見出した月は異郷の月であり、三十数年後の月である。その月を仲立ちにしながら、歌の上ではそれを一足飛びに飛び越えている。あの「春日なる三笠の山にいでし月」そのものが、今眼前にあるではないか。月はあっても、その月を詠ずるわが身は今や異郷にあって長年月を過ごし、三笠の山を見たくてもそのすべはない。しかし今や、自分は故国への旅に出発しようとしている。その帰国の喜びが底流しているからであろうか、望郷の念をテーマとした作でありながら、明るいなだらかな声調で歌い上げられている。げに、大人の作というべきである。

余録 安倍仲麿（六九八〜七七〇）が入唐したのは、養老元年（七一七）で玄宗に仕え、李白《りはく》・王維らとも交際した。天平勝宝三年（七五一）遣唐大使藤原清河《きよかわ》に従って帰国することになったが難破して唐にもどり、彼の地に没した。「土佐日記」（一月二十日）には、この歌の第一句が「青海原」として出ている。こういう文句の伝誦《でんしょう》があったのではなく、船旅の途中でのことだから、貫之のアドリブによるものであろう。なお、仲麿が難破した時、李白がその死をいたむ七言絶句を作ったという挿話がある。

8

わが庵《いほ》は　都のたつみ　しかぞすむ
世をうぢ山と　人はいふなり

喜《き》撰《せん》法《ほう》師《し》

歌意　わたしの草庵は、都の東南にあたる宇治山にあって、心静かに平穏な生活を楽しんでいるのだが、世間の人の口はうるさいもので、私がこの世を住みづらく思って、それで、こんな山中にひきこもっていると、うわさしているようだ。

解説　「古今集」の仮名序で、その歌風を批判された平安初期の代表歌人六人をひっくるめて「六歌仙」という。その一番手として百人一首に出てきたのがこの人である。古今の序には「宇治山の僧喜撰は、ことばかすかにして、はじめを

出典　古今集〈十八〉雑下・題しらず（九八三）

語句　▼**都のたつみ**　「都」は平安京。「たつみ」は十二支による方角をいう語で東南にあたる。▼**しかぞすむ**　「しか」は副詞で、ソノヨウニの意。どのように、なのかは下の句から逆に判断される。〝世をうぢ山と人はいふ〟のだが、〝わが庵は〟そうではない、というところから、心静かに生活をエンジョイしている状態をいう。「ぞ」は強意の係助詞、結びは「すむ」で動詞の連体形。ここで言葉が切れる。▼**世をうぢ山と**　「う」は掛詞《かけことば》で、上をうけ

はりたしかならず。いはば、秋の月を見るに暁の雲にあへるがごとし」としてこの歌をあげ、「詠める歌多く聞こえねば、かれこれを通はしてよく知らず」と言ってある。喜撰の歌として伝わるものは、この外に一首あるだけだから、それだけで歌風を云々《うんぬん》するのは早計かもしれないが、この歌に関する限り、「ことばかすかにして」という批評は当たっていよう。この歌の意味を通そうとすれば、「わが庵は都のたつみ〈ニ在リテ、我ハ〉しか〈心静カニ〉ぞすむ〈シカルニ〉世をうぢ山と〈シテ住ムト〉人はいふなり」とでも言わねばなるまい。しか

ると「世を憂」となり、下へつづくと「宇治山」の地名に含まれる。「世を憂」は、この世は苦難に満ちた世界だという、仏教的な考え方の影響を強く受けている。「宇治山」は宇治市の東にある山。 ▼**人はいふなり** 「人」は世間一般の人をさす。「は」は他と区別するときの係助詞。「なり」は伝聞・推定の助動詞。この意味の時は終止形に接続し、断定の時は連体形に接続する。この場合「いふ」は終止・連体が同形だから、前後の関係で判断しなければならない。

しそれでは歌にならないので、ことばを切りつめて結局このような表現になった。この表現からそれだけの意味をくみとるしかない。「ことばかすか」かもしれないが、それがこの歌の特徴でもあり、この人のとりえなのだと言うしかあるまい。さてこの歌は、第三句が係り結びで言葉が言い切りになるので三句切れ。上の句と下の句とがはっきりとした対立を示し、上の句で「わが庵は」こうなのだ。〈上下の間に、「ところが」という逆接の語が省略されて〉下の句では、「人は」こうなのだと、自分と他人とのギャップを鮮明に意識させようとしている。しかし、喧嘩《けんか》腰でやっきになって自己を主張しようという姿勢ではなく、結句に推定の助動詞を用いて、まるで人ごとのようにつっぱねた言い方をしているところに、ゆとりが感じられる。ゆとりといえば、この歌に遊びの精神の横溢《おういつ》していることが、萩谷朴《はぎたにぼく》氏以来説かれてきている。それは「都のたつみ」で辰《たつ》と巳《み》とを出したのに乗っての〝十二支遊び〟で、たつ・みの次には〝うま〟が来るはずなのに鹿におきかえて「しかぞすむ」と人を馬鹿《ばか》にしたふざけ方をして、「うぢ山」の「う」に〝卯《う》〟をかけているというのである。この十二支遊びを表面に出すと変なものになってしまうが、作者の方では、ワカルヤツニハワカルダロウと、ほくそえんでいたのかもしれない。

余録 喜撰法師は有名な割に、作品というべきものも二首しか残っておらず、生没も不明で、伝説的人物になっている。「宇治山」は今〝喜撰が岳《だけ》〟と呼ばれ、宇治茶の銘にもその名を残している。

9

花の色は　うつりにけりな　いたづらに
わが身よにふる　ながめせしまに

小《お》野《のの》小《こ》町《まち》

歌意　桜の花の色もすっかり色あせてしまったことだなァ。むなしく長雨の降り続いた間に。振り返ってわが身の上を思えば、何のプラスにもならぬような暮らし方で、今まで世を過ごし、恋の悩みであくせくしているうちに、におうがごときわが容色も、すっかり衰えはててしまったことョ、ああ。

解説　「花の色はうつりにけりな」と、これだけを見れば、「花の色」が比喩《ひゆ》であることはわからない。ただ文字通りに受け取るしかないが、そういう受け取らせ方で、ぷっつ

出典　古今集〈二〉春下・題しらず（一一三）

語句　**▼花の色は**　六音で字余り。「花の色」はもちろん桜の花の美しい色をいうのだが、女性の容色の美しさの比喩ともなっている。**▼うつりにけりな**　「うつる」は、時ガ過ギテ物事ガ衰微ノ方へ変化シテユク意。ここは、美シサガ色褪《あ》セ、見スボラシクナッテユクこと。「に」は完了の助動詞の連用形。「な」は詠嘆の終助詞。ここでことばが切れて二句切れ。**▼いたづらに**　形容動詞ナリ活用の連用形。何事カノ試ミヲヤッテミテモ、何ノ成果モ得ラレナイ状態

りとことばを切った二句切れのあと、実は倒置法になっていて、第三句以下を見ると、ああ、自分のことを言っていたのだナとわかる。それも掛詞を矢継ぎ早に重ねて、〝花の色〟ならぬ〝言葉の色〟で飾り立てたところは、粉飾好きの美女の本領なのかも知れない。小野小町も六歌仙の一人で紅一点。古今集の仮名序に「小野小町は、いにしへの衣通姫《そとほりひめ》の流なり。あはれなるやうにてつよからず。いはばよき女《をうな》の、悩めるところあるに似たり。強からぬは女《をうな》の歌なればなるべし」とある。「強からぬは女の歌なればなるべし」と、いかにももっともなことが言ってあるが、花の色からわが身の容色に思いを及ぼしていく心の屈折が、いかにもなよなよとした女性のイメージにふさわし

をいう。従ってこの語は「よにふる」にかかるべきものと考えられる。▼**わが身よにふるながめせしまに** 「よ」は〝世〟と〝男女の仲〟の両義を掛けている。ここには掛詞が多用されており、「ふる」は上をうけて「世に経る」、下にかかって「降るながめ」となる。「ながめ」は上の「降る」をうけて「長雨」となり、「世に経る」をうけて「眺め」〈物思イニ沈ム〉の意となる。「せ」は動詞サ変の未然形。「し」は過去の助動詞の連体形。「に」は時を示す格助詞。

い。この歌も仮名書きにしてみると「はなのいろはうつりにけりないたづらにわがみよにふるながめせしまに」となり、鼻にかかるナ行音マ行音が多く、特に「に」音の重なりが、この歌の柔軟性に作用している。

余録　小野小町は生没も明らかでなく、その行跡には伝説的な話題が多く、伊勢物語や謡曲などの題材となっているが、〃小町女〃に〃業平男《なりひら》〃が、日本の美女美男の代名詞・一般名となるほどに、小野小町といえば美女の代表で、いかなる現代っ子といえどもその名を知らぬ者はあるまい。小野小町という名が全国的に広まったのは、小野氏を名乗る部族が、各地遊行《ゆぎよう》を事とするものであったためか、或いは各地を流浪した〃遊行女《うかれ》婦《め》〃たちが、自らを小野小町になぞらえて、小町の足跡を全国的なものにしていったためであろう。小町生誕の地とか終焉《しゆうえん》の地と伝えられる所は、日本の各地に広がっていると思われる。また、謡曲の老女物に、老残の醜をさらす小町が取り上げられているが、イソップの〃蟻《あり》ときりぎりす〃の寓話《ぐうわ》を語るような感じで語り伝えられたものであろう。なお、小町の容色に比せられた衣通姫というのは、允恭《いんぎよう》天皇の妃で、その容色の美しさが衣を通して輝き出ていたといわれる日本最高の美女。

10　これやこの　行くも帰るも　わかれては
知るも知らぬも　あふ坂の関

蝉《せみ》丸《まる》

歌意　これがマア、この、東国へ行く人も、都へ帰ってくる人も、別れては逢い、知った人も知らない人も、文字通りに、ここで行き会う、逢坂の関なのダ。

解説　私の教室では、「銀の匙《さじ》」〈岩波文庫〉をテキストにして勉強する関係上、中一の時から、正月には教室でカルタ会を催すのが例になっているが、この歌をオハコにしている生徒が多数いる。それは「銀の匙」に、「僧正遍昭《へんじよう》や前大僧正行尊《ぎようそん》などというしわくちゃの坊さんは大きらいだったが蝉丸だけは名まえからもかわいかった」とあるのに影響されてもい

出典　後撰集〈十五〉雑一・逢坂の関に庵室を造りて住み侍りけるに行きかふ人を見て（一〇九〇）

語句　▼**これやこの**　「これ」も「こ」も近称の指示代名詞。手近なものを指示すれば、それだけはっきりし、強くなるのは当然で、それに「や」という詠嘆の間投助詞が加わって、コレガマア、コノ……ナンダヨと、詠嘆をこめた強い指示となって、「あふ坂の関」を印象づけようとするのである。▼**行くも帰るも**　「行く」も「帰る」も動詞連体形の準体用法で、行ク人・帰ル人の意。都を基準としてい

るのだろうが、必ずしもそれだけのことではなく、この歌そのものが、実に楽しい歌だからである。まず出はじめの「これやこの」の音調が実にすべりがよく、あとは幾何ならば対称図形というところをことばの上で表現して、「行くも↕帰るも」「知るも↕知らぬも」となり、それが「も」音の脚韻となり、「わかれては↕あふ」の対照が掛詞となって、「逢坂の関」と名詞止めですっきりと終わる。「わかれては・あふ」のが人生の

るから、「行く」は東国へ、「帰る」は都へということになる。「も」は並列の係助詞。　**▼わかれては**「は」は強意の係助詞。結句の「あふ」と対応して、人の往来のはげしさを印象づける。　**▼あふ坂の関**　東海道本線で、山科と大津との間にあるのが逢坂山トンネルで、昔はここに関所があり、鈴鹿《すずか》・不破《ふわ》とともに三関といわれた。「あふ」は掛詞で、上をうけて「知るも知らぬも―逢ふ」と述語動詞となり、下へかかって、「逢坂の関」と地名になる。

常の姿で、人々は生涯この繰り返しで終わるのだから、この歌から「会者定離《えしやじようり》」の無常観にひきずり込まれるのも、自然の勢であるかもしれない。「会者定離」は真理であろうが、逆は必ずしも真ならずで、「離者定会」とならないところに、人生の哀愁が深く味わわれる。しかし、そういう哀感を越えて、この歌は明るくなだらかで楽しいのである。それは、「あふ」という掛詞に集約される〝遊び〟の精神が底流しているからであろう。「これやこの」を用いた歌が、勅撰集に八首あるが、この歌ほど調子に乗った歌は外にはない。

余録

蟬丸という人も、名は有名だけれども伝記ははっきりしない。「今昔物語」〈二十四〉では、宇多法皇の皇子、敦実《あつみ》親王の雑色《ぞうしき》で、琵琶《びわ》の名手とされている。「平家物語」〈十、海道くだり〉では「延喜《えんぎ》〈醍醐《だいご》天皇〉第四の皇子蟬丸」となっており、これを原拠にしたと思われる〝謡曲〟の「蟬丸」では、この皇子が盲目のために、叡慮《えいりよ》によって、逢坂山に捨てられるという悲劇の主人公とされている。鴨長明《かものちようめい》は「方丈記」に「粟津《あはづ》の原を分けつつ蟬歌の翁が跡をとぶらひ、云々」と書いている。蟬丸の遺跡や猿丸大夫の墓と信じられていたものが、彼の身辺に歴然と存していたわけであるが、それを信じさせる力となったものは、蟬丸と同類の盲目の琵琶法師たちだったのであろう。その者たちが平家物語を語るようになった時、自分たちの代表者、シンボルとしての蟬丸を、悲運にさいなまれる貴種〈貴イ家柄ニ生マレタ者〉にまつりあげたのであろう。

11 わたの原　八十《やそ》島《しま》かけて　こぎいでぬと
人には告げよ　あまのつり舟

参《さん》議《ぎ》篁《たかむら》

歌意 広々とした海原に、散在する数多くの島かげを経めぐるようにして、はるばる漕ぎ出して行ったと、都に残してきた恋しい人に伝えておくれ、あまのつり舟よ。

解説 百人一首の中に「わたの原」ではじまる歌が二首ある。もう一首は76の「わたの原こぎいでてみれば久方の雲ゐにまがふ沖つ白波」というので、「海上遠望」という題詠であるが、明るくのびやかな歌である。こちらの方は、おなじ「わたの原」でも、その広さそのものが、悲しみを誘い出すような〝かげり〟の多い歌である。その〝かげり〟を強調するの

出典 古今集〈九〉羇《き》旅《りょ》・隠岐《おき》の国に流されける時に、船に乗りて出で立つとて、京なる人のもとに遣《つか》はしける・小野たかむらの朝臣（四〇七）

語句 ▼**わたの原** 海原、大海。「原」は〝天の原〟の用例がすでにあった。「わたつみ」と同義。▼**八十島かけて** 「八十」は数の多いことをいうのに用いる。「かけて」は目的地に到着するまでに、多くの島々のそばを通りぬけて行くことをいったもの。▼**こぎいでぬと** 六音で字余り。「ぬ」は完了の助動詞の終止形。コギ出シテ行ッテシマッタトの意。▼**人には告げよ**

は、やはり「古今集」に見る詞書《ことばがき》のなせるわざである。小野篁（八〇二～八五二）という人は、教養高き文化人、自由人で、思ったことはズバズバと口に出すようなタイプの人だったらしい。そういう人は頭もよくはたらく。「宇治拾遺物語」〈巻三・一七〉にこんな話が出ている。――嵯峨《さが》帝の時に、内裏に「無悪善」と書いた札が立てられた。帝が読めと言われた時、篁はちゅうちょしたが、たびたび仰せられたので、「〝さがなくてよからん〟と申しておるのでございます」と申し上げたところ、「お前のほかに、こんなことを誰が書こうか」と機嫌《きげん》を損ぜられたが、重ねてのご下問で、「子」という字を十二書いたのを「ネコノコノコネコ、シシノコノコジシ」と読ん

「人」は古今集の詞書によって、「京なる人」をさしていることがはっきりする。それは京に残して来ざるを得なかった肉親をさしており、彼が最も思いを残している人々である。「告げよ」は命令形であるが、頭ごなしの命令ではなく、懇願の意を多分に含んでいる。

▼あまのつり舟　「あま」は漁夫の意。「の」は連体格助詞。所属を示し、…ガ乗ッテイルトコロノの意。その釣り舟に呼びかけているのは、擬人法を用いたのである。

だので、ご機嫌がなおった——という話。こんな他愛もないことで流罪になるはずもないが、これは承和元年（八三四）に遣唐副使となったが、正使藤原常嗣《つねつぐ》の乗船が欠陥船で、暴風雨に遭《あ》って浸水するというハプニングが起こり、乗船の交換を迫られたのに腹を立て、結局、勅命に背いたことになって、隠岐に流されることになったという次第。興奮がさめてみれば、隠岐への流罪はずいぶんきびしいもので、平安人士にしてみれば、隠岐は地の果て海の果てのような気がしたにちがいない。いくら〝八十島〟があっても心の慰めにはならない。ボウバクたる大海の目的地も見えぬ波の上の島影は、一つ一つが悲しみを呼びさます。そんな時に、同じ大海に浮かぶ一葉の釣り舟を見て、同じ身の上にも似た親近感をいだいたにちがいない。舟には漁夫が乗っている。舟への呼びかけは漁夫への語りかけである。彼は身分の賤《いや》しいものかもしれない。しかし自分と違って自由な人間である。都へも上ることのできる可能性をもっている。それにはかない望みを託して、「人には告げよ」と言わずにはおられない。「人」はもちろん「京なる人」であり、自分が最も離れ難く思う人である。流罪人としての引け目のゆえに自ら消息をつかわす手立てもない。大っぴらにものの言えない抑圧された心情が、しみじみと伝わる歌である。

余録 作者はこののち許されて蔵人頭《くろうどのとう》となり、参議を経て従三位に叙せられた。

12

天《あま》つ風　雲のかよひ路　吹きとぢよ
をとめの姿　しばしとどめむ

僧《そう》正《じょう》遍《へん》昭《じょう》

歌意　空吹く風よ、蒼天《そうてん》につづく雲間の道を、吹いて閉ざしてもらいたい。すばらしい舞を舞って見せてくれた乙女たちの姿を、ほんのしばらくの間でも、この下界の地に、ひきとどめておきたい。

解説　百人一首を学び、あるいはカルタをとってみようとする人たちの中で、この歌に心をひかれぬ人はあるまい。この歌をオハコにしている人も多いことだろう。それは、この歌が華麗なムードをたたえているからである。それはことばづかいの上からもくる。五・七・五・七・七と、五つの句から構

出典　古今集〈十七〉雑上・五節《ごせち》の舞姫を見てよめる・よしみねのむねさだ（八七二）

語句　**▼天つ風**　空吹ク風の意。「つ」は「の」と同じで連体格助詞。「天つ風」で複合名詞。その風に呼びかけた擬人法である。**▼雲のかよひ路**　雲が通ってゆく路ではなく、雲ノアル所ニデキテイル、天ヘノ通イ路の意で、〝雲の切れめ〟ということ。**▼吹きとぢよ**　命令形。その天への通路を吹いてとざして、通れなくしてしまってほしいと、〝天つ風〟に依頼しているのである。**▼をとめの姿**　詞書によって、五節の舞姫の姿だとわ

成される一首のうち、三句までが名詞でふっつりと切れている。「天つ風」「雲のかよひ路」「をとめの姿」と、ことばをぱッぱッと切って投げつけたような表現は、百人一首の中でもこの歌と64の歌があるだけである。それだけに歯切れがよくて、たとえば宝塚歌劇の舞台を見ているような、キビキビとした華麗さが声調の上から感じとられる。しかも歌われている対象は五節の舞姫である。それと知りつつ、「雲のかよひ路吹きとぢよ」というのだから、天上への帰路をふさいで帰れなくしてくれと願っていることになる。

かる。〝五節の舞〟というのは、宮廷で演じられた舞楽の一種で、大嘗会《だいじょうえ》や新《しん》嘗会《じょうえ》などに行われた。俗説では、天武天皇が吉野に隠れていた時、箏《そう》を弾ずると天女が天降って、袖《そで》を五度ひるがえしたのにもとづくという。

▼しばしとどめむ 天上へと帰って行くはずの〝をとめの姿〟を、たといしばしの間であろうとも、この地上にひきとどめておきたいと切願するのである。「む」は希望の意を表している。

天女が地上に舞い降りて、この世の人々に、この世のものならぬ美しい舞を見せ、夢幻恍《こう》惚《こつ》の境に遊ばせてくれた。その夢をせめてしばしは手中にとどめておきたいと、いつまでも夢に酔ったような思いで歌い上げたのである。私は中学の低学年のうちから、百人一首のカルタで遊びはじめたと思うが、そのころ、坊主のくせに「をとめの姿」にあこがれたりするのはナマグサのせいだろう、と思って、歌は好きでも、作者にはあまり好感のもてなかったことを覚えているが、古今集を見れば、彼がまだ在俗の時の歌だということになる。それなら別に、イヤ気をおこさなくてすんだであろうが、今となっては、たとい出家後の作であろうと、さばけた坊主の、人間味豊かな作品として、共感共鳴の思いをいだくのである。

余録

僧正遍昭（八一六～八九〇）も六歌仙の一人で、古今集の序には、「僧正遍昭は、歌のさまは得たれどもまことすくなし。たとへば、絵にかける女《をうな》を見て、いたづらに心をうごかすがごとし」と言われているが、この歌に関するかぎり、この評は酷にすぎるという気がする。在俗名が〝良岑宗貞《よしみねのむねさだ》〟で〝安世《やすよ》〟の第八子。桓武《かんむ》天皇の孫に当たる。風雅人でもあり、美男でもあった彼が、五条あたりのあばら家に雨宿りをした時に、歌で見そめた女の許《もと》に通いはじめ、徹底的にこの女の面倒を見てやったという、〝光源氏〟のモデル像としての、若き宮廷人の彼の姿が、「百人一首一夕話《ひとよがたり》」の中に描かれている。

13　つくばねの　峰よりおつる　みなの川
こひぞつもりて　淵《ふち》となりぬる
陽《よう》成《ぜい》院《いん》

歌意　筑波《つくば》山の峰から流れ落ちる男女川《みなのがわ》は、はじめこそわずかな水量にすぎないが、その水が積もり積もって深い淵となっていくように、わたしの恋情も、ひそかな物思いが積もりに積もって、今はもはや抜き差しならぬところまできてしまったことだヨ。

解説　〝歌よみは居ながらにして名所旧蹟を知る〟といわれる。これが〝歌枕〟の効用である。この歌の「つくばね」も「みなの川」も、九重《ここのえ》の奥深くに在る作者には無縁の場所である。見たこともない地名を詠みこんだところで、現代の

出典　後撰集〈十一〉恋三・釣殿《つりどの》のみこに遣はしける・陽成院御製（七七七）〈第五句「淵となりける」〉

語句　▼つくばねの峰よりおつるみなの川　「つくばね」は筑波山のこと。茨城県の筑波・新治《にいばり》・真壁の三郡の境にある山で歌枕。ここはいにしえの〝歌垣〟〈うたがき・または「かがひ」ともいう〉の地として有名。歌垣というのは、春または秋の候に、男女の者が山に登り、歌舞し酒盛りをして遊んだ風習のこと。一種の求婚方式であった。「みなの川」は筑波嶺を源流とする川で、これも歌枕。　▼こひぞつ

私たちには空疎な作り事としか響かない。ところが、王朝の宮廷生活者には、音に聞くだけの未見の地が、一種のあこがれを伴った美意識を育てあげていき、それを詠み込むことによって、歌のムードを高める手がかりとなった。この歌にしたところで、作者の伝えようとする真意は「こひぞつもりて淵となりぬる」

につきている。そういう何の変哲もない意図であるのに、上三句を加えることによって、贈り先に対するアピールのしかたが全く異なってくる。表現のために心身をすり減らすことが、恋そのものへの傾倒の激しさを

もりて淵となりぬる　「こひ」は古い歌語で〝水〟の意だとする説〈香川景樹《かげき》〉がある。これに従えば、〝恋〟との掛詞となって、歌意はまことにすっきりする。水ガタマッテ淵トナルヨウニ、恋ノ物思イガ積モリニ積モッテ、抜キサシナラヌ深淵トナッテシマッタの意となる。「ぞ」は強意の係助詞。結びは「ぬる」で、完了の助動詞の連体形。「淵」は水が深くたまってよどんでいるところ。↕瀬

語ることになる。しかもこの歌では、「筑波嶺」を〝歌垣〟の地として強く意識にのぼらせている。それは、何ものにも妨げられることのない自由恋愛の場、神々にも認められた男女交歓の聖地なのである。作者は、「筑波嶺」という名をもち出すだけで、辺陬《へんすう》東国の無縁の地を、今のわが身のはげしい恋の完成の場として意識し、身も世もあらぬ思いにうちひたるのである。この歌はむなしい作りごとでは決してなく、相手の心にまつわりついて離れようとしない、男性のねばっこい恋情の表出なのである。

余録 陽成院（八六八〜九四九）は第五十七代の天皇であるが、貞観《じょうがん》十八年（八七六）に九歳で即位し、十六歳で譲位させられている。この人は性格破綻《はたん》者で、まるで桀紂《けっちゅう》のような残酷な行為があったように伝えられており、精神病の烙印《らくいん》をおされているが、譲位の後も病状は一進一退ながら、八十一歳という長寿を保っているところからみれば、この病気も関白藤原基経《もとつね》〈天皇の伯父に当たる〉の政略に翻弄《ほんろう》されてのことかもしれない。しかし、いずれにしろ悲劇の帝王だったことは争われず、悶々《もんもん》の情を激しい恋に発散するしかなかったのかもしれない。こんな男に見込まれた女性は、蛇ににらまれた蛙のようなもので、ずるずると引きずり込まれざるを得なかったのであろう。詞書の「釣殿のみこ」は第五十八代光孝天皇の第一皇女〝綏子《すいし》内親王〟で、この恋は結実して内親王は陽成院の後宮に入った。

14

みちのくの　しのぶもぢずり　たれゆゑに
乱れそめにし　われならなくに

河《か》原《わらのさ》左大《だい》臣《じん》

歌意　〝みちのく〟特産の〝しのぶもぢずり〟の乱れ染めの模様のように、わたしの心もちぢに乱れはじめたのですが、それはいったい誰のせいでしょうか、それというのも、ただひとえに、あなたのせいなのですよ。

解説　「みちのくのしのぶもぢずり」は序詞だから、一首のあらわす意味の上ではかかわりあいはない。——序詞とはそういうものだと説明されてきているが、だからといって、この序詞なしでは、この一首は無味乾燥なものとなってしまう。「乱れそめにし」の「乱れ」の状態を、最も端的に、具体的に

出典　古今集〈十四〉恋四・題しらず（七二四）〈第四句「乱れんと思ふ」〉

語句　▼みちのくのしのぶもぢずり　これだけで、「乱れ」にかかる序詞。「みちのく」は〝道の奥〟の縮約で、白河の関以遠の地をさす。陸《む》奥《つ》。「しのぶずり」は〝忍ぶ草〟を用いてすり染めにした布であるが、福島県に信夫《しのぶ》郡という地名のあったところから、そこの特産品のようにいわれるようになったという。この歌でもそれを信じて「みちのくの」を冠したわけ。「もぢずり」は〝綟ぢ摺り〟で、乱れ模様に染めた布。そこから「乱

あらわし得ることばが、「みちのくのしのぶもぢずり」だったのである。つまり、目に見えぬ、心の深奥の状態を視覚的にあらわし、こうなったのも、誰のせいでもない、全くあなたのせいではありませんかと、責任を転嫁することによって、自らの恋の乱れのやるせなさを強調するのである。古典の読解力の浅い、中学低学年の私に、「われならなくに」の語法など理解できるはずもなく、自己流に「自分ナラ泣クコトダロウニ」というほどの意味を思いえがいていたが、〃しのぶもぢずり〃とか、〃乱れそめにし〃のかもし出すムードからいけば、

れそめにし」を導き出す。

▼**乱れそめにし**　「そめ」は掛詞で、「しのぶもぢずり」を受けて「乱れ染め」、下にかかって「乱れ初め」となる。「に」は完了の助動詞の連用形。「し」は過去の助動詞の連体形。

▼**われならなくに**　「なく」は打消の助動詞未然形の古い形「な」に接尾語〃く〃のついたもの。「ものを」と同じで、「に」はノニナアとなる逆接的詠嘆の終助詞。第三句以下を直訳すると、誰ノセイデ乱レハジメタ私デハナイノニナアとなる。

あながち、見当外れの解釈でもなかったと思えるのである。作者の心の底には、泣きたくなるほどの心情をたたえつつ、〝しのぶもぢずり〟にまぎらしながら、思う相手が、自らの責任として、当方の恋情を受け入れてくれることを切願しているのである。この歌、第二句から直接に「乱れそめにし」に続けないで、緩衝地帯のような「たれゆゑに」でリズムの流れをちょっとかわし、ワン・ポーズおいてから、「乱れそめにしわれならなくに」で余情を置き、相手に反芻《はんすう》を求めるなど、まことに心にくいほどの手法だといわざるをえない。音調の上からいっても、上の句下の句が「み」の頭韻を踏んでおり、「みちのくのしのぶもぢずりたれゆゑにみだれそめにしわれならなくに」と、ナ行音の響き合いが快調である。

余録 河原左大臣源融《とおる》（八二二～八九五）は嵯峨《さが》天皇の第十二皇子で、仁明《にんみょう》天皇の猷子《ゆうし》〈養子のこと〉となり、臣籍に降下して源姓を賜った。関白基経《もとつね》の陽成《ようぜい》廃位の際に自薦を試みたが、一旦臣籍に下ったものを帝位につけるわけにはいかないと一蹴《いっしゅう》された。それかあらぬか、ケタ外れの遊楽にうさ晴らしをしていたようで、東六条に四丁〈およそ四百メートル〉四方の河原院を造営して、毎日難波《なにわ》の浦から潮を二十石〈三百六十リットル〉ずつ汲ませて塩釜《しおがま》をたて、みちのくの塩釜の浦を移して楽しんだという。河原左大臣と称せられたのはそのためである。宇治の別荘は今の平等院となり、嵯峨の山荘は今の清涼寺〈釈迦《しゃか》堂〉の地にあった。

15
君がため　春の野にいでて　若菜つむ
わが衣手《ころもで》に　雪はふりつつ
光《こう》孝《こう》天《てん》皇《のう》

歌意　いとしいあなたのために、わざわざ春の野に出向いて、若菜を摘み取っている私の袖《そで》に、春の淡雪がしきりに降りかかってくることよ。

解説　掛詞・縁語・序詞と、技巧を弄《ろう》することに心を砕《くだ》いている当時の歌の中にあって、これは何と単純明快、簡明率直な歌であろう。しかもその中に、〝君〟を大きく包み込んでしまうような、おおらかな王者らしい風格が横溢《おういつ》している。この歌は若菜を賜ったのに添えた、ほんの儀礼的な歌で、実際は、春の野に出て、手ずから若菜を摘むようなことはなかった

出典　古今集〈一〉春上・仁和《にんな》のみかどみこにおましましける時に、人に若菜たまひける御うた（二一）

語句　▼**君がため**　「君」は、もともと、君主とか主人の意であるが、代名詞に転じて対称の尊称となり、はじめはおもに女性から男性に対して用いたが、平安時代では、男性から女性に対して用いることが多かった。この場合も相手は女性として受け取るべきである。▼**春の野にいでて若菜つむ**　第二句は八音で字余りとなっている。「若菜」は初春の菜類でいわゆる〝七草〟。「せり・なずな・ごぎょう・は

のかもしれない。しかし、この歌のおおらかさは、天皇も自然の子として春の野におりたち、雪の中に立って摘み草を楽しむほどの可能性のあることを思わせる。しかし、あまりにも長すぎた〝みこ〟時代の作品であれば、この可能性はいっそう大である。こういうおおらかな格調の歌では、〝君〟を特定の思い人と考えるようなことはしない方がよい。一人を対象に、せっぱつまった恋心の告白というような息苦しさは全くない。多くの人を幅広く包み込もうとする、仏の慈悲にも似た豊かな人間性、人間の美しさというも

こべら・ほとけのざ・すずな・すずしろ・これぞ七草」と、短歌の形にすると記憶しやすい。漢字は順に、芹・薺・御形・繁蔞・仏座・菘・蘿蔔。これらのうち、〝すずな〟は蕪《かぶ》、〝すずしろ〟は大根の古名。これらを摘んで、〝あつもの〟〈羹・汁を熱くした吸いもの〉や粥《かゆ》に作って食べる。

▼わが衣手に雪はふりつつ 第一首、天智天皇の「わが衣手は露にぬれつつ」との類似句。

のを、この歌はあますところなく表現している。

余録 光孝天皇（八三〇〜八八七）は第五十八代。仁明《にんみよう》天皇の第三皇子で時康《ときやす》親王といった。穏和無欲な性格で、権勢にかかわりあいを持ちたがらず、経史《けいし》の書に親しむ生活が長らく続いた。関白基経《もとつね》が陽成《ようぜい》の廃位を考えた時、光孝の人がらに傾倒して帝位にすえた。その時はすでに五十五歳で、在位は四年にみたず、五十八歳で崩御《ほうぎよ》。在位の年号から「仁和のみかど」とも、小松殿でのご出生から「小松のみかど」ともいう。「徒然草」〈第一七六段〉に、「黒戸は、小松の御門位につかせ給ひて、昔ただ人におはしまし時、まさな事せさせ給ひしを忘れ給はで、常に営ませ給ひける間なり。御薪《みかまぎ》にすすけたれば、黒戸といふとぞ」とある。これでみるとなかなか庶民的な天皇様だったらしいから、自らの手で、若菜を摘むようなこともあったにちがいない。この歌に詠まれている春の野の若菜摘みは、中国の古俗に基づく。それは〝踏青《とうせい》〟といって、春の野に出て、自然清浄の大気の中で、野の緑を踏んで団らん行楽する一種の宗教的行事であった。現代風にいえばピクニックとでもいうところであろう。その時、若菜を摘んでこれを食するようにしたのは、新しく萌《も》え出た若菜の生命力を、人間が体内にとり入れることによって、邪気を払い、無病息災、長寿延命を祈願するのである。これが正月の年中行事として定着するようになり、現在も一月七日を、「人日《じんじつ》の節供」とか「七日正月」などといって、七草粥《がゆ》を祝う風習が残っている。

16 立ちわかれ　いなばの山の　峰に生《お》ふる　まつとし聞かば　いま帰り来む

中納言行平《ちゅうなごんゆきひら》

歌意　いまお別れして、私は因幡《いなば》の国へ行ってしまいますが、そうなったとしても、いなばの山に生えている〝松〟ということばのように、私を待っていてくれると聞いたら、私はすぐにでも飛んで帰ってきますヨ。

解説　「銀の匙《さじ》」前篇の十八に、ひ弱でいくじなしの主人公〝□ぽん〟が、まだ小学校にもあがらぬ幼いうちから、伯母さんに百人一首をおぼえさせられる話がでてくる。「伯母さんはまた百人一首の歌をすっかりそらんじていて、床へはいってから一流のものさびしい節をつけて一晩に一首二首と根気

出典　古今集〈八〉離別・題しらず・在原行平朝臣《あそん》（三六五）

語句　▼**立ちわかれいなばの山の峰に生ふる**　〝立ち〟は接頭語。「いなば」は掛詞で、上の「立ちわかれ」を受けて〝往なば〟となり、下にかかって〝稲葉山〟となる。「往な」は動詞ナ変の未然形で、「ば」をともなって順接の仮定表現となり、〝行クトシテモ〟の意。「稲葉山」は今の鳥取市の東方にある山であるが、特定の山とはせず、広く因幡の国にある山と考えた方がよいのかもしれない。「生ふる」は動詞ハ行上二段の連体形。

よくおぼえさせた」とあって、その実例に採り上げられているのがこの歌である。そうして更に、「私はわからぬながらも歌のなかの知ってる言葉だけをとりあつめておぼろげに一首の意味を想像し、それによみ声からくる感じをそえて深い感興を催していた」とも書いてある。「銀の匙」の幼い主人公は、この歌のもっているものさびしいムードを敏感に感じとっていたといえる。

この歌は、多くの評者がいうように、因幡守に任ぜられた行平が任地へ下向の折、〝馬のはなむけ〟の宴席で詠んだ別れの歌であろう。儀礼的な歌らしく、掛詞を二つも用いた、裃《かみしも》をつけ

▼まつとし聞かば　「まつ」が掛詞で、上を受けて「峰に生ふる松」となり、下にかかって「待つとし聞かば」となる。「と」は内容を示す格助詞。「し」は強意の副助詞。「聞かば」は〝往なば〟と同様で、「ば」が未然形に接続して仮定表現。　**▼いま帰り来む**　「いま」は副詞で、〝スグニ〟の意。「帰り来」は複合のカ変動詞の未然形。「む」は意志の助動詞の終止形で、〝スグニ帰ッテクルコトニシヨウ〟の意。

て四角ばった感じの歌である。従って「まつとし聞かば」の対象は、特定の女性などではない。見送りの人々が、「お名残り惜しいですネ」などと口々に言うのに対する返答である。上三句が序詞のようなはたらきをしながらも序詞とならないのは、作者自身の行動と実景とを表現しているからである。そうして、その任地へ出発するのに、作者の心は決して張り切ってはいない。新しい任務に対する意気込みなど、薬にしたくとも見られない。出発の時から、「まつとし聞かばいま帰り来む」では、心は都に対する未練で充満していると言わざるをえない。このように表現するのが、別れの場合の儀礼かもしれないが、儀礼を超えて、作者の本心がありありと表現されている。だからこの歌は、現地での任が果てて、都へ帰還のための送別の宴席の作ではあるまい。都への帰心矢のごとき思いの中で、「まつとし聞かばいま帰り来む」などという、そらぞらしい作りごとを言っておれば、これだけしみじみとした哀感のただようはずはない。

余録 在原行平（八一八〜八九三）は平城《へいぜい》天皇の皇子、阿保《あぼ》親王の第二子で、業平《なりひら》の異母兄。業平と共に在原《ありわら》姓を賜り臣籍に下る。中納言にいたり〝在中納言〟と呼ばれ、民部卿を兼官して〝在民部卿〟とも言われた。須磨《すま》に流された時に、〝松風・村雨《むらさめ》〟という姉妹のものを愛したという話が、謡曲の「松風」などに伝えられており、今も須磨に〝松風村雨堂〟の遺跡がある。行平が因幡守に任ぜられたのは斉衡《さいこう》二年（八五五）のことである。

17　ちはやぶる　神代もきかず　龍田川《たつたがは》
からくれなゐに　水くくるとは

在《あり》原《わらの》業《なり》平《ひら》朝《あ》臣《そん》

歌意　人間世界では当然のこと、奇蹟の充満していた神代にも、こんなことがあったとは、聞いたことがないのダ。この龍田川で、からくれないの色に、水を絞り染めにしているなどということは。

解説　「古今集」の詞書によってはっきりするように、屏風《びょうぶ》にかかれた龍田川の紅葉の絵を題として詠んだ、いわゆる〝屏風歌〟である。〝龍田川〟といえば人は〝紅葉〟を連想する。しかも〝からくれなゐ〟という語があり、屏風絵がある。いまさら〝紅葉〟などという語を用いる必要はない。用い

出典　古今集〈五〉秋下・二条の后《きさき》の春宮《とうぐう》のみやす所と申しける時に、御屏風《びょうぶ》に龍田川にもみぢながれたるかたをかけりけるを題にてよめる。業平の朝臣（二九四）

語句　▼**ちはやぶる**　「神」にかかる枕詞。「いちはやぶる」で、勢いの鋭い意からいう。▼**神代もきかず**　神代ニモ〈コンナコトガアッタナドト〉聞イタコトガナイの意。神代には、常識を超越した不可思議なことが数々あったということを前提としている。従って人間世界にはあるはずがないことになる。▼**龍田川**　歌枕。奈良県生《い》駒《こま》郡を流れ、大和川

なくとも、この歌を見、あるいは聞いた人々の脳裏には、華麗絢爛《けんらん》たる紅葉の錦がくりひろげられてくるはずである。その錦を展開させるテクニックとして、歌は「ちはやぶる神代もきかず」と二句切れにしてことばがふッつりと切れる。〝神代〟などという語で人をおどかしているのである。しかも神威をいっそう強調する枕詞まで添えてある。いったいどんなことを聞いたことがないというのだろう——人の気持ちの動きを読んだか

のように、ここでもことばと、「龍田川」の上の小休止を置き、下二句で、実はこうなのだと種明かしをする。種が明かされれば、手品の場合でも、なァーンだ、そんなことだったのかと、馬鹿にされたよ

に注ぐ。紅葉の名所。
▼**からくれなゐに**　「くれなゐ」は「呉《くれ》の藍《あい》」の約で鮮紅色。「から紅」は韓伝来のものの意であるが、単に美称としてもちいられる。「に」は格助詞連用格で作用や変化の結果を示す。
▼**水くくるとは**　「くくる」はくくり染め、つまり、絞り染めにする意である。古注では水ヲ潜《くぐ》ルと解したのもあるが、神代もきかずと大げさに言ったところからみれば、水を潜るでは平板に流れるであろう。

うな気がしながらも、その種の扱いの巧みさにはやはり感服せざるを得ない。この歌の技巧にはそんな点が多分にある。川の水面を布地に見立て、ここに浮かんで流れる紅葉の美しさを〝絞り染め〟に見立てた。紅葉を錦に見立てる常套《じょうとう》を一歩進めて、絞り染めとしたところに、この歌のユニークさがある。〝龍田川〟でことばが切れているのでちょっと落ち着かない感じがするが、「龍田川ガ――水くくる」ではなくて、「龍田川デハ、〈神ガ〉――水くくる」と考えるべきであろう。

余録 在原業平は「古今集」第二期、いわゆる〝六歌仙時代〟の歌人でその一人。古今集の〝仮名序〟に、「在原の業平は、その心あまりてことば足らず。しぼめる花の色なくて匂ひ残れるが如し」〈情熱過多気味デ表現ニ不十分ノ点ガアル〉と評されているが、この歌ではその弊はあまり感じられない。業平は小野小町と並んで日本の美男美女の典型とされるが、古代の貴族がそうであったように、彼もなかなかの色好みで、「伊勢物語」の主人公に擬せられている。平城《へいぜい》天皇の皇子、阿保《あぼ》親王の第五子で、行平の異母弟にあたる。

この歌をネタにした落語がある。遊女の「ちはや」に振られ、妹分の「神代」にも聞かれなかった相撲取りの「龍田川」が豆腐屋になった店先に、落魄《らくはく》したちはやが食を乞うが、オカラもくれないので、水に潜って自殺した、そのちはやの本名が「とわ」だったというオチ。

18

すみの江の　岸による波　よるさへや
夢のかよひ路　人めよくらむ

藤《ふじ》原《わら》敏《のとし》行《ゆき》朝《あ》臣《そん》

歌意 住の江の岸に波がよる——それと同じことばのよる〈夜〉にまでも、夜見る夢の中での通い路の逢瀬《おうせ》に、あなたはなんだって人目を避けようとするのですか。もっと大胆になったっていいじゃありませんか。

解説 「古今集」には、この歌と並べて、同じ作者の歌「恋ひわびてうち寝《ぬ》るなかに行き通ふ夢の直路《ただち》はうつつならなむ」〈五五八〉があげてある。どちらも夢の中で通う恋路がテーマになっている。〈五五八〉の歌は、現実にはかなわぬ恋に悩んでいても、夢の中ではただひたすらに、まっすぐに突

出典 古今集〈十二〉恋二・寛平《くわんぴよう》の御時きさいの宮の歌合の歌（五五九）

語句 ▼**すみの江の** 歌枕。大阪市住吉区の海岸一帯をいう。▼**岸による波** ここまでの第一句第二句は序詞で、次の「よる」にかかる。▼**よるさへや** 「よる」は掛詞で、上を受けて〝波が寄る〟となり、下にかかって〝夜さへ人目よく〟となる。「さへ」は添加を示す副助詞で、人目ヲ憚《はばか》ル必要ノナイ夜マデモの意。「や」は疑問の係助詞で、「らむ」が結び。▼**夢のかよひ路** 夢の中での通い路の意。「かよひ路」は恋人に逢う

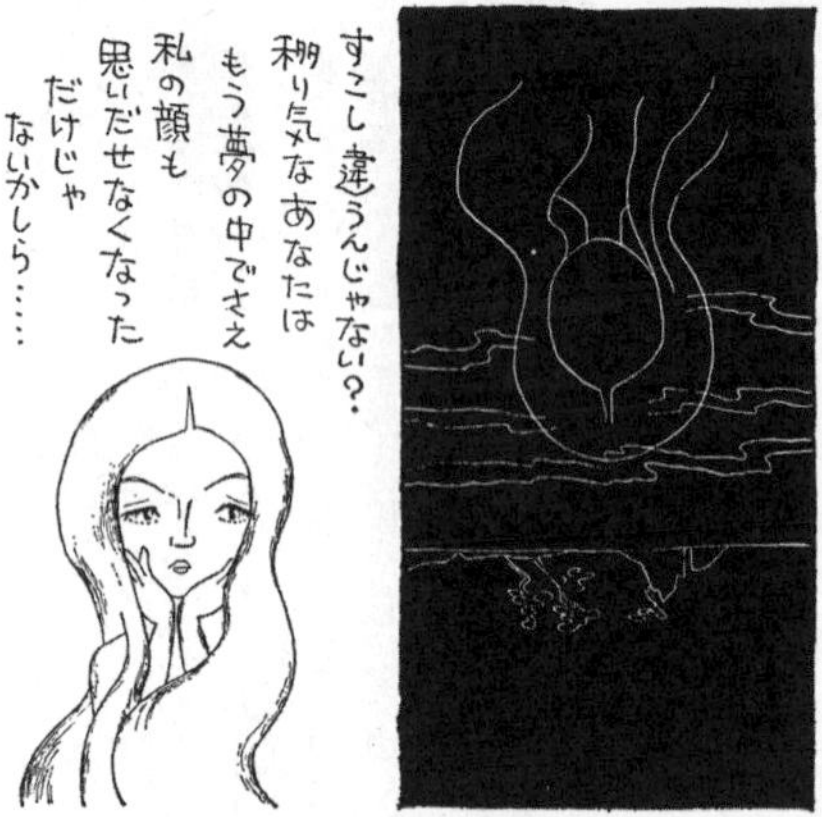
すこし違うんじゃない?
移り気なあなたは
もう夢の中でさえ
私の顔も
思いだせなくなった
だけじゃ
ないかしら……

き進んで行く――その一直線の道が現実であってほしいと祈るのである。この歌では、夢の中での通い路だから当然、夜のことである。それならば、人目のしげき昼ではないのだから、大っぴらに、私の恋を受け入れてくれたっていいのに、うき名の立つ恐れもあるまいに、どうしてあなたはそのように消極的なのでしょう。と、これは、夢の中でしか積極的になることのできぬ心弱き男の嘆息とともに詠まれたものであろう。それにしても、この歌の声調のなだらかさはどうだろう。百人一首中でもおそらくト

ために通ってゆく道の意だから、通うのは男性の方であり、作者自身の思いが投影されているとみてよい。

▼人めよくらむ 「らむ」はこの場合は原因推量の助動詞の連体形で、ドウシテ人目ヲ避ケルノダロウカの意。〝よく〟の主語は男性とも女性とも解かれているが、「通ふ」のは男性で、人目を憚らず逢おうとしているのに、あなたはどうして人目を憚るのですかという意と解されるので、主語は女性とみる。

ップに立つものであろう。「よる波―よるさへや―ゆめ―かよひ―よく」と「よ」を主調とした「や・ゆ・よ」の響き合い、「よる波」から「よる」へ続ける序詞が、単に音声の響き合いにとどまらず、〝住の江〟の〝すみ〟から〝澄み〟への連想があって、今は埋め立てられて見る影もあるまいが、白砂青松の岸辺に寄る波の美しさをバックにして、夢の通い路が展開される。作られた歌として、そのお膳《ぜん》立ては完璧《かんぺき》といってよく、だからこそ、わざとらしさが消去されるのであろう。

余録　藤原敏行の歌は、同じ古今集に入集した立秋の歌「秋来ぬと目にはさやかに見えねども風の音にぞ驚かれぬる」が最も知られている。彼は能書家としても有名で、「百人一首一夕話《ひとよがたり》」に次のような話が載せられている。「村上天皇の御時、小野道風《とうふう》能書の聞こえ高かりしが、或時帝道風を召されて古今の妙筆は誰をか最上とすると問はせ給ひければ、空海と藤原敏行とをこそ古今の妙筆とは申し候ふべけれと奏せられぬ。天下に能書の名だたる道風のかく賞せられたるを以て、敏行の凡筆にあらざる事を知るべし。云々」とあり、「余りに能書の名高かりし故様々の妄説を世にいひ伝へ」たとして、在俗不浄の身でありながら、人に求められるままに経文を書いて与えた罪をうけたという。その話は「今昔物語」〈十四―二十九〉と「宇治拾遺物語」〈八〉とにほぼ同じ内容で詳しく述べられている。敏行の一面を知ることのできる興味深いエピソードである。三十六歌仙の一人。従四位上右兵衛督《うひょうえのかみ》にいたる。

19

難波《なには》潟《がた》　みじかき葦《あし》の　ふしのまも
あはでこの世を　すぐしてよとや

伊《い》　勢《せ》

歌意　難波潟には葦がいっぱい生えています。その葦の節と節との間が短いように、短い僅《わず》かな間でさえ、あなたにお逢いして愛を語らうこともなく、このまま空しく時を過ごしてしまえと、あなたはおっしゃるのですか。

解説　はじめ二句は「ふしのま」にかかる序詞だから、〝難波潟〟というのは嘱目《しょくもく》の実景ではない。それが葦の名所だということを観念的に知っていて利用したにすぎない。しかし、この語が歌に及ぼす効用は極めて大きい。それはこの歌を見た人の心にその茫洋《ぼうよう》たる、そして荒涼たる海浜のイメージ

出典　新古今集〈十一〉恋一・題しらず（一〇四九）

語句　▼**難波潟**　歌枕で〝難波江〟とも言い、大阪市一帯の海岸。「潟」は干潮になれば砂地が見え、満潮には隠れるような遠浅地帯、また入江のこと。　▼**みじかき葦の**　「短き」も「葦の」も「ふしのま」を修飾する。ここまでの第一・二句は次の第三句にかかる序詞である。▼**ふしのまも**　「ふしのま」は掛詞で、上を受けて、葦ノ節ト節トノ間〈空間的ニ僅カナ長サ〉の意となり、下にかかって、僅カナ間〈時間的ニ極メテ短イ間〉の意となる。　▼**あはでこ**

を描き出してくれるのである。それがこの歌にあらわれている作者自身の心情と重なって、結句の激情へと無理なく高められていくのである。その転換へのポイントとなるのが第三句の掛詞である。第一句から第三句まで読みくだした時点では、この歌は客観的対象をとり上げた自然詠にすぎない。それが、「あはでこの世をすぐしてよとや」と第四・五句に読み至ると、〝ふしのま〟の意味が急に深刻となり、離《か》れ離《が》れの無情な男への万《ばん》斛《こく》の恨み言となる。「あはで」の〝逢ふ〟という動詞は、男女の愛の具体的な成立を意味する

の世を　「あはで」も「この世を」も「すぐしてよとや」を修飾する。「で」は打消の接続助詞で、未然形に接続する。「この世」の〝世〟には、世の中という意と、男女の仲という意とが含まれ、節と節との間を〝よ〟というのに掛けて、〝葦・ふし〟との縁語としている。▼**すぐしてよとや**　「てよ」は完了の助動詞の命令形。「と」は引用を受ける格助詞。「や」は疑問の係助詞で下に「いふ」の省略が考えられる。

し、「この世」の〝世〟には、男女の仲、男女の愛情関係という意味がある。無縁の男性に対してならば何の恨み言をいうこともない。一度は自分に愛を誓った男性ではないか。それがどんな事情の変化があったにせよ、私を見捨て、私につらい思いをさせてよかろうはずはない。気の強い現代風の女性なら、つかみかかっていくかもしれない。それにじっと堪えて、男性に反問する。私は「ふしのまもあはでこの世をすぐ」すことはできない気持ちでいます。それなのにあなたは、私のできないことを私にやれとおっしゃるのですか、おっしゃる以上は、この愛は破局です。そうなった時、私はどうなるでしょう。どんな事態が生じても、それはすべてあなたの責任ですよと、そこまでは表現していないけれども、そんな強い語気が、「すぐしてよとや」という言いさしの余韻として、響いてくるではないか。

余録 伊勢は三十六歌仙の一人で、伊勢守藤原継蔭《つぐかげ》の娘。父の官名が宮廷での呼び名となった。勅撰集に百七十六首が入集するほどのすぐれた歌人で、その恋愛遍歴も激しかったようだが、宇多天皇の寵愛《ちょうあい》を受けて皇子を生み、「伊勢の御息所《みやすんどころ》」「伊勢の御《ご》」などと呼ばれた。「源氏物語」〈桐壺〉に「このごろあけくれ御覧ずる長恨歌の、御絵亭子《ていじの》院《ゐん》の書かせ給ひて、伊勢・貫之《つらゆき》に詠ませ給へる、やまとことの葉をも唐土《もろこし》の歌をも、ただそのすぢをぞ枕ごとにせさせ給ふ」とあり、歌人としての彼女の評価のすでに定まっていたことがわかる。

20

わびぬれば　いまはたおなじ　難波《なには》なる
みをつくしても　あはむとぞ思ふ

元《もと》良《よし》親《しん》王《のう》

歌意　どうせ今まで、思うにまかせぬ逢瀬《おうせ》を、やりきれないと思い続けてきたのだから、事が露見して、浮名のたった今の苦しい心境も、また従前と格別かわったことはない。どうせこうなったからには、難波潟にあって、人の知る〝みをつくし〟ではないが、わたしも身を尽くして、この身がどうなろうと意に介することなく、ただひたすらに、恋しいあなたとの逢瀬を果たそうと思うのだよ。

解説　元良親王は陽成天皇の第一皇子で、たいそうなプレイボーイだったらしい。後撰集の詞書にある京極の御息

出典　後撰集〈十三〉恋五・こといできてのちに京極の御息所《みやすんどころ》につかはしける（九六一）・拾遺集〈十二〉恋二・題しらず・もとよしのみこ（七六六）

語句　▼**わびぬれば**　「わび」は動詞ハ行上二段の連用形。「ぬれ」は完了の助動詞の已然形。「ば」は順接確定条件の接続助詞。スデニソウイウ状態ニナッテシマッタノデの意。▼**いまはたおなじ**　「いま」は名詞で、現在ノ〈浮名ノ立ッタ〉状態を示す。「はた」は副詞でマタの意。「おなじ」は形容詞シク活用の終止形。従ってこの歌は二句切れ。

所というのは、藤原時平の娘の褒子《ほうし》で、宇多天皇の御寵愛《ちょうあい》をうけ皇子を生んでいる。高貴のお方の配偶者と定まった女性に対して、恋慕の情をいだけば、いくらフリー・セックスの時代であろうと、道ならぬ恋として秘めておかなければならないだろう。秘めた恋、意のごとくに事の運ばぬ恋に、すでに身を焼くような焦燥の思いを持ち続けてきたに違いあるまい。それが「わびぬれば」である。「いま」は、事の露見した現在の時点の苦悩

▼難波なる　「なる」は断定の助動詞だが、ここは〝ニアル〟の意で存在を示す。　**▼みをつくしても**　「みをつくし」は掛詞で上を受けて「難波ニアル澪《みお》標《つくし》」の意、下にかかって〝我ガ身ガドウナロウトカマウコトナク〟の意を表す。〝澪標〟は〝水脈《みを》つ串〟の意で水路標識のこと。

▼あはむとぞ思ふ　「あふ」は顔を見るだけのことではなく、男女の愛の完成を意味する。「む」は意志の助動詞。「ぞ」は強意の係助詞。結びは「思ふ」で動詞の連体形。

の状態を示している。露見して非難の的となり、白眼視されるやりきれない思いも、実は、ひたすら発覚を恐れ続けてきた従前の苦悩とかわるところがない。こうなった以上は、もうヤケノヤンパチだ、どうにでもなれという、つきつめ、思いつめた恋心の燃焼を、「難波なる」ということばでちょっとはぐらかした。これは、どんな時にも忘れてならない〝ゆとり〟であり〝遊び〟の精神である。そうして「難波なるみをつくし」と掛詞に逃避しながら、恋しい人との愛をつらぬくためには、この身がどうなろうとかまっちゃいられないのだという、はげしい意志表示となる。〝恋は人を盲目にする〟といわれる。自分も甘んじて盲目になろう——ただひとすじに恋を求めようとする、息苦しいような一途さを、〝難波〟という歌枕、〝みをつくし〟という掛詞のベールにつつんだところに、この歌のスマートさがみられ、平安貴公子の本性に接するような思いをいだかせられるのである。

余録 元良親王（八九〇～九四三）の風流ぶりは、「百人一首一夕話《ひとよがたり》」を見てもわかるが、恋にうき身をやつしてはいても、明朗闊達《かったつ》な性格の人だったらしくて、そういう点で好感がもてる。「徒然草」〈第一三二段〉に「鳥羽の作り道は、鳥羽殿たてられて後の号《な》にはあらず。昔よりの名なり。元良親王、元日の奏賀の声甚《はなは》だ殊勝にして、大極殿より鳥羽の作り道まで聞こえけるよし、李部《りほう》王の記に侍《はべ》るとかや」という記事がある。記事そのものは誇張されているという外はないが、いかにも音吐《と》朗々という感じで、元良親王の一面をいきいきと伝えるエピソードである。

21　いまこむと　いひしばかりに　長月の
ありあけの月を　待ちいでつるかな

素《そ》性《せい》法《ほう》師《し》

歌意　日が暮れさえすれば、すぐにここへ来ようと、あなたがおっしゃったばかりに、それを真《ま》に受けてお待ちしているうちに、秋の夜長の長月の朝になってしまい、待ってもいなかった有明けの月なのに、この月の出を待ちかまえていた結果になってしまったことですよ。

解説　素性法師は僧正遍昭《へんじょう》の子、父子そろってしゃれた歌を作っている。この歌は、男性たる作者が、女性の立場にたって詠んでいる。だからこれは作りごとである。作りごとだから駄目《だめ》だというのではない。文学にしろ絵画にしろ、芸術

出典　古今集〈十四〉恋四・題しらず（六九一）

語句　**▼いまこむと**　「いま」はイマスグニの意の副詞。「む」は意志の助動詞。男性側に主体性をおけば「行かむ」となるが女性側に主体性をおいて「こむ」と言った。**▼いひしばかりに**　この語の主語は男性。「ばかり」は限定の副助詞。「に」は原因・理由の格助詞。言ッタダケノタメニの意。言いさえしなければ、そうはしなかったのダという気持ちを含んでいる。**▼長月の**　「長月」は陰暦九月の異称。晩秋で、秋の夜長がひとしお感じられるところからの

の世界を支えているものは〝仮構〟だといってよい。真情をむき出しにするだけでは歌にはならない。表現という器に盛りつける料理法が失敗すれば、それは芸術作品としての価値を失うことになる。この歌は自分自身のつきつめた感情の表白ではない。だからそこには〝遊び〟があり余裕がある。無情な男に待ちぼうけをくわされた恨めしさの表現でもなければ、その女性に対する同情心の発露というわけでもない。男を待っていたのだったのに、ひょっこり顔を出したのを見たら、それは有明けの月だったワ、ウフフフッ、

とうとう
オールド一本と
トマトジュース半ダース
あけて
少年マガジンと
少女フレンドと
野坂昭如と
井上ひさしと
宇能鴻一郎を読んで
タロット占いを十五回も
やった。
バカみたい
お月さま
よかったら
今夜通ってこない？
あいつなんかどうでもいいのだ。

名称であろう。▼**ありあけの月を**　陰暦の場合に、満月をすぎて月末に近づくにつれて、月が欠けるのとともに月の入りが遅くなり、空に月が残ったまま夜が明けるようになる。この月をいう。▼**待ちいでつるかな**　八音で字余り。「待ちいで」は、待ちうけていて、そのものに遭遇する意で、主語は女性。男の来るのを待っていたのに、有明け月を待っていてそれに出会った結果になったということになる。「かな」は感動の終助詞。

というような余裕のある心情で詠んでいる。作者が女性だったら、こうはいかなかったであろう。男性でありながら女性という隠れ蓑《みの》をまとっていること自体が楽しいし、待っている相手が、男性から有明け月に変身したのも意表をつく面白さがある。作者自身がしゃれた人間だから、こんなしゃれた歌が作れたのであろう。

なお、「待ちいでつるかな」について、一日だけのこととも、長期にわたって考えるべきだとも言われ、説が分かれている。長期といってもどれ程の期間を考えたらよいのか、長ければ長いほど面白いというわけでもあるまい。待つ身にとっては〝一日千秋〟ともいうから、ただの一日でも心理的時間は長いはずである。

余録　素性法師は三十六歌仙の一人。「百人一首一夕話《ひとよがたり》」に「良峰宗貞出家して遍昭と名を改められし後は、もとの妻に逢ひても避け退かれけるに、在俗の時の子に右近衛将監《しやうげん》〈第三等官〉玄利《はるとし》といふがありけり。これも歌の上手なりけるが、遍昭のもとの妻この玄利を遍昭の許へ遣しけるに、法師の子は法師がよきぞとてこの玄利をも出家させられ、名を素性とつけられたり。素性後に雲林院《うりんゐん》〈京都紫野〉に住して権律師たり、また大和国石上《いそのかみ》の良因院《りやういんゐん》の住持となられし」とあり、更に、宇多法皇の宮滝ご遊覧の折のご案内に立ち、宿所に招かれて和歌を献じたことを録している。

22　吹くからに　秋の草木の　しをるれば
むべ山風を　嵐《あらし》といふらむ

文《ふん》屋《やの》康《やす》秀《ひで》

歌意　吹いたかと思えばたちまちに、秋の草木がしおれてしまうので、山から吹きおろす激しい風を、嵐というのは、いかにももっともだと思われる。

解説　この歌は文字の遊びが主眼になっている。クイズ遊びのことだから、こんなものはつまらないと言ってしまえばつまらないし、面白いと思う人にはけっこう面白さが感じられるだろう。結局主観の問題なのだが、こんなクイズ遊びが、クイズの遊びだけに終わっているのなら、百人一首中の一首として選び出されることもなかったであろう。山風が嵐だという

出典　古今集〈五〉秋下・これさだのみこの家の歌合のうた（二四九）

語句　▼**吹くからに**　この語は「しをるれば」を修飾し、吹クトスグニ、吹イタトタンの意。「からに」は接続助詞。▼**秋の草木のしをるれば**　「しをる」は力を失って弱る意だが、「枝折《し》る」の原義にもどって、嵐のために草木が痛めつけられている様を思わせる。「ば」は已然形に接続しているから確定条件を示す。▼**むべ山風を**　「むべ」は「うべ」と同義で、イカニモソノ通リダと納得する意を表す意の副詞で「いふらむ」にか

ことを納得させる条件は、単なることばの上のお遊びではなくて、秋ともなれば、誰しも体験する荒涼たる野《の》分《わき》の風そのものである。しおれるのは〝秋の草木〟ばかりではなく、人間が暴風の前にひれ伏し、自然の暴威に対してなすすべもなく茫《ぼう》然《ぜん》自失し、きびしい気候の到来に心の冷える思いを抱き始めた情感が底流にあるので、それが人間の心に共感を抱かせるのである。これと類似の趣向による歌として、「古今集」の中に、

雪ふれば木ごとに花ぞさきにけるいづれを梅とわきて折らまし〈冬・三三七〉

かる。「山風」は山ノ中ヲ吹ク風とも、山カラ吹キオロス風の意とも言われる。この場合は「山・風」の合字が「嵐」になるという面白さに主眼があるのだから、字義にこだわる必要はない。

▼嵐といふらむ

「嵐」は激シク吹ク風をいう。「荒し」と意味が重なっている。草木を吹き倒すほどの秋の嵐といえば、野《の》分《わき》であり台風である。〝嵐〟には〝晴嵐・青嵐〟などの用法もあり、すがすがしい山気を意味する。「らむ」は現在推量の助動詞の終止形。

というのがある。「木《き》・毎《ごと》」の合字が「梅」となるので、ウメェことやったと喝采《かっさい》されるわけだが、これには「むべ」に当たる用語がないので、作者自身が文字遊びを意識していたかどうかはわからない。またこの歌は、29の「心あてに折らばや折らむ」の凡河内躬恒《おおしこうちのみつね》の歌と同工異曲で、むしろ「吹くからに」の方に動的な新鮮味が感じられる。なお、この歌は文屋康秀のものではなく、子の朝康の作とすべきだという説が、契沖《けいちゅう》・真淵《まぶち》以来行われている。

余録　文屋康秀は六歌仙の一人。三十六歌仙には漏れている。「古今集」の仮名序には「文屋康秀は、詞《ことば》はたくみにて、そのさま身におはず。いはば、商人《あきひと》のよき衣《きぬ》着たらむがごとし」〈言葉ノ用イ方ハウマイガ、歌ノ姿ハ内容ト遊離シテイル。商人ガ立派ナ着物ヲ着タヨウニ、チグハグナ感ジガスル〉とひどいことを言われて、その例としてこの歌があげてある。康秀の作でないとすれば、この歌に関するかぎり、この評は当たらないことになる。康秀の伝記はよくわからないが、三河掾《じょう》〈第三等官〉に任ぜられたとき、小野小町を誘ったというエピソードが、小野小町の歌によって知られる。「わびぬれば身をうき草の根を絶えて誘ふ水あらばいなむとぞ思ふ」〈古今集・十八・九三八〉〈オチブレタワガ身ハ、誘ウ人サエアレバ、ドコヘデモイッショニ行キマスヨ〉というので、「文屋康秀が三河掾になりて、県《あがた》見にはえいでたたじやと言ひやれりける返事《かへりごと》によめる」という詞書がある。

23　月みれば　ちぢに物こそ　かなしけれ
わが身ひとつの　秋にはあらねど

大《おお》江《えの》千《ち》里《さと》

歌意　あの澄み切った秋の月を眺《なが》めていると、あれを思いこれを思い、何かにつけて悲しさがこみあげてきてならないのだ。自分だけの秋だというわけではない——それはよくわかっているのだが、自分ひとりが悲しみを背負いこんでいるような気になってしまうのだ。——あの月を見ていると……。

解説　日本ほど自然に恵まれた国土はあるまい。恵まれすぎるとかえってその有り難みがわからなくなるもので、最近では自然破壊の異常な進行が問題となってきている。それ

出典　古今集〈四〉秋上・是貞親王《これさだのみこ》の家の歌合によめる（一九三）

語句　▼**月みれば**　「月」とさえいえば、人は仲秋の名月を連想する。それを考慮に入れた上で使ってある。「みれば」の「ば」は、已然形について偶発条件を示す接続助詞。　▼**ちぢに物こそかなしけれ**　「ちぢに」は形容動詞ナリ活用の連用形、イロイロサマザマニの意。「物」はある対象を漠然と指していう語。ここは「物がなし」というべきところ、強意の係助詞「こそ」を用いたため分離された。「物がなし」は、見ルモノ聞ク

はさておき、日本人は昔から自然に心を遊ばせることを〝風雅〟とか〝風流〟とかいい、その代表的対象として、〝花鳥風月〟あるいは〝雪月花《せつげつか》〟があげられてきた。これがさらに両者に共通する〝花〟と〝月〟とにしぼられ、春の花、秋の月、これが一年を通じ、あらゆる自然の代表となる。そうして、春と

秋、花と月という対照は、陽性なるものと陰性なるものとの対照のシンボルともなる。従って、秋のムードは冷たく沈んでおり、月の美は冴《さ》え徹っている。花見の宴で浮かれ騒いだ人も、月見の宴で同じ行動ができ

モノ、思ウコト感ジルコト、スベテガ悲シサノタネデアルの意。「かなしけれ」は形容詞シク活用の已然形で、「こそ」の結び。▼**わが身ひとつの秋にはあらねど**　「ひとつ」は〝ひとり〟というべきところを、上に「千々に」とあるので〝千↕一〟と対照させた。「に」は断定の助動詞の連用形。「は」は強意の係助詞で、これがあるために第五句は字余りになった。「ね」は打消の助動詞の已然形。「ど」は逆接確定条件の接続助詞。自分ヒトリノ秋ダトイウワケデハナイノダケレドの意。

るものではない。自然の風物が人間の情感を支配する力強さの中に身をひたしたところから、この歌は生まれてきている。この歌は「白氏文集《はくしもんじゅう》」の詩句「燕子《えんし》楼中霜月夜、秋来只《ただ》為一人長」〈燕子楼中霜月ノ夜、秋来タダ一人ノタメニ長シ〉の翻案であろうといわれる。しかし、詩句はヒント程度にはなっているだろうが、作者自身は、日本の伝統的風雅に身をひたして詠んでいる。この歌の表現上の技巧としては、上の句下の句にはっきり分かれる三句切れで、上下の両句に〝千〟と〝一〟との対照があり、〝物こそ――かなしけれ〟〝秋には――あらねど〟と強意の係助詞による対照があって、「は」という助詞の重みが感じられる。そのため「あらねど」から上の句にもどる倒置法というような理詰めの平板さから救われているように思われる。一見つまらない歌のようにもみえるのに、よめばよむほど捨てがたい味わいが感じられてくる歌である。

余録 大江千里は参議大江音人《おとんど》の第二子。父はすぐれた漢学者で、千里もそのあとをついだが和歌にもすぐれていた。宇多天皇の命によって「句題和歌」百二十首を詠進した。寛平《かんぴょう》六年（八九四）のことである。これは古人の漢詩句を題として和歌に作ったものである。生没年は明らかでない。百人一首の歌は人によく知られているために、落語や狂歌・川柳などのネタにされることが多いが、この歌のもじりで「月見てもさらにかなしくなかりけり世界の人の秋と思へば」〈徳和歌後万載《まんざい》集、三、つむりの光〉というのがよく知られている。〈「世界の人」は、〝世間一般の人〟の意〉。

24　このたびは　ぬさもとりあへず　手向山《たむけやま》
もみぢのにしき　神のまにまに

菅《かん》家《け》

歌意　こんどの旅では、ぬさの用意もできぬままに、慌ただしく出発してきてしまいました。ですから、この手向山で、手向けるぬさと致しましては、今ここにみごとに織りなされているもみじの錦を、わたくしの捧《ささ》げ奉るぬさとして、神のみ心のままにお受け取りください。

解説　作者の菅原道真《すがわらのみちざね》は、百人一首の作者の中でも、第一の有名人であろう。しかも悲運の政治家として、万人の同情をかち得ているために、その同情が、この歌に対する好意的評価にすり替えられているのかも知れない。もみじを錦に見

出典　古今集〈九〉羇《き》旅《りょ》・朱雀《すざく》院の奈良におはしましたりける時に、手向山にてよみける・菅原《すがはら》の朝臣（四二〇）

語句　▼**このたびは**　「この」は口語では連体詞、文語では「こ」が代名詞、「の」が格助詞。「たび」は〝度〟と〝旅〟との掛詞。▼**ぬさもとりあへず**　「ぬさ」は神への捧げものとして紙や絹を細かく切ったもの。旅の途中に行路の安全を祈るのに用いる。「とりあへず」は調エルダケノ時間的ナ余裕ガナカッタの意。▼**手向山**　行路の安全を祈って、神に「ぬさ」を捧げることになっていた所。だいたい峠の

立てるのも当時の常套《じょうとう》であるし、そのもみじをぬさに見立てるのも、別にユニークな発想でもない。「古今集」〈秋下〉に次の三首が並べられている。

龍田姫《たつた》手向くる神のあればこそ秋の木の葉のぬさと散るらめ〈二九八〉

秋の山もみぢをぬさと手向くればすむわれさへぞ旅心ちする〈二九九〉

神奈備《かんなび》の山をすぎ行く秋なれば龍田川にぞぬさは手向くる〈三〇〇〉

ところが、道真のこの歌が、百人一首に選ばれるには、やはり他の歌には見られぬユニークな点が、高く評価されたからにちがいない。この歌は、美しいもみじをぬさとして捧げるというような単純なものではない。当然用意をしてくるはずのぬさを調えていないのは、神を畏《おそ》れぬ態度だと言われてもしかたないし、神のみ心まかせに、その気になってお受け取りくださいなどというのも、実は神を小馬鹿にしたようなものである。何か高圧的な態度で神に面と向かっているような気がしてくる。こ

頂にあった。もともと普通名詞であったものが、固有名詞に転じたところもある。奈良に「手向山八幡宮」がある。**▼もみぢのにしき**　秋の紅葉・黄葉の美しさを錦織にたとえ、これを秋の女神龍田姫の手すさびと考えるのが当時の常識である。**▼神のまにまに**　「まにまに」はソノコトノナリユキニマカセル意の副詞であるが、上に連体語を伴う。神ノオ心マカセニ。神ガソノ気ニナッテ紅葉ノ錦ヲヌサノツモリデオ受ケクダサイという意。

んな点がかえってこの歌の力となり、道真自身が神とあがめられるようになる要素の片鱗《へんりん》を見せているともいえよう。表現技巧としては、第二句で切れたことばがどこへも続かず、第三句でもまたぽつンと切れて、舌足らずの印象は避けがたい。結局は「このたびはぬさも取りあへず〈出掛ケテキタノデ、コノ〉手向山〈ニオイテ、今日ノ前ニアル〉もみぢのにしき〈ヲ〉神の〈ミ心ノ〉まにまに〈捧ゲ奉ル〉」とでも言うべきところであろう。

余録

道真（八四五〜九〇三）のこの歌は古今集の詞書によって、朱雀院〈宇多上皇〉の吉野御幸の時、昌泰《しょうたい》元年（八九八）の作ということがわかる。道真はその翌年右大臣となり、藤原時平《ときひら》の策謀により、大《だ》宰権帥《ざいのごんのそち》として左遷され、延喜《えんぎ》三年（九〇三）に五十九歳で生涯を終わっている。学者が学者のままでいることができなかったところに道真の悲劇があったと思われるが、それだけに世人の尊崇をうけ、雷神となって時平に仇《あだ》を報いたという伝説も生じ、天満天神としてあがめられるに至っている。

25 名にしおはば　逢坂山《あふさかやま》の　さねかづら
人にしられで　来るよしもがな

三条右大臣《さんじようのうだいじん》

歌意　〝逢坂山のさねかづら〟が、名前通りの実質を備えていて、あなたに逢うことができ、共に寝ることができるのなら、人知れず〝さねかづら〟のつるを手繰り寄せるように、誰にも知られないように、あなたの許《もと》に忍んで来る手立てがあったらなあと思っています。

解説　ことばづかいの華麗さに眩惑《げんわく》され、調子のよさに乗せられて、何となくわかったような気がして読んでいるが、さて、どんな意味なのだろうと考えてみると、その華麗さが繁雑さとなってはねかえってくる感じ。縁語・掛詞がくさり

出典　後撰集〈十一〉恋三・女のもとにつかはしける（七〇一）

語句　▼**名にしおはば**　「名に負ふ」は名ニ相応シタ実質ヲ備エテイル、名実一致シテイル意。「し」は強意の副助詞。「ば」は未然形に接続しているから、順接の仮定条件を示す。　▼**逢坂山のさねかづら**　「逢坂山」は歌枕、「逢ふ」〈男女ガ共ニ寝ル〉との掛詞。「さねかづら」は今のビナンカズラのことで、つる性のかん木。つるを取るのに手繰り寄せることから「くる」にかかる枕詞。また「さ寝」〈〝さ〟は接頭語〉との掛詞で「逢ふ」の縁語。　▼**人にしられで**

の輪になって、次から次へとつながっていく。これだけの表現上の技巧を調えて、一首の歌に盛りつけるためには、ことばの料理に相当の苦心を払っているはずであり、こういう濃厚な味つけが一般の嗜好《しこう》にかなっていたのだから、詞書にあって、この歌を贈られた相手の女には、何の抵抗もなく受け入れられたはずであり、むしろ、自分ひとりを目指して、これだけの工夫と努力を払ってくれたことによって、愛の深さと真実性を感じ、その愛を受け入れようとする気持ちを駆り立てられたことであろう。「逢ふ」というこ

「人」は第三者の意。「れ」は受身の助動詞の未然形。「で」は打消の接続助詞。関係ノナイ者ニハ誰ニモ知ラレナイヨウニの意。

▼**来るよしもがな** 『来る』は〝繰る〟との掛詞で〝さねかづら〟の縁語。『よし』は方法・手段の意。「もがな」〈もが＋な〉は、自己の願望を表す終助詞で、…ガアッテホシイ、…ガアレバドンナニイイダロウナア〈トコロガ、実際ニハナイカラツマラナイ〉という意を表す。

とばや「さ寝」ということばには、なまなましい愛の実感がこめられていて、ロマンチックなムードにはほど遠いはずなのに、この歌から、脂ぎったいやらしさがそれほど感じられないのは、第五句の「来るよしもがな」に、忍び逢う手立てが現実には得られなくて、何とかならないものかなあと、思い悩んでいる男性側の気の弱さが見えるからであろう。なおこの「来る」という語は不自然で、実際には「行く」であるはずだが、上の句に持ち出したお膳《ぜん》立ての関係から、〝さねかづら〟の縁語で、〝繰る〟との掛詞とするために用いたのであり、すでにこの願望が現実となって、女のもとにわが身を置いた状態を仮定した表現とも見ることができる。またもし、ひょっとして、この詞書自体が仮定であって、作者は単にこの言葉の遊戯を楽しんで、うまくできたと、ひとりでにんまりしていたのかもしれない。

余録　三条右大臣は藤原定方（八七三〜九三二）のこと。内大臣高藤の次男。延長二年（九二四）右大臣、邸が三条にあったので、三条右大臣と呼ばれた。「大和物語」〈第一九段〉に、故式部卿の宮〈敦慶《あつよし》親王―宇多天皇皇子で、定方の甥《おい》にあたる〉に公卿《くぎょう》たちが参集して宴を催した時のことが書かれていて、「をみなへしをかざし給ひて、右の大臣《おとど》、をみなへし折る手にかかる白露はむかしのけふにあらぬ涙か〈親王ノ御在世中ヲシノビ、今日ガ昔ノママノ今日デナイコトヲ嘆ク〉となむありける」とあり、他の人の歌もあったが、それは拙《つたな》いので載せないと添え書きがしてある。

26

小倉山《をぐらやま》　峰のもみぢば　心あらば
いまひとたびの　みゆきまたなむ

貞《てい》信《しん》公《こう》

歌意　小倉山の峰のもみじ葉よ、もしおまえに、わたしの望みを理解するだけの気持ちがあるのなら、もう一度の行幸《みゆき》があるまで、散らずにそのまま待っていてほしい。

解説　「拾遺集」の詞書によれば、小倉山の紅葉を御覧になった宇多上皇が、そのすばらしい景観に感激して、自分だけで見るには惜しいから、醍醐《だいご》天皇にもぜひとも見ていただきたいと仰せられた、その旨を天皇に奏上しようとして、詠んだ歌ということがわかる。宇多上皇と醍醐天皇とは親子の関係であり、また醍醐は作者の義兄弟にもあたる。そういう肉親

出典　拾遺集〈十七〉雑秋・亭子院《ていじの》の大井川に御幸《ごかう》ありて、行幸《みゆき》もありぬべき所なりと仰せ給ふに、ことのよし奏せむと申して・小一条太政大臣（一一二八）

語句　▼**小倉山**　歌枕。大井川の左岸にあり、嵐山《あらしやま》と相対するもみじの名所。定家の山荘の地で、ここで百人一首を撰定したといわれる。▼**峰のもみぢば**　最後に「またなむ」とあるので、「峰のもみぢば」を擬人化して、これに対する希望を述べたものと知られる。▼**心あらば**　「心」はこの場合人間的心情の意。「心あり」といえば、思イヤリガアル、

の情愛のこまやかさが前提にあり、その宇多院の気持ちをくんでの作歌であって、父院のお気持ちを子たる帝にお伝えするのに、これこれでございますと、正面切って伝えるのではなくて、〃峰のもみぢば〃に対するあつらえの形で表現しているところに、大らかな雰囲気が感じられる。この歌の表現のしかたは、第一句・第二句が名詞でプツプツと切れており、「の」という連体格の助詞によって〃小倉山〃と〃峰のもみぢば〃とを結びつけて、「小倉山の峰のもみぢば」と続けなかったところに、ことばの風格の大きさが

情趣ヲ解スルコトガデキルという意になる。「ば」は順接仮定条件の接続助詞、自分ガコウデアッテホシイト思ウ心情ヲ理解スルコトガ、モシオ前ニデキルノナラの意。**▼いまひとたびのみゆきまたなむ**　「いまひとたび」というのは、同じお方についてではなく、今の亭子院〈宇多上皇〉の御幸につづく、醍醐天皇の行幸についていう。「なむ」は未然形に接続して、他に対する希望〈あつらえ〉の意の終助詞。モウ一度ノ行幸ヲ待ッテイテホシイ。

出ている。〝小倉山〟ということばの次におかれた小休止によって、人々はこのことばから、すでに〝もみぢのにしき〟を連想する余裕が得られる。そうした上で〝峰のもみぢば〟ということばによって、ナルホドナルホドという安心感を持ち、「心あらば」から下の句に転じて、そこではじめて「峰のもみぢば」が人間扱いされていることに気付く。そうして、「峰のもみぢば」に対する注文づけが、実は天皇に対して、もみじの美しい間にぜひとも小倉山に行幸なさいませ、それがまた、あなたを最も愛していらっしゃる、父院の思いやりでもあるのですから……と、真情をこめて歌い上げる歌となっているのである。

余録

貞信公というのは、藤原忠平（八八〇〜九四九）の諡号《しごう》。関白基経《もとつね》の四男で太政大臣に至った。「大鏡」に、忠平が宮廷内で鬼をやっつけた話を録している。「宣《せん》旨《じ》奉らせ給ひて、行《おこな》ひに陣座《ぢんのざ》ざまに〈公事《くじ》ノトキノ公卿ノ詰所ノ方ニ〉おはします道に、南殿《なでん》〈紫《し》宸《しん》殿〉の御帳《みちやう》のうしろのほど通らせ給ふに、物のけはひして、御大刀《みたち》のいしづきをとらへたりければ、いとあやしくてさぐらせ給ふに、毛はむくむくと生ひたる手の、爪長く刀の刃のやうなるに、鬼なりけりと、いとおそろしくおぼしけれど、臆したる様見えじと念ぜさせ給ひて、公《おほやけ》の勅宣《ちよくせん》うけたまはりて定《ぢやう》〈評定の場〉に参る人とらふるは何ものぞ。ゆるさずは悪《あ》しかりなむとて、御大刀をひき抜きて彼が手を捕へさせ給へりければ、まどひてうちはなちてこそ、艮《うしとら》のすみざまにまかりにけれ」というエピソードである。

27

みかの原　わきて流るる　いづみ川
いつみきとてか　恋しかるらむ

中納《ちゅうな》言《ごん》兼《かね》輔《すけ》

歌意　みかの原に湧《わ》き出て流れる清らかな〝いづみ川〟、その川の名のように、〝いづみ〟――〝何《い》時《つ》見《み》〟――いつあなたに逢ったというわけでもないのに、どうして、こんなにまであなたが恋しく思われるのでしょうか。

解説　上三句が序詞で、言わんとする意味は下二句に尽きている。従って上三句は下二句をひき出すための回り道であり〝遊び〟である。遊びはあってもなくても本筋にはかかわり合いはないかも知れないが、いわゆる〝無用之用〟的な効用をもっていることは争えない。この歌が百人一首にも撰定さ

出典　新古今集〈十一〉恋一・題しらず（九九六）

語句　**▼みかの原**　歌枕、今の京都府山城町。木津川の右岸にあたり、元明天皇以来の離宮の地、聖武天皇の恭仁《くに》の京の地でもある。**▼わきて流るるいづみ川**　「いづみ川」は歌枕で今の木津川のこと。「万葉集」や「千載集」の歌では、相当に深い川として扱われているが、ここでは「湧きて流るる」という連体修飾語によって、浅く流れるさわやかな清流の印象が強い。以上の三句は「いづみ川」の「いつみ」から、次の「何時見」を言い起こすための序詞に

れ、多くの人々に愛誦されるゆえんは、何といっても、「いづみ川」から「いつみき」へつながっていく声調のなだらかさにあるといえる。声を出して唱えればなおさらのこと、目だけで追って行くだけでも、無声の声調となって流れる。しかも下二句に表されている実質的内容がまことにしおらしい。逢ったこともないあなたが、どうしてこんなにまで恋しいのでしょうかという、

なっている。　▼**いつみきとてか恋しかるらむ**　「いつみき」の「み」は男女の出逢いをいう語。「き」は体験回想の助動詞。「か」は疑問の係助詞。「恋しかる」は形容詞シク活用の連体形。「らむ」は原因推量の助動詞の連体形。「か…らむ」で係り結び。イツ見タカラトイッテ、ドウシテコンナニマデ恋シイノデアロウカ。自分ニハアナタニ逢ッタ体験モナイノニ、コンナニ恋シイ気持チニナル原因ガドウシテモ思イアタラナイの意である。

フリー・セックスの平安時代にもかかわらず、プラトニックな恋情が表現されている。その初々しさが、「湧きて流るる泉川」という語の表す清純な印象によくマッチする。〝初々しさ〟とは言ったけれど、とにかくこの頃の和歌はことばの遊びであり、いかにうまく表現するかという頭脳的遊戯である。この歌もたしかに初々しく表現されている。表面上はそうだけれども、これも一つのゼスチャーで、内実には相見る女性のもとでの睦言《むつごと》なのかも知れないという説がある。案外そんなところなのかも知れない。

余録　中納言兼輔（八七七〜九三三）は左大臣藤原冬嗣《ふゆつぐ》の後裔《こうえい》、延長五年（九二七）に従三位中納言、のち右衛門督《うえもんのかみ》を兼ねた。三十六歌仙の一人。賀茂川堤の近くに邸を構えたので、〝堤中納言〟と呼ばれた。ただし「堤中納言物語」〈平安後期の短編小説集で編者不明〉とは関係がない。家集に「兼輔集」があるがこの歌は入っていない。「古今六帖」の場合も作者の示し方にあいまいな点があり、この歌は兼輔の作ではあるまいと言われている。兼輔の歌で、最もよく知られているのは、「後撰集」にある「人の親の心は闇《やみ》にあらねども子を思ふ道にまどひぬるかな」〈十六・雑二・一一〇三〉の一首で、公卿たちの宴会のあと、気の合ったもの二、三人が残って飲み直しをやり、いいかげん酔いがまわったところで、たまたま話題が子供の上に及んだ時に詠んだという詞書が添えてある。まことに「子を思ふ道にまどふ」親心は、昔も今もかわりのないことを思い知らされ、しんみりとさせられる歌である。

28

山里は　冬ぞさびしさ　まさりける
人めも草も　かれぬと思へば

源《みなもとの》宗《むね》于《ゆき》朝《あ》臣《そん》

歌意 都とちがって、山里では、冬になるとひときわ、さびしさが身にしみて感じられることだ。人は誰も訪ねてこないし、草も枯れて姿を見せなくなってしまうと思うものだから。

解説 この歌は作者の実感から自然に生まれ出たものとは受け取りがたい。しかし歌というものは、表現された結果を味わうべきものである。このことばの醸し出すムードとか、表現上の技巧の巧拙とかによって評価すべきものである。作者が〝冬の歌〟を詠もうとしたとき、作者のイメージに浮かんだ

出典 古今集〈六〉冬・冬の歌とてよめる（三一五）

語句 ▼**山里は** 係助詞「は」によって、「山里」が「都」と区別されて都ハチガウガ、山里ハコウナノダの意を示す。山里」は人跡未踏に近い場所ではなく、従ってこの「山里」は人跡都の郊外程度のところである。 ▼**冬ぞさびしさまさりける** 「冬」は陰暦十、十一、十二の三か月をいう。「ぞ」は強意の係助詞。結びは「ける」で詠嘆の助動詞の連体形。「さびしさ」は形容詞が接尾語「さ」を伴って名詞化したもの。▼**人めも草もかれぬと思へば** 「人め」はここでは、

のは、満目荒涼たる山里であった。その山里にわが身を置いてみたら、どういうことになるだろうかと、頭の中に思い描いてみた結果がこの歌となった。上の句に強調した〝さびしさ〟を、下の句に具体的に示すことによって、この歌に接する人を納得させようとしている。その〝さびしさ〟を引き起こす原因は二つあって、第一には人目のかれること。寒くて冷たい山里に、誰がすき好んで訪ねてくるものか。第二に草の枯れてしまうこと。せめては草の青さでも目に入れば、さびしさが慰められもしようが、それさえもな

人ノ出入リ、人ノ往来などの意。「も」は並列の係助詞。「かれ」は掛詞《かけことば》で、「人め」を受けて「離《か》れ」〈遠ザカル・絶エル〉の意、「草も」を受けて「枯れ」の意となる。なお、〝人め〟と〝草〟とが並んでいるので、〝め〟に〝芽〟の意を含め、〝芽―草―枯れ〟を縁語と認めることもできる。「ぬ」は完了の助動詞の終止形で、カレテシマウの意。「思へば」の「ば」は已然形接続だから、順接確定条件の接続助詞。

い。そこには孤独があるばかり。山住みの隠者であっても、西行の「さびしさにたへたる人のまたもあれな庵《いほり》ならべん冬の山里」〈山家集・上・冬・冬歌よみけるに〉という心境になる。悟りすまして、孤独に徹していながら、やはり孤独に徹した人と庵を並べて暮らしたいという、人なつかしい心が動く。これが人間の自然の情である。そういう心情の動くことを考慮に入れて、この歌をよみ直してみると、こうだからこうなんだというような、理屈だけで割り切ってしまえるような単純な因果関係ではなくて、山里の冬という、小さく限定された場所と時間との中に心身をひたして、さびしさにじっと堪えている人間の、ほのぼのとした暖かさが感じられてもこよう。だからこそこの歌が多くの人々の鑑賞に堪え、いつまでも愛誦されているのであろう。

余録

源宗于朝臣（?~九三九）は三十六歌仙の一人。光孝大皇の第一皇子是忠《これただ》親王の子、臣籍に下って源姓を賜り、官位は右京大夫、正四位下に進んだ程度で不遇であった。「大和物語」〈第三〇段〉に次のような話が見える。「故右京の大夫宗于の君、なりいづべきほどに〈出世スルハズノ頃ナノニ〉、わが身のえなりいでぬことと、思ひ給ひけるころほひ、亭子《ていじ》の帝に紀の国より石つきたる海松《みる》をなむ奉りけるを題にて、人々歌よみけるに　右京の大夫　沖つ風ふけゐの浦に立つ浪のなごりにさへや我はしづまむ〈沖カラ風ガ吹イテ吹井ノ浦ニ立ツ荒浪ノ引イタアトノ水タマリニサヘ、私ハ身ヲ沈メテ浮カビ上ガレナイノデアロウカ〉」

29　心あてに　折らばや折らむ　初霜の
　　おきまどはせる　白菊の花

凡河内躬恒《おおしこうちのみつね》

歌意　もし手折ろうとするのなら、あて推量で見当をつけて、折ってもみようか。初霜がおりて、霜なのか白菊なのか、紛らわしくされてしまっている、その白菊の、白の冴えた花よ。

解説　何とオーバーな表現なんだろう。いくら初霜がおりたからといって、いくらどちらも白い色をしているからといって、霜と菊との区別ができないはずがない。こんな見え透いたウソを、表現上の技巧だなどといって、ありがたがったりするのは馬鹿げている——などと考える人があるかもしれな

出典　古今集〈五〉秋下・白菊の花をよめる（二七七）

語句　▼**心あてに**　「心あて」はアテ推量、心ノ中デアレコレトオシハカルコトの意。「に」は手段・方法の格助詞である。▼**折らばや折らむ**　折ルトキマッタワケデハナイガ、モシ折ロウトスルノナラ、〈心アテニ〉折リモシヨウカの意。類似の語法に「けふこそ桜折らば折りてめ」〈古今集・一・春上・六四〉がある。「ば」は順接仮定条件の接続助詞。「や」は疑問の係助詞。結びは「む」で意志の助動詞の連体形。▼**初霜のおきまどはせる白菊の**

い。それは確かにそのように思われてもしかたがない。理屈の上、物の道理の上からみれば確かにその通りである。しかし歌の世界は論理によってのみ支えられているのではない。むしろ主情的に、表現者の感情の赴くままに、常識の世界を遠く飛翔《ひしょう》することも可能である。白菊の花の白の冴えた色を、どんな方法で表現したらよかろう。人それぞれのくふうと好みにもよるだろうし、時代の風潮にもよるであろう。作者が素材としての「白菊の花」を意識においたとき、作者は何を連想したであろうか。季節と時間と気温と

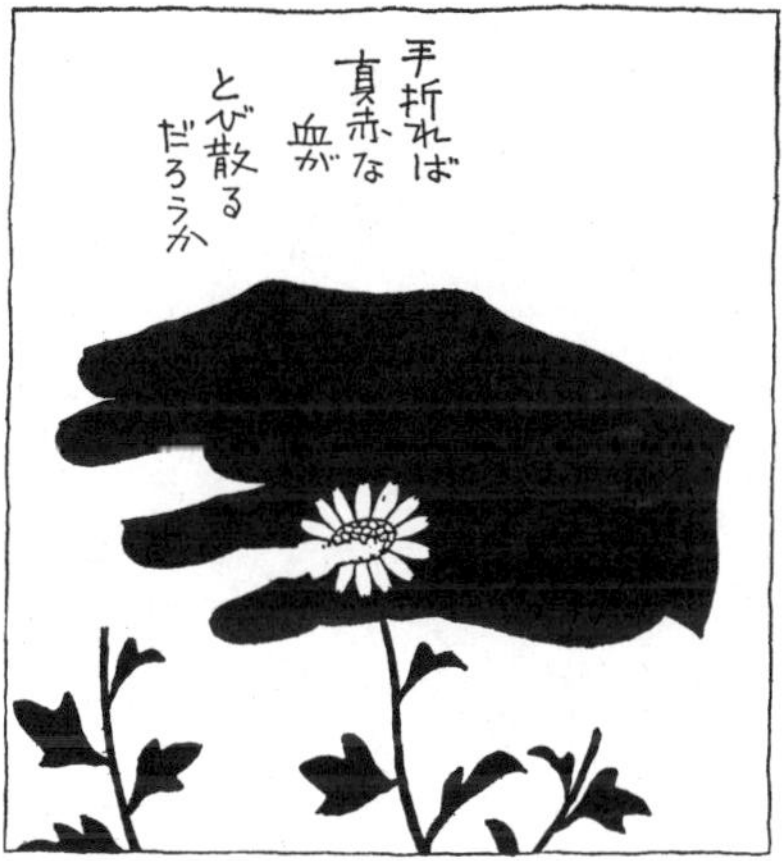

花　上の「の」は主格助詞。下の「の」は連体格助詞。「初霜の―おきまどはせる」が主述関係を保ちつつ、「白菊の花」にかかる連体修飾節となっている。「おきまどはせる」は初霜ガソノ上ニ置イタタメニ、初霜ナノカ、白菊ノ花ナノカ、ドチラモ色ガ白イノデ、区別ガ立タナクシテシマッテ、見ルモノノ目ヲゴマカシテシマッテイルの意。「る」は完了・存続の助動詞「り」の連体形。この形は動詞の活用語尾と誤りやすいので注意を要する。「おきまどはせ」は動詞四段活用で、已然形または命令形（両説あり）。

色彩と、色々な環境条件を考慮に入れて、冴えた美しさの白菊を印象的に表現するのに、最も効果的なものとして〝初霜〟がひらめいたのである。体験表現ではない。白菊の美しさをいうために、頭の中で作り上げ組み立てた歌なのである。こういう作意に反発を感ずる人には、この歌の鑑賞も理解もできはしない。こういう趣向に面白さ楽しさを感じることのできる人には初霜を引き合いに出された白菊の花のすがすがしい美しさを素直に受け入れ、「心あてに折らばや折らむ」の稚気にも似た誇張法を、ウマクヤッタと賞賛できるのである。

余録 凡河内躬恒は「古今集」撰者の一人で、三十六歌仙の一人でもある。官位は低く、延喜《えんぎ》十一年（九一一）和泉大掾《いずみのだいじょう》〈第三等官〉に任ぜられ、六位を授けられたにすぎず、生没年も明らかでない。「大和物語」〈第一三二段〉に次のようなエピソードが伝えられている。

おなじ帝〈醍醐《だいご》〉の御時、躬恒を召して、月のいとおもしろき夜、御遊びなどありて、「月を弓張りといふはなにの心ぞ。そのよしつかうまつれ〈歌デ答エテミヨ〉」と仰せ給うければ、み階《はし》のもとにさぶらひてつかうまつりける。

照る月を弓張りとしもいふことは山べをさしていればなりけり

「いれ」が「入れ」と「射れ」との掛詞で、躬恒らしい機智に富んだ詠みぶりではあるが、こういうのが当時の傾向であり、こういう歌が詠めなければお話にならなかったのである。

30

ありあけの　つれなく見えし　別れより
あかつきばかり　うきものはなし

壬《み》生《ぶの》忠《ただ》岑《みね》

歌意　有明けの月が、下界のことには全く無関心だというふうに、そっけなく空にかかっていた。あなたまでが、あの月のように、私にすげない態度を示された、あの別れの時から、私にとっては、あかつきほど恨めしくつらいものはないと思うようになったのです。

解説　この歌は途中にことばの切れ目のない、いわゆる〝全句切れ〟(句切れ無し) だから、一気に読み下すことができるし、百人一首方式で上の句、下の句に分けてみても、〝ありあけの〟と〝あかつきばかり〟で頭韻を踏んでいる。と

出典　古今集〈十三〉恋三・題しらず(六二五)

語句　▼**ありあけの**　「ありあけ」は、月が空に有るままで夜が明けようとする状態、またはその月をさす。〝残月〟ともいう。陰暦で十六日以後の状態。「の」は格助詞。解釈のしかたによって、主格とも連体格とも受け取れる。　▼**つれなく見えし**　「つれなく」は無関係デアル、冷淡デアル、平気デアル、何ノ変ワリモナイの意。この場合〝何が〟つれないのか、月か、女か、その両方なのか、微妙である。「し」は過去(体験回想)の助動詞の連体形。別れの

にかく声調のなだらかさに幻惑されて、何かしら意味までがわかったような気にさせられてしまうが、なかなかそうではない。作者が「あかつきばかりうきものはなし」と感じとっている点は動かないし、「ありあけのつれなく見えし別れ」があって、その時以来のことだという点もはっきりしているけれども、「別れ」自体が、どんな別れであったのかが問題になってくる。こ

時に作者がつれなさを体験しているのである。**▼別れより** 「より」は起点を示す格助詞。この「別れ」も一時的な後朝《きぬぎぬ》の別れか、愛の受け入れられなかった別れか、解釈が分かれる。**▼あかつきばかりうきものはなし** 「あかつき」は〝明時《あかとき》〟の転で、夜中過ぎのころをさす。〝あけぼの〟より早い時刻をいう。「ばかり」は程度の副助詞。「うき」は形容詞ク活用の連体形。ツライ、イヤダ、ウラメシイ、無情ダの意。アカツキホドツライモノハナイの意。

の歌の出典になっている『古今集』では、「逢はずしてこよひ明けなば春の日のながくや人をつらしと思はむ」〈源宗于《むねゆき》・今夜モ逢ワナイママニ明ケテシマッタラ、アノ人ヲ無情ナ人ダトイツマデモ思イコムコトダロウカ〉と「逢ふことのなぎさにし寄る波なれやうらみてのみぞ立ち帰りける」〈在原元方・逢ウコトガナイノデ恨ミノ気持チヲイダクバカリデ立チ帰ッテシマウノダ〉とにはさまれているので、この歌も、相手の女性が逢ってくれなかったものと考えるのが一般の解釈で、「歌意」もこれに従った。作者がどんなつもりでこの歌を作ったかは別にして、この歌を〝後朝《きぬぎぬ》〟の歌と受け取ることもできるのではないか。別れがたく思いつつ別れて出ると有明け月が見える。自分の心が満たされていないから、月を無情と思ってみれば、別れてきた女への恨み言までが誘発される。愛し愛される女に、あなたはつれないと言いかけた痴話ともとれる。また、月の無情を感じた別れの時以来、暁ほどいやなものはないと思う気持ちを裏返せば、逢瀬《おうせ》を待ちこがれ、一日十二時《とき》を逢いっぱなしの時にしておきたいという思いを表現したものとも受け取れる。こういう優艶な情趣を見出そうとするのが定家好みの解釈なのである。

余録　壬生忠岑は『古今集』の撰者。三十六歌仙の一人。延喜五年（九〇五）古今集撰進の時に右衛門の府生であったことが仮名序に見える。微官に終わって生没年は明らかでない。新古今集の撰者たる定家と家隆とが、同時にこの一首を推したという話が一条兼良《かねら》の「童蒙抄」や「古今著聞集」〈五―二一九〉に見えている。

31
朝ぼらけ　ありあけの月と　見るまでに
吉野《よしの》の里に　降れる白雪

坂《さかの》上《うえの》是《これ》則《のり》

歌意 夜がほのぼのと明けはじめるころ、有明け月の光がさしているのかと思うほどに、吉野の里に降りつもっている白雪であることよ。

解説 作者は延喜八年（九〇八）に大和権少掾《ごんのしょうじょう》に任ぜられ、さらに大掾に進んでいるので、大和の国には縁が深く、大和で詠んだと思われる歌が、「古今集」にあと三首ある。

佐保山のははその色はうすけれど秋は深くもなりにけるかな〈秋下・二六七〉

もみぢ葉の流れざりせば龍田《たつた》川水の秋をばたれか知らま

出典 古今集〈六〉冬・大和の国にまかれりける時に、雪の降りけるを見てよめる（三三二）

語句 ▼**朝ぼらけ** 「あけぼの」と同じで、夜がほのぼのと明けはじめたころをいう。この語でぽつんと切れて、直接に続いていく語はない。この歌の時間的バックを示している。 ▼**ありあけの月と見るまでに** 〝ありあけ月〟が二首続いたが、別に他意はあるまい。ただし、前の歌では視界にあるものとして詠まれ、この歌では単なる見立てであって、視界にはない。「見る」は見テ…ダト判断スル意。「ま

し〈秋下・三〇二〉

みよしのの山の白雪つもるらし故里《ふるさと》さむくなりまさるなり〈冬・三二五〉

この歌も、詞書にあるように、吉野で詠んだものだけれど、嘱《しょく》目《もく》の風景をそのまま直線的に表現すれば、万葉的な表現になってしまうのだが、さすがに純然たる古今歌人だけあって、「ありあけの月と見るまでに」と一ひねりひねって表現している。それが当代の作歌姿勢なのである。だいたい「朝ぼらけ」の「ありあけの月」の光などというものは、実際には照らしかけてくるようなもの

で」は程度・状態の副助詞。**▼吉野の里に**「吉野」は奈良県吉野郡。そこの人里という意味であるが、今の吉野町あたりをさすのであろう。**▼降れる白雪**「る」は完了の助動詞の連体形。テイルの意で存続を示す。「白雪」は名詞止めで感動をこめた余情表現。文の種類でいうと〝感動文〟になる。〝白雪〟がどの程度の雪であるか。確証を求めることはできないが、春の淡雪と見るのが通説になっている。

ではなく、空に淡々しい姿を懸けているだけのものにすぎない。「吉野の里に降れる白雪」を「ありあけの月」と見たのは、実はとんでもない見当外れであって、それは朝明けの薄明かりだったのである。そんなことは百も承知しながら心象の上では、「ありあけの月」と結びつけずにはいられなかったのである。「朝ぼらけ」と「ありあけの月」、それに「吉野の里に降れる白雪」とが三位一体となって、ほのぼのムードを作り上げているのである。そのようにみてくると、この雪は冬の豪雪ではない。うっすらと地上を覆い、すぐに消えてゆく春の淡雪のムードである。実景の美しさ、薄明の空のひろがりと、地上に展開する雪景色との映り合う清澄な世界、その美的感動を美しいことばに表現しようとしたとき、〝ありあけ月〟を小道具に使うことを思いついたのである。この歌は、当然のこととして、〝ありあけ月〟の面白さを詠んだものではない。〝吉野の里に降れる白雪〟の美しさを追求しようとしたものである。そうして、第一句に音声上の小休止があり、あと最後までよみ続けて、名詞でハタと終わる、なだらかな中にもひきしまったところのある声調で、内容のすがすがしさによくマッチして、愛誦歌たるにふさわしい。

余録 坂上是則は坂上田村麿《たむらまろ》の子孫といわれるが微官に終わり、生没の年代も明らかではない。学者タイプの人で、詔書や記録を扱う大内記《だいないき》になっている。また蹴鞠《けまり》の名手とも伝えられている。三十六歌仙の一人。子の望城《もちき》は歌才に乏しかったにもかかわらず、「後撰集」の撰者に加えられたのは、親の七光りによるものだろうといわれている。

32

山川《やまがは》に　風のかけたる　しがらみは
ながれもあへぬ　もみぢなりけり

春《はる》道《みちの》列《つら》樹《き》

歌意　山川に風の仕掛けた〝しがらみ〟、それは何かなとよくよく見れば、流れきらずにたまっているもみじだったのだなァ。

解説　いくら自然の破壊されていない〝いにしえ〟の世においても、都会生活者であり大宮人である作者にとって、自然そのものの中に身を置くことは、心ゆくばかりのことであったにちがいない。その自然もきびしい自然ではなく、「志賀の山ごえ」程度の、気楽な身近な自然である。時は晩秋、さわやかな山風が快く、天候も雲一つない（？）上乗の秋晴れだっ

出典　古今集〈五〉秋下・志賀の山ごえにてよめる（三〇三）

語句　▼**志賀の山ごえ**　京都北白川から東へ、琵琶《びわ》湖岸に通ずる山路をいう。▼**山川に**　「山川」は、山あいを流れる川。「に」は場所を示す格助詞。▼**風のかけたるしがらみは**　「の」は主格の格助詞だから、「風」を擬人化している。「かけ」は動詞、カ行下二段活用の連用形。「たる」は存続の助動詞の連体形。「しがらみ」は、川の中にくいを打ち並べて、それに柴や竹をからませた構築物で、水流をせきとめたり、護岸のためにする。「は」は強意の

たにちがいない。空も山も川ももみじも、その中に身を置く人間さえも、自然の申し子のように一つに溶け込んでいる。そんな背景の中から、この歌は生まれてきたと思われる。「風のかけたるしがらみ」と、はじめから種明かしをして、手のうちを見すかされてしまったきらいはあるが、〝風〟をかくしておけないほど、快い山風が吹いていたのにちがいない。だからこそ、このことばが自然に出てきたのである。山を流れる川は浅くて速い。速い流れでも、散りかかるもみじの数が多く、岩の出鼻かなんかにひっかかってたまっている。それを「しがらみ」に見立てた趣向も自然に出てきた

係助詞。**▼ながれもあへぬ** 「も」は強意の係助詞で、〝ながれあへ〟という複合動詞の中に介在している。「あへ」はある動詞に下接して、その動作を完全ニシオオセル意を表す。打消し語を伴うことが多い。「ぬ」は打消の助動詞の連体形。**▼もみぢなりけり** 「なり」は断定の助動詞の連用形。「けり」は詠嘆の助動詞の終止形。アア実ニソウダッタノダナアと、いまさらのように感動する気持ちを表すのに用いられる。

ものである。見立てそのものはオーバーであり不自然であるかもしれないが、これは時代の傾向であり流行であり、平安人士にとっては日常茶飯事であって、現代のわたしたちが、生活のさまざまな面で、流行の強力な影響を蒙《こうむ》りながら暮らしているのと何らかわりがない。現代の感覚からこの歌の技巧を批判してはならない。鑑賞者たるわたしたちが、この作者の環境にできるだけ近づいてみようとするならば、この歌の楽しさ、スマートさがわかってくるだろう。声調も〝全句切れ〟ですっきりしており、「かぜの―かけたる」の頭韻、「やまがは―しがらみ―ながれ」や「ながれ―なりけり」などの同音の響き合いが快い。最後を「なりけり」で結んだのも落ち着いた感じで、わたしたちとしては、一幅の日本画を見る思いを抱くのである。おなじ「しがらみ」の見立てにしても、〝菅原道真《すがわらのみちざね》〟の「流れゆくわれは水屑《みくづ》となりはてぬ君しがらみとなりてとどめよ」〈大鏡・二〉というのは、哀れで胸がつまる。

余録　春道列樹（?～九二〇）はやはり微官の士で、延喜二十年（九二〇）にかろうじて壱岐《いきの》守に任ぜられたが、赴任以前に没したといわれる。同じ作者の歌が「古今集」にもう二首あるが、いずれも理詰めの言語遊戯のようなもので、あまりほめられた作ではない。「昨日といひけふと暮らして飛鳥《あすか》川流れてはやき月日なりけり」〈冬・年の果てによめる、三四一〉、「梓弓《あづさゆみ》ひけば本末わが方によるこそまされ恋の心は」〈恋二・題しらず、六一〇〉

33　ひさかたの　光のどけき　春の日に
しづ心なく　花のちるらむ

紀《きの》　友《とも》　則《のり》

歌意　日の光のうららかにさす春の日に、どうして、落ち着いた心もなく、桜の花は散るのだろう。

解説　この歌は百人一首の中でも、よく知られているもののの中にはいる。それは日本の国花たる〝桜〟が詠まれているからである。ただ桜が詠まれているというだけなら、百人一首中にも、他に何首かある（9・61・66・73・96）。その中で、特にこの歌が、より多くの日本人に愛誦されるのは、私たち日本人が、毎春毎春、目にしている桜の花の特質を、的確にとらえ表現しているからである。

出典　古今集〈二〉春下・さくらの花の散るをよめる（八四）

語句　**▼ひさかたの**　〝枕詞〟で、「天・雨・月・雲・空・光・夜」などの天象に冠するのが普通だが、「都」に冠した例もある。〝日射す方〟とか〝久堅〟〈永久ニ変ワラヌ〉の意から出たとも言われるが、語源は不明である。　**▼光のどけき春の日に**　「光」はもちろん〝日の光〟で初句の「ひさかたの」を受ける。「光―のどけき」で主述関係だから「春の日」にかかる連体修飾節。「に」は時を示す格助詞。　**▼しづ心なく花のちるらむ**　「しづ心」は、日本の桜は日本の風土にもっともよく適合した植物で、花の時期になると、日本全土が花の名所になり、テレビ・ラジオでは毎日の花だよりが聞かれ、国鉄・私鉄を問わず、要所要所に花だよりが掲げられる。名の知れた名所に足を運ばずとも、一歩外へ出れば、至る所に無名の名所があって、すばらしい花を楽しむことができる。

たとえば、私の住んでいる阪急沿線は桜が多く、電車に乗っているだけで花見としゃれこむことができる。芦屋川・夙川《しゅくがわ》と、川堤には家族づれの花見客が弁当を開いていることも

シズカナ心、落チ着イタ心の意。「しづ心—なく」で主述関係だから「ちるらむ」にかかる連用修飾節。「花の」と「ちるらむ」とで、この歌一首の主語・述語の関係を示す。「の」は主格助詞。「ちる」は動詞終止形。「らむ」は現在のことがらの原因推量の助動詞の連体形。〝散る〟という動作自体を推量するのではなく、ドウシテソンナニ散ルノダロウと、その原因を推量しているのである。従って上に〝など〟という語があるものとして考える。

ある。しかしそれもつかの間で、春雨が続き、春嵐が荒れて、さなきだに散り急ぐ花が、満開になったかならないうちに早くも散りはじめ、やがて見るも無残な姿になってしまう。全く、花の盛りの短さを嘆かずにはおられないため息が、自然に口をついて出てくるではないか。なんだってこう早く散ってしまうのだろう。——この気持ちがそのまま形をとったのがこの歌だという気がする。それを「光のどけき」と「しづ心なく」との対照に仕立てたところが、古今調歌人の技巧だったのである。

因《ちなみ》に、「徒然草」〈第一九段〉に「花もやうやうけしきだつほどこそあれ、折しも雨風うちつづきて、心あわただしく散り過ぎぬ。青葉になり行くまで、よろづにただ心をのみぞ悩ます」とある、この心が基調となっている。

余録 紀友則は三十六歌仙の一人。紀貫之の叔父の子。つまり、貫之とは〝いとこ〟の間柄。古今集の撰者の一人であるが、「古今集」〈十六〉哀傷に「紀友則が身まかりにける時よめる　つらゆき　明日知らぬわが身と思へど暮れぬ間の今日は人こそかなしかりけれ」の一首があるので、友則は古今集撰進以前に没したことになる。ただし、はっきりした没年はわからない。延喜四年（九〇四）に大内記の程度で終わっている。

34 たれをかも　しる人にせむ　高砂《たかさご》の
松も昔の　友ならなくに

藤《ふじ》原《わらの》興《おき》風《かぜ》

歌意 わたしは、いったい誰をわが知己として、心の痛みを訴えたらいいのだろう。あの高砂の松だって、いくら千年の寿命を保っているといったって、昔からのわたしの友じゃないんだからなァ。

解説 何となくいい調子に詠まれている。口調がいいので何気なく読んでしまったあとから、やりきれないような〝わびしさ〟が漂ってくるのをおぼえる。この歌の背後から、黒人霊歌の〝オールド・ブラック・ジョー〟の歌詞とメロディーが聞こえてくるような気がする。〝若き日、はや過ぎ去りて、

出典 古今集〈十七〉雑上・題しらず（九〇九）

語句 **▼たれをかもしる人にせむ** 「たれをかも」「しる人に」は、いずれも「せむ」にかかる連用修飾語。ここで言い切りになって二句切れ。「か」は疑問の係助詞。結びは「む」で、意志の助動詞の連体形。「も」は強意の係助詞。「しる人」は、知人・知己・自分ヲホントニ理解シテクレテイル友人。「せ」は動詞サ変の未然形。「む」は意志の助動詞の連体形。 **▼高砂の松も昔の友ならなくに** 「高砂」は歌枕で、兵庫県高砂市、松の名所。古今序に「高砂、

わが友、みな世を去りぬ……〃――こういう情態の中で歌われたことばが、「たれをかもしる人にせむ」である。〃わが友・わがしる人〃と言いうる人は〃みな世を去りぬ〃である。自分だけが残されたあとには「しる人」は誰もいない。こんな中で、いったい誰を〃しる人〃にしようというのか。いまさらなり手もないだろうし、よしんばあったところで、こうまで年を取ってしまっては、これから新しくつきあいをは

住江《すみのえ》の松も相生《あひおひ》のやうにおぼえ」とあり、謡曲「高砂」では、高砂・住江の松を夫婦の松とし、その化身としての〃尉《じよう》と姥《うば》〃を出している。「も」は添加の係助詞。「昔の友」は昔馴《な》染《じみ》、昔カラノ親シイ友の意。「なら」は断定の助動詞の未然形。「なくに」の「なく」は上代に用いられた打消の助動詞の未然形「な」に接尾語〃く〃がついたもの。「に」は接続助詞が感動の意を含めて終助詞に転じたもの。友デハナイノニナアの意。

じめる〝気甲斐性〟もない。そういう作者の気持ちが「たれをかもしる人にせむ」の語法を、単なる疑問ではなく、反語の絶望にまで追いやっているると思われるのである。そうして、ここでワン・ポーズおく二句切れで、「たれをかも……」「たかさごの……」と頭韻を踏んで「高砂の松も昔の友ならなくに」へと続く。上二句と下三句とは倒置法でつながるのではなく、上二句の嘆息を具体的なもので補足強調し、余韻を揺曳《ようえい》させつつ終わるのである。そもそも「松」は〝長寿〟のシンボルである。それが「高砂の松」と、名木になればさらにめでたい。その松は、人間の〝生死〟がどれほど繰り返されようと、変わることなく立っている。その松と友だちになっておけば、自分だけが取り残されてしょんぼりするような憂き目は見なかったはず。しかし、松は植物である。当然のこととして、松と友だちづき合いをしてくるわけにはいかなかった。〝松も昔の友〟ではないという滑稽なほどに厳然たる事実が、上二句の絶望をやわらげているように思われる。

松の長寿をテーマとした古歌に、「我見ても久しくなりぬ住江《すみのえ》の岸の姫松いく世経ぬらむ」や「住吉の岸の姫松人ならばいく世か経しと問はましものを」などがある。いずれも「古今集」〈十七・雑上・九〇五と九〇六〉の歌である。

余録　藤原興風は三十六歌仙の一人。延喜十四年（九一四）に下総権大掾《ごんのだいじよう》となった程度の微官ではあったが、和歌に重きをなし、琴の名手でもあった。紀友則や貫之と同時代の人であるが、生没の年は明らかでない。

35

人はいさ　心もしらず　ふるさとは
花ぞ昔の　香ににほひける

紀《きの》　貫《つら》　之《ゆき》

歌意　そのようにおっしゃるあなたについては、ご本心がどうなのか、さあねェ、どうも測りかねますねェ。しかしこの、昔馴染《なじみ》のお宿では、花だけは昔のままの、すばらしい香りを放って、わたしを迎えてくれていますなァ。

解説　詞書で見る通り、貫之が久しぶりに長谷寺《はせ》にお詣《まい》りして、定宿にしていた人の家に顔を見せた時、宿の主《あるじ》が、ちょっぴり皮肉を利かせた挨拶《あいさつ》のことばを述べたのに対する返答の歌である。詞書に「久しく宿らで」「程へてのち」とある、その期間がどれほどのものなのかわからないが、宿の主は、

出典　古今集〈一〉春上・初瀬《はつせ》に詣《まう》づるごとに、宿りける人の家に久しく宿らで、程へてのちに至れりければ、かの家のあるじ、かくさだかになむ宿りはあると、言ひいだして侍《はべ》りければ、そこにたてりける梅の花を折りてよめる・つらゆき（四二）

語句　▼**人はいさ心もしらず**　この場合の「人」は初瀬の宿の主人という特定の人をさす。「は」は他と区別の係助詞。「いさ」は「しらず」にかかる陳述の副詞で、サアドウダカの意。〝いざ〟といえば別語。「も」は強意の係助詞。「ず」は打消の助動詞の終止形。従って、こ

「お久しぶりですね、ごきげんよろしゅう」と、正面切って挨拶するかわりに、「こうしてちゃんとお宿はあるのですよ、ズイブンナオ見限リヨウデゴザイマスネ」と機知をはたらかせて、相手の意表をつく表現をしたのである。これは洒落《しゃれ》た挨拶であって、皮肉でも何でもない。相手をへこませてやろうなどという意図があったわけでもない。ましてや、貫之の長い間の疎遠の理由を知るべくもない。それが御用多端のためであろうとなかろうと、宿の主には問題ではない。宿の主にとっては、貫之の疎遠という事実だけがあったので、この

の歌は二句切れ。▼**ふるさとは花ぞ昔の香ににほひける**　「ふるさと」はここでは、昔ナジミノ場所の意。「は」は他と区別の係助詞。「ふるさとは—にほひける」とかかる。「花」は詞書によらなくても「香ににほひ」で梅だとわかる。「昔の香」は、昔ト少シモ変ワッテイナイヨイ香リ、昔ノママノステキナ香リの意。「に」は状態を示す格助詞。「にほひ」は嗅覚ばかりでなく、視覚的な美しさについてもいう。「ける」は詠嘆の助動詞の連体形。

点だけを強調して皮肉を表に出した表現をした。これが貫之に対する絶大の親愛感をこめた歓迎の意志表示だったのである。貫之の歌は相手の機知に十分に対応し、機知の点で相手をやりこめ、逆に、あッと絶句させる体《てい》のものであった。この儀礼的なやりとりの軽妙さに、何ともいえぬ味がある。表現の上で、「人は」と「ふるさとは」とを対比させ、一方は「心もしらず」、一方は「花ぞ昔の香ににほひける」と、その対比をいっそう鮮やかにしたところに、貫之の頭の冴《さ》えがうかがえよう。「貫之集」には、この歌に対する宿の主の返歌が載せてある。「花だにも同じ心に咲くものを植ゑけむ人の心知らなむ」というので、ワタシノ心ヲ知ッテホシイと下手《したて》に出て、機知の応酬にかぶとをぬいでいる。

余録 紀貫之（?～九四五）についていまさら云々することもあるまいが、「古今集」の撰進と仮名序、「土佐日記」などによって文学史上不朽の名声をとどめているのに、在世中の官位は低迷していた。このアンバランスが、常に彼の心の〝しこり〟となっていたにちがいない。「土佐日記」〈一月十七日〉の「影見れば波の底なるひさかたの空漕《こ》ぎ渡るわれぞわびしき」〈水ニ映ル影ヲ見ルト波ノ底ニモ空ガアル。ソノ空ヲコギ渡ッテ浮カビ上ガレナイ私ハ、ホントニヤリキレナイ〉という歌は、唐代の詩人賈島《かとう》の詩句に基づくものだが、江戸の国学者田中大秀は、この歌にはわが身の不遇をかこつ気持ちがこめられているに違いないと言っている。確かに生活に満足している人の詠む歌ではない。三十六歌仙の一人。

36　夏の夜は　まだ宵《よひ》ながら　あけぬるを
雲のいづこに　月やどるらむ

清《きよ》原《はらの》深《ふか》養《や》父《ぶ》

歌意　夏の短か夜は、まだ宵のうちだと思っているうちに、はやくも明けはじめてきたけれど、いったい、雲のどこらへんに、月は宿っているのだろうか。

解説　夏の夜がいくら短か夜だからといって、「まだ宵ながら」明けるなどということは、現実にはあるはずがない。あり得ないことが、すでにあり得たがごとくに、「あけぬるを」と、完了の助動詞を用いて言い切っている。これだけはっきり言われると、ふゥン、うまく言ったなァと、思い切った表現技法に感心し、こうまで言う以上、「雲のいづこに月やど

出典　古今集〈三〉夏・月のおもしろかりける夜、暁がたによめる・ふかやぶ（一六六）

語句　▼**夏の夜はまだ宵ながらあけぬるを**　「夏の夜」は明けやすく〝短か夜〟であるのが特徴。「は」は他との区別を示す係助詞。夏以外の夜を考慮において、それらとは区別される夏の夜の特徴を強調しようとする。「まだ」は副詞で「宵ながら」を修飾する。「宵ながら」は、名詞に接尾語が下接して副詞となったもので、宵ノママノ状態デの意で、「あけぬるを」を修飾する。「宵」は夜のまだ早いうちをいう。「あけ」は動詞だ

るらむ」と言わなければつり合いがとれないなァと再び感心させられる。「まだ宵ながらあけぬるを」は、マダ宵ノママノ状態デ、夜ガ明ケテキタガの意だから、〃夜、夜中、夜更け〃などの語で呼ばれる時間帯は全く無視されている。それを無視することによって、宵から夜明けへの時間経過の短いことを誇張的に表現している。詞書には「月のおもしろかりける夜、暁がたによめる」とある。「おもしろかりける」と言えるのは何日ごろの月なのだろうか、歌をよんだ「暁がた」には、月は空にあったのかなかったのか、いろいろ問題のある歌だと思われる。しかしこの歌は、天体運行の観測結果を

が、〃夜明け〃といえば、〃あけぐれ〃とも〃暁闇《ぎょうあん》〃ともいう時間帯が終わって、ほのかに空の白む状態をいう。「ぬる」は完了の助動詞の連体形。スッカリ明ルクナッテシマッタの意。「を」は逆接の助詞。

▼雲のいづこに月やどるらむ 「らむ」は現在の視界外の事実を推量する助動詞の連体形。上の「いづこ」という不定詞に照応する。「に」は場所を示す格助詞。「やどる」は、この場合、雲を宿として、そこに入りこんで泊まる意だから〃隠レル〃というのに相当する。

報告しようとしているのではない。月をアクセサリーに置いて、夏の短か夜を誇張し強調するところに主眼点がある。夏の夜は短いうえに、時間の進行速度が速くて、月の運行速度とバランスがとれない。従って、月が山に隠れるだけの時間的余裕は、まったくなかったはず。それにもかかわらず、月の姿が見えないというのは、雲のどこかに姿を隠したものにちがいない。いったいどこらへんに隠れているのだろうか。――こういう、いうならば単純素朴な、まるで子供みたいな発想のしかたが、逆に大らかな風格をこの歌に与えることになった。

余録 清原深養父は元輔《もとすけ》の祖父、従って清少納言の曾祖父にあたる。この人もご多分にもれず微官に終わっており、生没年は明らかでない。その満たされない心境を詠んだ歌に、「光なき谷には春もよそなれば咲きてとく散る物思ひもなし」〈古今集・十八・雑下・九六七〉というので、日ノ当タラヌ場所ニハ春ハ関係ナイカラ、咲イタカト思エバスグニ散ッテシマウコトヲ心配スル気苦労モナイという意味、あきらめきった心境というほかはない。深養父の歌には、この百人一首の歌のような技巧を用いたものに、気の利いたしゃれたのがあり、恋の歌は、理屈に走ってギクシャクしてしまいあまりうまいとは言えない。「神奈備《かんなび》の山をすぎゆく秋なれば龍田《たつた》川にぞぬさは手向《たむ》くる」〈古今集・五・秋下・三〇〇〉、「冬ながら空より花の散りくるは雲のあなたは春にやあるらむ」〈古今集・六・冬・三三〇〉

37 白露《しらつゆ》に　風の吹きしく　秋の野は
つらぬきとめぬ　玉ぞ散りける

文《ふん》屋《やの》朝《あさ》康《やす》

歌意 草の葉に結んで白く輝く露の玉に、風のしきりに吹きつける秋の野では、つなぎとめてない白玉が、はげしく散り乱れているように見えることだ。

解説 白露を玉にたとえるのは常套《じょうとう》で、珍しいことではない。珍しくはないけれど、美しいものはやはり美しい。美しいと思えば、何度となく言い古されたたとえでも、用いてみたくなって当然である。要は、その陳腐な比喩《ひゆ》を、自分の表現力でいかに生かして用いるかという点にある。

「枕草子」を引用してみよう。「秋ふかき庭の浅茅《あさぢ》に、露のい

出典 後撰集〈六〉秋中・延喜の御時歌めしければ（三〇八）

語句 **▼白露に風の吹きしく秋の野は** 「白露」は「秋の野」の草の葉に結んで白く光る露である。「に」はこの場合、「吹きしく」という風の作用の及ぶ対象を示しており、格助詞。「風の―吹きしく」と主述関係で、「秋の野」にかかる連体修飾節となる。「吹きしく」は、シキリニ吹ク意。「秋の野は」は、秋ノ野デハの意。「は」は強意の係助詞。　**▼つらぬきとめぬ玉ぞ散りける** 「つらぬき」はツキ通ス意。「つらぬきとめ」で複合動詞となり、玉ニ穴ヲアケタ

ろいろ、玉のやうにて置きたる」〈第一一九段・あはれなるもの〉の〝玉〟は五色に輝く玉というので真珠には限るまい。「透垣《すいがい》の羅《ら》文《もん》、軒の上にかいたる蜘蛛《くも》の巣のこぼれ残りたるに、雨のかかりたるが、白き玉をつらぬきたるやうなるこそ、いみじうあはれにをかしけれ」〈第一三〇段・九月ばかり〉の〝玉〟は雨粒を真珠に見立てている。

　歌の例で思い浮かべ

ノヲ紐《ひも》デツナギトメル意で、こういう装身具は古代からあったし、今ならさしずめ、真珠のネックレスというところ。真珠のことを、古くは〝白玉《しらたま》〟と言った。「ぬ」は打消の助動詞の連体形。ツナギトメラレテイナイ、バラバラノ玉という意味。「玉」は隠喩〈暗喩〉による見立て。「ぞ」は強意の係助詞。結びは「ける」で詠嘆の助動詞の連体形。

られるのは「伊勢物語」〈第六段〉で、主人公の男が思う女を盗み出して逃げて行く途中、草におく露を見て、〝あれは何なの〟と女が聞いたのにも答えず、折からの雷雨を避けて、雨やどりをしているすきに、女を鬼にさらわれてしまった。その時に男は「白玉か何ぞと人の問ひし時つゆと答へて消えなましものを」と詠んだという話。物語自体には王朝ロマンの香りが豊かに漂っているが、露と白玉とのつながりは異色でも何でもない。この歌の露は、〝白玉↓露↓消え〟のつながりで、消え入りたい思いを詠じる仲立ちにすぎないが、朝康の「白露」は、〝玉〟にたとえられつつも、〝玉〟の隠喩が、のっけから種明かしされていて、「玉ぞ散りける」で、はらはらとこぼれ散る露の動的な美しさが視覚的に捕らえられている。こういうところに、この歌の新鮮味があって、陳腐な比喩のようにみえるこの歌が、現代の人にも愛誦されるのはこんなところに原因があるのだろう。

〝枕〟の第二例は、蜘蛛の巣に雨の露のかかった静的な美しさが捕らえられているが、朝康にも同趣の歌がある。「秋の野に置く白露は玉なれやつらぬきかくる蜘蛛の糸すぢ」〈古今集・四・秋上・二二五〉の一首である。

余録 文屋朝康は康秀の子といわれるが、生没年も明らかでなく、詳しい伝記も知られていない。勅撰集にも三首が採られているにすぎないが、〝寛平御時《かんぴょうのおおんとき》〈宇多〉后宮《きさいのみや》歌合〟や〝是貞親王《これさだのみこ》家歌合〟などにその名を列ねているところを見ると、歌人としては相当に重んじられていたのであろう。

38 忘らるる　身をば思はず　ちかひてし
人のいのちの　惜しくもあるかな

右近《うこん》

歌意　あなたから忘れられるわが身のつらさは、身から出たさびとも思って、あきらめもしましょうが、あの時、永遠の愛を誓ったあなたが、誓いを破った罰を受けて、命を縮められるようなことになりはしまいかと、惜しく思われてなりません。

解説　このままでは、ちょっとわかりにくい歌である。「拾遺集」には〝題しらず〟とあるだけだから、作歌事情など知るべくもない。「大和物語」には右近に関する歌物語が五話も語られている〈第八一～八五段〉。第一話では、右近の

出典　拾遺集〈一四〉恋四・題しらず（八七〇）

語句　▼**忘らるる**　「忘ら」は動詞ラ行四段の未然形。「るる」は受身の助動詞の連体形。▼**身をば思はず**　「身」は第一句を受けて、〈アナタカラ〉忘レラレル〈自分ノ〉身ということになる。「を」は動作の対象を示す格助詞。「ば」は強意の係助詞〝は〟が〝を〟に下接して連濁となったもの。「ず」は打消の助動詞であるが、連用形と見るか終止形と見るかで、歌の持ち味がだいぶん異なってこよう。▼**ちかひてし**　「ちかひ」だから、神仏の前で

相手は藤原敦《あつ》忠《ただ》で、疎遠になった男への消息に、「忘れじと頼めし人はありときく言ひし言の葉いづちいにけん」〈アナタヲ決シテ忘レマイト約束シテクダサッタオ方ハ、無事ニ生キテイラッシャルト聞キマシタガ、アノオ約束ノコトバハ、イッタイドコヘ消エ失セテシマッタノデショウ〉と言い送っている。第四話がこの歌で、詞書に「おなじ女、男の『忘れじ』とよろづのことをかけて誓ひけれど、忘れにけるのちに言ひやりける」とあり、歌の次に「返しはえきかず」と記してある。「大和物語」の記述をそのまま信じて、相手の男を敦忠とするなら、彼は藤原時《とき》

絶対に変改はいたしませんと、固い約束をとりきめたのである。「て」は完了の助動詞の連用形。「し」は過去の助動詞の連体形。**▼人のいのちの**　「人」は相手の男性をさす。「人の」の「の」は連体格の助詞。「いのちの」の「の」は主格の助詞。　**▼惜しくもあるかな**　「惜しく」は、相手ノ男性ガ誓イヲ自ラノ手デ破棄シタ結果トシテ、神仏ノ罰ヲ蒙《こうむ》ルニチガイナイ、ソレヲ惜シク思ウというのである。「も」は強意の係助詞。「かな」は詠嘆の終助詞。

平《ひら》の三男で、和歌にも音楽〈琵琶《びわ》〉にもすぐれ、四十に足らぬうちに他界している。百人一首に採られた歌〈43あひみてのノ歌〉を見ると、表面上はいかにも純情で、「大和物語」に見る、プレイボーイらしいイメージからは掛け離れてしまう。右近が、折角この歌を詠んで送ったのにもかかわらず「返しはえきかず」であった。相手の男にしてみれば、今さら返歌なんぞできるものかという気だったのかも知れないし、右近にしても返歌なんぞは期待していなかったのかも知れない。この歌は、わが身をかえりみることなく、ただただ相手の男に神罰仏罰のくだることを怖《おそ》れ案じている、純情可憐な女心の一途さ——などではなくて、愛の誓いを破り、訪れの遠のいた相手に、大げさな表現で皮肉を利かせ、一矢を報いる恋愛テクニックのにおいが濃厚に感じられる。してみれば、歌調も二句切れの重厚な万葉調で味わうよりも、三句切れとし、「ちかひてし」の主語に自分も加えた共同責任を踏まえつつ、わたしだって忘れられて命をすり減らしている。忘れたあなただって、恐らく罰を受けて命を危うくするでしょうよ——それがお気の毒に思われるのですよと、同情にことよせた皮肉と受け取りたいのである。

余録 右近は「大和物語」によれば藤原季縄《すえなわ》の娘。季縄（?～九一四）は右近少将だったから、それによって〝右近〟と呼ばれた。醍醐《だいご》天皇の皇后穏子《おんし》（八八五～九五四）に仕えた。生没年は明らかではない。

39

浅茅生《あさぢふ》の　小野《をの》の篠原《しのはら》　しのぶれど　あまりてなどか　人の恋しき

参議《さんぎ》等《ひとし》

歌意　〝浅茅生の小野の篠原〟の〝しの〟ということばのように、わたしは、あくまでもしのびこらえ、ジットガマンの子になっていようと努めるのだけれど、もはやどうにもこらえきれなくて、どうしてこんなにまで、あなたが恋しくてたまらないのでしょうか。

解説　恋のもだえの重苦しさとはうらはらに、何と調子のよい歌なのだろう。作者も意識して、そうしているのだろうが、音調の上からくる軽快さが、この歌を明るいものにしている。第一は、上の句下の句が〝あ〟の音によって頭韻を踏

出典　後撰集〈九〉恋一・人につかはしける・源ひとしの朝臣《あそん》（五七八）

語句　**▼浅茅生の小野の篠原**　「しのぶれ」にかかる序詞。「浅茅生」は〝浅茅が原〟ともいい、たけの低い〝ちがや〟のはえている野原のことで、「浅茅生の」は〝小野〟にかかる枕詞。「小野」は普通名詞で野原のこと。〝小〟は接頭語。「篠原」は〝篠〟〈細ク小サナ竹〉の群生する原。「小野の篠原」と意味を重ねて口調をととのえ、さらに〝篠〟から同音の〝しのぶれど〟の〝しの〟にかけて序詞としたもの。　**▼しのぶれど**　「し

んでいること。第二は、序詞の使用による〝しの〟という同音の繰り返し。その上、内容からも、〝浅茅生〟も野原、〝小野〟も野原、〝篠原〟も野原。類語を三つも重ねてムード作りをしたことばが、実は序詞だから、一首の意味内容には深いかかわりあいをもたない〝遊び〟になっている。第三に〝の〟音の多用。これらが一丸となり、明るい恋歌となった。

　詞書にある「人」はもちろん意中の人であり、消息をつかわすことのできる相手ではあっても、その人に対する思いを大っぴらにはできず、どんな事情でそうな

のぶれ」は動詞バ行上二段の已然形で、ガマンスル・コラエル意。派手な行動に出ることを慎しんで、ジットガマンしているという意。「ど」は逆接確定条件の助詞。　**▼あまりてなどか人の恋しき**　「あまりて」は〝しのぶれど、しのびあまりて〟の意でコラエキレナクナッテということ。「など」はドウシテ…ダロウカと、疑問の意を表す副詞。「か」は疑問の係助詞。結びは「恋しき」で形容詞シク活用の連体形。「人」は当然、相手の女性をさす。

のかはわからないが、しのんでいなければならない恋なのであった。ところが恋心というものは、一旦燃え始めてしまえば、押さえようとしても押さえきれず、燃焼しつくさないではすまされない。そういう恋心を、万人の代弁者のごとく、「しのぶれどあまりてなどか人の恋しき」と歌い上げたのである。序詞は〝遊び〟だと言ったが、これを省いてしまえば、実に単純素直な恋心の表白になってしまう。こんな詠みぶりが大方の共感を博する種となったのであろう。

「浅茅生の小野の篠原」というなめらかな音調にひかれてか、この語を用いた歌は勅撰集だけで八首に及ぶ。源流は「古今集」〈十一・恋一・読人しらず・五〇五〉の「浅茅生の小野の篠原忍ぶとも人知るらめやいふ人なしに」〈ワタシガヒソカニ恋スル心ヲアノ人ハ知ッテハイマイ。私ノ気持チヲ伝エテクレル人ハイナイノダカラ〉という民謡調の歌である。

余録 参議等（八八〇〜九五一）は源姓。嵯峨《さが》天皇の皇子広幡《ひろはた》大納言弘《ひろむ》の孫。父は中納言希《まれ》。参議というのは太政官の官名で、大・中納言に次ぐ重職で、左右大臣・内大臣を補佐する。四位以上。源等が参議に任ぜられたのは天暦《てんりやく》元年（九四七）で、在官四年の後、天暦五年の三月に他界している。歌人としては著名な方ではなく、「後撰集」に四首が選ばれている程度である。

40　しのぶれど　色にいでにけり　わが恋は
物や思ふと　人のとふまで

平《たいらの》　兼《かね》　盛《もり》

歌意　わたしの恋心は、人に知られまいとして、ひたすらにつつみ隠してきたのだけれど、どうにもつつみきれなくなって、顔色にも、そぶりにも、自然にあらわれるようになってしまったことだ。「あなた、恋の思いに悩んでいらっしゃるのではありませんか」と、人が尋ねるほどまでに。

解説　ひそかにきざしはじめた恋心が、秘めようとすればするほど大きくふくらんで、ついには隠しきれないで、人にも知られてしまう。恋愛感情の体験者なら、誰にも思い当たるふしがあるにちがいない。この歌の作者は、平安貴公子と

出典　拾遺集〈十一〉恋一・天暦《てんりやく》の御時の歌合（六二二）

語句　▼**しのぶれど色にいでにけり**　「しのぶれ」は動詞バ行上二段の已然形で、人目ヲサケル、ツツミカクスの意。「ど」は逆接確定条件の助詞。「色」は、顔色、素振《そぶ》りなどの意。「いで」は動詞ダ行下二段の連用形。「に」は完了の助動詞の連用形。「けり」は詠嘆の助動詞の終止形。従ってこの歌は二句切れである。▼**わが恋は**　この句は上二句と倒置法で「わが恋は─しのぶれど色にいでにけり」となる一方、そのまま下二句へも続く。▼**物や思ふ**

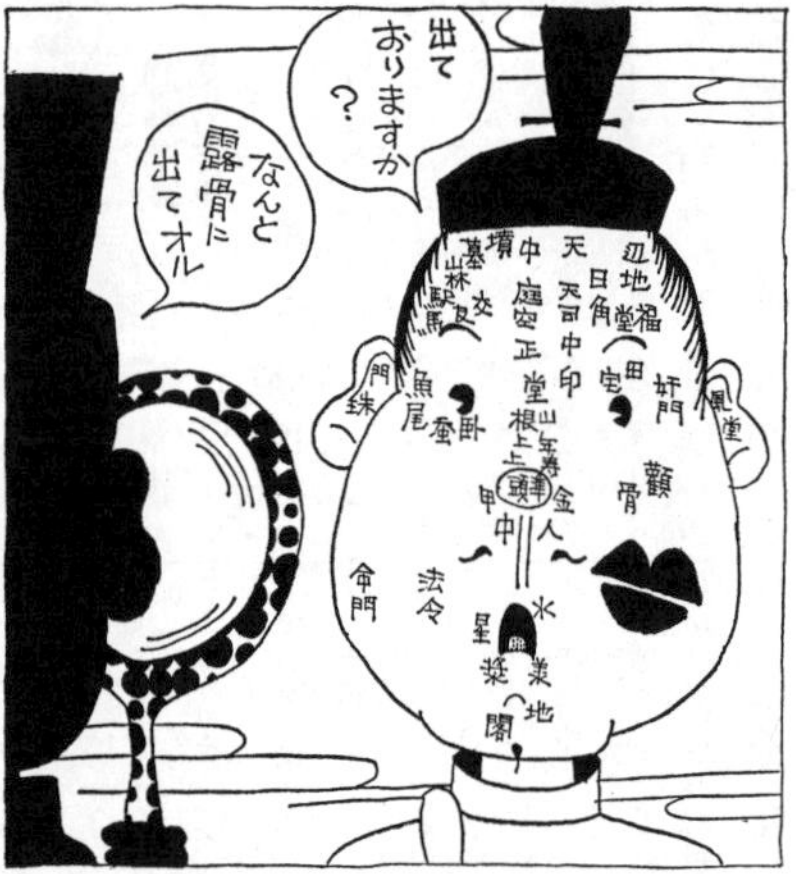

して、相当な恋愛遍歴者だったろうが、こういう純情さをも経験した時があったはず。〝忍ぶ恋〟をテーマとした時に、たといその時の作者の体験がどんな性質のものであろうと、それには関係なく、かつての自分の体験をふまえて、そのテーマを、いかにもそれらしく、万人を納得させるように作り上げていく、それが作者の表現技倆《ぎりよう》なのである。

　この歌もいかにも作られたものという感じが強い。〝しのぶれど〟と〝いでにけり〟との対応、〝物や思ふ〟〝人のとふ〟の

と人のとふまで　「物や思ふ」は、尋ねた人のことばを引用した表現で、「物を思ふ」の疑問形。「物」は漠然とした対象をいう語だが、恋の悩みを指す場合が多い。「や」は疑問の係助詞。結びは「思ふ」で連体形。「と」は引用を受ける格助詞。「人」は第三者をさす。「の」は主語を示す格助詞。「まで」は限界を示す副助詞。「人のとふまで」は連用修飾節として「色にいでにけり」にかかる。

並列。「しのぶれど色にいでにけり」と一、二句にテーマを明示して二句切れの歯切れのよさを見せ、「わが恋は―しのぶれど―いでにけり」とことばの流れを倒置反転させ、さらに「わが恋は―人のとふまで」と下へ続けた上で、さらに「人のとふまで―いでにけり」と逆流させていくというテクニックを用いている。声調がなだらかで朗唱に適するが、その声調の中に表された意味が、忍ぶ恋の感情の狐疑逡巡《こぎしゅんじゅん》の複雑さにマッチして、甘くやるせないムードを醸成している。いくら作られた歌であっても、読む者の心に共感を呼び起こすことができるなら、それは名歌といってよい。

自分の感情をセルフ・コントロールすることのできぬ人たちには、こんな歌の情的世界は理解しにくいかもしれない。しかし何でも直接行動に移せば事は足りるというものではない。この歌の醸成するロマンチック・ムードが愛誦される限り、人間感情の豊かさは失われることはあるまい。この歌は、やはり同じ〝忍ぶ恋〟をテーマとした次の歌と共に、同じ歌合の席で合わされたことや、次の歌について述べるエピソードのために、いっそう有名になっている。

余録 平兼盛（?～九九〇）は三十六歌仙の一人。光孝天皇の皇子是貞《これさだ》親王の曾孫にあたる。父の代から平姓を名のる。家柄の割に地位は低く、受領《ずりょう》程度に終わっているが、歌にすぐれ、「後撰集」時代の代表的歌人に数えられている。

41　恋すてふ　わが名はまだき　立ちにけり
人しれずこそ　思ひそめしか

壬《み》生《ぶの》忠《ただ》見《み》

歌意　だれかさんに恋をしているという、わたしの浮き名が、早くも世間の人の口の端《は》にのぼってしまったことだ。人にさとられないようにと、あれだけ注意深く用心して思いはじめたことだったのになァ。

解説　前出の兼盛の歌と同じく、〝忍ぶ恋〟をテーマとしている。拾遺集では、順序が逆で、この歌が恋歌の第一首となっている。表現技巧の点ではこちらの方がすっきりとしてわかりよい。兼盛の「しのぶれど色にいでにけり」に対して、こちらは「わが名はまだき立ちにけり」で、恋愛の実質がとも

出典　拾遺集〈十一〉恋一・天暦《てんりゃく》の御時の歌合（六二一）

語句　▼**恋すてふ**　「恋す」は動詞サ変の終止形。「てふ」は〝といふ〟の縮約した形。ある語を体言に続けるはたらきをもつ。もともと動詞が含まれ、「といへれば↓てへれば」となり、〝てへ〟という形もあるが、自立性が乏しいので動詞とは認めにくい。連体格の助詞に転じたものと認めてよかろう。　▼**わが名はまだき立ちにけり**　「名」はいわゆる〝浮き名〟で、情事ノウワサ・評判の意。「まだき」は副詞で、マダ時期ガ来テイナイノニ、早クモの意。

なわない、つまり、恋を成就させてはいない、相手の女性がわが思いを受け入れてはくれていないのに、空《むな》しい虚名のみが先行してしまった。こちらとしては全く不本意極まりない。どうしてこんなことになってしまったのだろう。不平ともいぶかりともつかぬ独り言が、上三句で表現された事実のかげに、下二

句の反省悔恨となっている。同じ忍ぶ恋でも、それが露見した時の態度に陰陽のちがいが見られる。兼盛の方は、知られた以上それはそれで仕方がないというカラリとした態度だし、忠見の方には、いつまでもバレた

結局、マダ恋愛ノ実質ガトモナッテイナイウチ」ということ。「にけり」は、前の歌の「いでにけり」の場合と同じ。 ▼**人しれずこそ思ひそめしか** 「しれ」は動詞ラ行下二段で知ラレルという意。「こそ」は強意の係助詞、結びは「しか」で、過去の助動詞の已然形。「こそ—しか」で文を終わらず、倒置法として「立ちにけり」に続けると、逆接の意を生じ、……ノニナアと、詠嘆の余情を含めて文を終わることになる。

ことをじめじめと悔んでいるような内向性が見られる。

余録

壬生忠見は三十六歌仙の一人。古今集撰者の一人、壬生忠岑《ただみね》の子として、歌人としては高く評価されたが微官に終わっている。生没年も明らかではない。

拾遺集詞書の「天暦」（九四七〜九五七）は村上天皇ご治世の代表的年号だから、「天暦の御時の歌合」というのは「天徳四年（九六〇）三月三十日内裏歌合」のことで、最後の二十番でこの両者が合わされており、この歌が左、兼盛のが右で、判者藤原実頼《さねより》〈左大臣〉が優劣をはかりかね、天機を伺ったところ、天皇は右の兼盛の歌をひそかに口ずさまれたので右方を勝ちとしたことが書き添えられている。この歌合で負けた忠見が憂悶のあまりに病気になり、それがもとで死んだという話が、「沙石集」〈無住法師の著、説話集、五末―六〉にみえている。

忠見心うく覚えて、心ふさがりて、不食〈食欲不振〉の病付きてけり。たのみなきよし聞きて、兼盛訪《とぶら》ひければ、「別《べち》の病にあらず。御歌合の時、名歌よみ出《いだ》して覚え侍りしに、殿の『物や思ふと人のとふまで』にあはと思ひて〈ビックリシテ〉、あさましく覚えしより、胸ふさがりて、かく思ひ侍りぬ」と、つひに身まかりにけり。

この話に対して、無住は「執心こそよしなけれども、道を執する習ひあはれにこそ」という感想を書き添えている。恋愛の実質についてはいさ知らず、表現技法には命をすり減らす思いで張り合っていたことがわかる。

42

ちぎりきな　かたみに袖《そで》を　しぼりつつ
末の松山　波こさじとは

清《きよ》原《はらの》元《もと》輔《すけ》

歌意　二人で固い誓いをたてもしたよネ。お互いに涙を流してネ、濡《ぬ》れた袖をしぼりながら、末の松山を波が越すはずがないように、わたしたちの愛も決してかわることがないようにしましょうとネ。

解説　「後拾遺集」の詞書によれば、これは代作の歌である。代作というものは、相手の身にならなければできるものではない。相手の悩みや悲しみが、自分の悩み・悲しみとして受け取れなければ、おざなりな、よそよそしいものになってしまう。しかし、わが身につまされる反面、やはり第三者的、

出典　後拾遺集〈十四〉恋四　心変り侍《はべ》りける女に、人にかはりて（七七〇）

語句　▼**ちぎりきな**　「ちぎり」は動詞ラ行四段の連用形、約束スル意。「き」は過去の助動詞の終止形。「な」は感動の終助詞。ここでことばが切れるから初句切れである。　▼**かたみに袖をしぼりつつ**　「かたみに」は副詞で、タガイニ、カワルガワルニの意。「袖をしぼり」は、涙で濡《ぬ》れた袖をしぼるということで、涙ヲ流シテ泣ク意。「つつ」は反復・継続の意を示す接続助詞。▼**末の松山波こさじとは**　「末の松山波こさじ」が、

傍観者的冷静さを保っていなければ、代作の歌としてはかえってイヤ味を生ずることになりかねまい。

　この歌の内容は、女性に見限られた、ぶざまな男性の、恨み言を述べたものである。それは詞書ではっきりするのだが、歌の表面には、恨み言めいた表出はない。しかし、初句の「ちぎりきな」には万斛《ばんこく》の思いをこめた重みがある。「き」は体験的回想を示すので、契ったことが、二人の間の厳然たる事実であったことを、冒頭において、相手の女性に確認させたことになる。契った内容は「末の松山波こさじ」であり、契った時の状態は「かたみに袖をしぼりつ

格助詞「と」の受ける内容である。これは、「古今集」〈二十・東歌・みちのくうた〉の「君をおきてあだし心をわが持たば末の松山波も越えなむ」という歌をふまえたもので、末の松山を波が越えることのあるはずがないように、〝あだし心〟〈ウワキナ心〉を持つようなことは絶対にないという意を表す。「末の松山」は歌枕で、「枕草子」〈第一三段〉にもその名が見えている。「じ」は打消意志の助動詞の終止形。

つ」であった。その事実を回想しつつ、その事実が過去になったことを強調すれば、現在はその約束が反故《ほご》にされたことを間接に、しかし、じんわりと、相手の女性になじる結果となる。「かたみに袖をしぼ」った、私は真剣だったのに、あなたのはウソ泣きだったのですか、「末の松山」は波の越えるはずがないのに、わたしたちの関係は、波を越えさせるという、天変地異をひき起こしてしまいましたね、こんなことばが、皮肉の針となって、相手の心につきささってゆく事であろう。しかもその針は間接表現という真綿に柔らかく包まれているので、チクリの当たりが効果的になろう。この歌は愛の復活の懇願ではない。裏切った女に一矢を報いるための歌である。しかも、代作としては、男性らしい大らかさと上品さとを失わない詠みぶりでなければならなかったのである。

余録 清原元輔（九〇八〜九九〇）は三十六歌仙の一人。深養父《ふかやぶ》の孫、清少納言の父。村上天皇の時、いわゆる〝梨壺《なしつぼ》の五人〟の一人として、大中臣能宣《おおなかとみのよしのぶ》らとともに、「後撰集」撰進、「万葉集」の研究にあたった。学者としても、歌人としても名声が高く、清少納言はこの父を誇りともし、また重荷とも感じていたようで、元輔の子ともあろうものが、変な歌を詠んで父祖〈元輔や深養父〉の名をはずかしめることはできない、ということを「枕草子」に書いている。

43　あひみての　のちの心に　くらぶれば
昔は物を　思はざりけり

権中納言敦忠《ごんちゅうなごんあつただ》

歌意　恋しいひとと契りを結んだあとの、今のわが心にくらべてみると、相逢う以前には、〝恋の物思い〟などといえるような心情を抱くことはなかったなあ。

解説　この歌は全句切れで調子がよい上に、掛詞・縁語のたぐいを用いず、ただ、表現上の技巧としては、昔と今とを比較している程度で、実にさっぱりとした、さわやかな感じの読みっぷりである。しかし内容的には、実はたいへんなことが詠み込まれているのである。あなたに逢ったあとの心は、昔と比較にならぬ。昔に物思いなどがあったとはいえない――

出典　拾遺集〈十二〉恋二・題しらず（七一〇）

語句　▼**あひみてののちの心にくらぶれば**　「あひみ」は動詞マ行上一段の連用形。〝みる〟は顔を見るというだけの意味ではなく、夫婦としての契りを結ぶという意味。「て」は接続助詞。「の」は連体格の助詞で、両体言を接続する。従って「あひみて」は体言に準じて用いられている。「あひ」は相対的・相互的・共同的動作に冠するので、相思相愛ということになる。「くらぶれ」は動詞バ行下二段の已然形。「ば」は偶発条件を示す接続助詞。　▼**昔は物を思は**

これは、いうならば女殺しの文句である。敦忠に恋愛の経験がなかったとはいえない。どれほどの女性遍歴のあった男かしらないが、その男が、あなたのゆえに、昔は物を思わなかったというのだから、こんな歌をおくられた女は、女冥利《みょうり》につきるといってよろこぶにちがいない。相手の男がプレイボーイであればあるほど、その男の恋心を自分ひとりにつなぎとめたみずからの魅力に、われながらうっとりと酔うにちがいない。そういう点では、この歌は内容的テクニックにすぐれた、計算されつくした歌といってもよい。だから、拾遺集のように「題しらず」の恋歌

ざりけり 「昔」というのは、〝あひみてののち〟に物を思うようになった、それ以前の時をさす。「物」は漠然と〝或る物〟をさしていう語だが、「物を思ふ」といえば、いわゆる〝恋の物思いをする〟の意。〝恋〟は意の如くにならぬものと、昔から相場がきまっている。意のままにならぬところから物思いが生じるので、恋のない所には物思いもない。「昔は」に対して、当然〝今は〟どうなのか、言外の〝余情〟となる。「けり」は過去詠嘆の助動詞の終止形。

とするよりも、「拾遺抄」〈公任《きんとう》撰〉の詞書によって「はじめて女のもとにまかりて、又のあしたにつかはしける」という後朝《きぬぎぬ》の歌として味わうのがよかろう。もともと、この歌がプラトニック・ラブを詠じたものとは受け取れない以上、体験以前の恋情は真の恋情とはいえないということを詠じているのだから、〝はじめて〟の語を、この女の許への訪れが〝はじめて〟と考えることはそれほど無理ではあるまい。

この歌の内容を現代の若ものはどのように受け取るのであろうか。純粋にプラトニックな恋心と受け取って、そのロマンチックなムードに酔おうとするであろうか。はっきりした〝色・恋〟というのではなくて、女性への〝あこがれ〟に似た思いが、恋愛と言えるような心情に傾きはじめた微妙な変化を詠じているというようなロマンチックな受け取り方は、実は平安時代の歌からは無理というものであろう。

余録 権中納言敦忠（九〇六～九四三）は三十六歌仙の一人。藤原時平《ときひら》の三男で、天慶《てんぎょう》五年（九四二）に従三位権中納言に至り、翌年三十八歳で没した。琵琶《びわ》の名手でもあり、博雅三位《はくがのさんみ》以上に評価されていた。

44 あふことの　たえてしなくは　なかなかに
人をも身をも　恨みざらまし

中《ちゅう》納《な》言《ごん》朝《あさ》忠《ただ》

歌意　この世における男女関係で、契りを結ぶということが、もし仮りに、絶対にないと仮定してみたときには、それはそれでかえって、冷たい仕打ちの相手の女性を恨むこともあるまいし、やるせない思いにうちひしがれている、我とわが身を恨むことも、なかったであろうに……。しかし、現実はキビシイ！

解説　反実仮想表現の代表的見本とされている歌が、「伊勢物語」〈第八二段〉にある。これは「古今集」〈一・春上・五三〉にも「渚《なぎさ》の院にて桜を見て詠める」として採られて

出典　拾遺集〈十一〉恋一・天暦《てんりゃく》の御時の歌合に（六七八）

語句　▼**あふことのたえてしなくは**　「あふ」は男女が夫婦関係を結ぶことをいう。「の」は主格の助詞。述語は「なくは」。「たえて」は副詞で、マッタク・スコシモの意を表す。「し」は強意の副助詞。「なく」は形容詞ク活用の連用形で、これが係助詞「は」を伴って、「恨みざらまし」にかかり、マッタクナイトキニハと、その条件を示している。▼**なかなかに**　形容動詞ナリ活用連用形の副詞法で、「恨みざらまし」を修飾し、カエッテ・ムシロの意。

いる「世の中にたえて桜のなかりせば春の心はのどけからまし」という歌である。モシナカッタトシタラ、ドンナニカノドカダッタロウニ。シカシ現実ニハアルカラノドカデハアリ得ナイとなる。この業平《なりひら》の歌に続いて、ある人は「散ればこそいとど桜はめでたけれうき世になにか久しかるべき」と詠んでいる。憂キ世ニ恒久的ナモノハ何モナイ。散ルカラコソ桜ハスバラシイノダ。醜ヲサラスヨリハ、イッソノコトイサギヨク散ル方ガマシデハナイカというのである。百人一首の方を無視した形となったが、朝忠の歌にも、根

▼人をも身をも恨みざらまし　「人」は特定の人で、自分に冷たくあたる恋の相手をさす。「身」は当然わが身のことで、〝人〟の無情のために苦悩している状態にある。「恨み」は動詞マ行上二段の未然形。「まし」は反実仮想の助動詞の終止形。「…なくは…まし」と照応し、「モシナイトシタトキニハ……ダロウ」の意となり、しかし現実にはそうではないのだから、こういう結果もあらわれるはずはあるまいということになる。

本的にはこういう発想があったものと思われる。

今の世でも、結婚は人生における幸福への出発点と考えられているのに、結婚を不幸への出発点としてしまう人だっていないわけではない。そんな人だったら、この世に結婚なんてことがもしなかったら、などと考えるにちがいない。子供で苦労をする人は、子供さえいなかったら……と考えもしようが、だからといって、子供のいない生活などは考えられないにきまっている。どんな不幸に見舞われても、結婚した以上は仕方がないと、あきらめてしまうしかない。

この歌にしたってそうである。「あふこと」があったがゆえの恨みごとに身も世もあられぬ思いをいだきつつ、「たえてしなくは……恨みざらまし」と、反実仮想のベールをまとって、ゆとりのあるような、みせかけの表現にかくれているのである。そうして「あふこと」の厳然たる事実であったことを認め、「人をも身をも」恨まずにはおられない状態に立ち至った現状に身をひたし、身をゆだねようとする——これが恋のムードであることを作者朝忠は、十分計算に入れていたのではあるまいか。

余録 中納言朝忠（九一〇〜九六六）は三条右大臣藤原定方の子で三十六歌仙の一人。蔵人《くろうど》・左近中将・大宰大弐《だざいのだいに》を経て、応和三年（九六三）に中納言となる。笙《しょう》の名手といわれていた。歌や笙とは関係ないが、彼はとんでもない大食漢で、その猛者《もさ》ぶりが「百人一首一夕話」に出ている。

45 あはれとも　いふべき人は　思ほえで
身のいたづらに　なりぬべきかな

謙《けん》徳《とく》公《こう》

歌意 わたしのことを、ああ、かわいそうに……と言って、同情してくれるはずの人は、どうしても考え出せないで、このままむなしく、わたしは誰にも同情されることもなく、結局は朽ち果ててしまうにちがいないのだ。

解説 男としてこんな歌を作らねばならぬハメに追い込まれるとは、世にも情けない話ではないか。謙徳公ともあろう人が、自分の実感としてこんな歌を作ったとは思えない。フィクションの世界のことか、女心にくいこんでいくためのテクニックかと思いたくなる。「拾遺集」の詞書では、ねんごろ

出典 拾遺集〈十五〉恋五・物いひ侍《はべ》りける女の、後につれなく侍りて、さらにあはず侍りければ・一条摂政（九五〇）

語句 ▼**あはれともいふべき人は思ほえで** 「あはれ」は感動詞。感情の高揚した時に自然に発する語だから、喜怒哀楽にかかわらない。この歌の場合では、アア、オカワイソウニの意。「と」は内容指示の格助詞。「も」は強意の係助詞。「べき」は当然の助動詞の連体形で、終止形に接続する。「思ほえ」は動詞ヤ行下二段の未然形。〃思ほゆ〃の〃ゆ〃はもともと上代における自発の助

にしていた女が、いつしか冷たくなって、全く自分を顧みようともしなくなったという状況のもとで詠まれた歌ということに

なっている。まるで、男と女との立場が逆になっているのではないかと思われるほど、気の弱い男、気の強い女のイメージで詠まれている。これほどの女が相手で、しかもその女をすっぱりと思い切ることができず、恨み言でもつらねて、あわよくば、離れた女の心を、再び自分の方に振り向けさせるには、「身のいたづらになりぬべきかな」くらいのことは言わなけれ

動詞だから、自然ト思イックの意。「で」は打消の意を含む接続助詞。 ▼**身のいたづらになりぬべきかな** 〝身がいたづらになる〟とは、死ヌ・ムナシクナルの意。「の」は主格の助詞。「いたづらに」は形容動詞ナリ活用の連用形で、すぐ下の「なり」を修飾する。「ぬ」は完了の助動詞の終止形で強意に転じている。「べき」は推量の助動詞の連体形。「ぬべき」で、キットナルダロウとか、ナルニチガイナイの意。「かな」は感動の終助詞。

ばこたえないのであろう。

謙徳公の家集を「一条摂政御集」というが、これは歌物語ふうに、〝大蔵史生豊蔭《おおくらのふしょうとよかげ》〟という下賤の男を設定し、これと女との贈答の形にしくまれている。その冒頭にこの歌がおかれ、相手の女は「豊蔭にことならぬ女」というので、豊蔭の程度で身分の釣り合いのとれた女となっている。それならばこの歌はこれでよいし、謙徳公の若き日のロマンチックな心情の表出と見られぬこともない。〝身のいたづらになる〟のは、もちろん満たされぬ恋の悩みのせいであり、もし自分がそのように恋いこがれて死んだとしても、その自分に対して、〝あはれ〟といって悲しんでくれるような人がいるとは思えない。以前には〝あなた〟という人がいた。しかし、心がわりした今となってはそれも望めない。わたしは孤独だ。孤独のうちにあなたを恋い慕いながら死んでいかねばならぬ。そうなってもあなたは何の痛痒《つうよう》も感じはしないであろう。くどくどとかきくどくつぶやき、相手に聞かせてもどうなるものでもない独白を、せめては相手の女の許に贈らないではおられなかった――この歌はそういう形になっている。

余録 謙徳公は藤原伊尹《これただ》（九二四〜九七二）のおくり名。右大臣師輔《もろすけ》の長男。花山天皇の外祖父として地位は急上昇し、摂政から太政大臣にまで進んだ。天暦《てんりやく》五年（九五一）には和歌所の別当となり、「後撰集」撰進の監督に当たった。才能・容貌共にすぐれていたことが、「大鏡」「宇治拾遺物語」に伝えられている。

46　由良《ゆら》のとを　わたる舟人　かぢをたえ
ゆくへも知らぬ　恋の道かな

曾《そ》禰《ねの》好《よし》忠《ただ》

歌意　由良の瀬戸を漕《こ》ぎ渡ってゆく船頭が、かじを失って、どこへ行き着くかもわからずに漂うように、わが恋の道も、先行き不安で、全くどのような結着を見せるのか、波間に漂う小舟のようにはかなく頼りない限りであるヨ。

解説　はかなく頼りない〝恋の道〟を歌っていながら、なんとなく大らかな屈託のない感じになるのは、「ゆらのとを」「ゆくへもしらぬ」と上の句下の句が頭韻を踏み、「ゆら」の「ら」音が「ゆくへもしらぬ」の「ら」音に響き合うという声調のよさからもきているであろうし、上の句下の句とは

出典　新古今集〈十一〉恋一・題しらず（一〇七一）

語句　▼**由良のとを**　「由良」という地名は紀伊にも淡路にも丹後にもある。好忠が丹後《たんごの》掾《じょう》であったからという理由で、丹後の由良と決定しなければならぬということはない。〝歌枕〟は未見の地であっても一向に差し支えはない。新古今集には「紀の国や由良の湊《みなと》」ともあり、「万葉集」にも「紀の国の由良のみ崎」とある。ここも紀伊の由良とすべきもののようである。「と」は狭くなった海路の意で、瀬戸・海峡のこと。「を」は経過の場所を示す格助詞。

っきり分かれた内容の、上の句が「ゆくへも知らぬ」の序詞になっているところからもきているであろう。「ゆくへも知らぬ恋の道かな」というところに作者の意図する内容が示されているのだが、上の句の序詞が、意味の上からも「ゆくへも知らぬ」に強く結びついて、そのムードを助けている。〝かぢ〟を取られて漂流せざるを得ないほどの瀬戸ならば、「ゆくへも知らぬ」を導き出すのに、どこの瀬戸だってかまわないだろうが、「由良のと」でなければならなかったのは、上述の頭韻のためでもあり、ユラという音調が、

▼わたる舟人かぢをたえ　「舟人」は船頭のこと。「かぢ」は船を漕ぐための道具で、かいや櫓《ろ》のこと。「を」は諸説があるが、感動の間投助詞とするのがよい。「たえ」は自動詞である。以上の三句が「ゆくへも知らぬ」にかかる序詞。

▼ゆくへも知らぬ恋の道かな　「ゆくへ」はナリユク先・恋ノ進ミ行クサマ。「恋の道」は恋を道にたとえた語で、道を進んでゆけば到達点があるように、この恋がどんな結着を見せるであろうかという気持ちの語。「かな」は詠嘆の終助詞。

ユラユラと揺れ動いて定まらぬ〝かぢ〟無し舟の心もとなさのムードにぴったりだったからであろう。従って「由良のと」の所在が、紀伊であろうと丹後であろうと、作者にとっては実はどうでもよかったのである。歌枕としての紀伊の由良を意識していたかも知れないし、実際に目にしたことのある丹後の由良の風景が、脳裏に去来してもいたであろう。茫洋《ぼうよう》と広がる海面に、自らの意志で行方《ゆくえ》を定めることもできない〝かぢ〟無し舟に、運命を託している〝舟人〟、その舟人に自分自身の分身を見出しながら「ゆくへも知らぬ恋の道かな」と嘆じたのである。だから、この〝恋の道〟は自らの恋愛体験から導き出された実感にはちがいないのだが、そもそも〝恋の道〟とはこうしたものなのだという、万人に共通する感情を代弁したものともなり、この歌が多くの愛誦者を得る原因ともなっているのであろう。

余録　曾禰好忠は十世紀後半の人であるが、生没の年は明らかではない。丹後掾であったので、曾丹後掾、曾丹後、曾丹などと呼ばれた。家集を〝曾丹集〟という。微官ではあったが、歌道においてはなかなかの自信家で、奇行も多かったらしい。円融院の子《ね》の日の御遊びに推参して追い出されたことが、「大鏡」〈六・昔物語〉、「今昔物語」〈二十八―三〉、「無名抄」などに見える。才能と官位の釣り合いのとれぬ不遇に、悶々《もんもん》の情を詠んだ歌が多く、この歌もその気で読んでみれば、その気配が感じられないこともない。

47　八重むぐら　しげれる宿の　さびしきに
人こそ見えね　秋は来にけり

恵《え》慶《ぎょう》法《ほう》師《し》

歌意　心のままに雑草の生い茂った宿、淋《さび》しく荒れた宿に、人は誰ひとりとして訪れては来ないが、秋だけはやってきたことである。

解説　恵慶法師という人がどういう経歴の人なのか、よくはわからないのだが、この歌で見る限り、何のてらいもはったりもない、落ち着いた、もの静かな、上品な人がらのように思われる。全句切れで一気に詠みくだすなだらかさがある一面、題材のどれをとってみても線の太い力強さのあろうはずもないが、また〝絶えざること縷《る》のごとし〟というほど弱々し

出典　拾遺集〈三〉秋・河原院にて、荒れたる宿に秋来るといふこころを、人々よみ侍《はべ》りけるに（一四〇）

語句　▼**八重むぐらしげれる宿のさびしきに**　「八重」は茂り重なった状態を表す語。「むぐら」はツル性の雑草の総称で、〝むぐらの門〟とか〝むぐらの宿〟とかいえば、雑草ノ茂ッタ荒レ果テタ家のことで、これを更に美的にいえば「八重むぐらしげれる宿」となり、それはこの歌の詠まれた荒廃の〝河原院〟をさす。「しげれ」は動詞ラ行四段の已然形〈命令形トモイウ〉、「る」は存続の助動詞の連体形。

いものでもない。ほんとうに素直に、自然に夏が去って秋が来る、その季節の推移のままに、ことばが自然に流れて一首を形成したような感じの歌である。

「拾遺集」の詞書にある〝河原院〟は河原左大臣といわれた源　融《みなもとのとおる》（八二二〜八九五）の造営した栄華の館で、みちのくの塩釜《しおがま》の景を移した庭園として知られている。融の没後、宇多法皇が住んでおられたが、その後は住む人もなく、土佐から帰洛した紀貫之《きのつらゆき》が荒廃の様を見て、「君まさで煙絶えにし塩釜の浦さびしくも見えわたる

「に」については、①場所を示す格助詞、②原因・理由を示す接続助詞、③逆接の接続助詞、などの説がある。いま①に従う。「の」は同格で、「さびしさに」は「秋は来にけり」にかかる。　**▼人こそ見えね**「こそ」は強意の係助詞、結びは「ね」で打消の助動詞の已然形。「こそ…ね」で中止の形となり、逆接の意を生じて下につづく。**▼秋は来にけり**　「人こそ」に対し「秋は」と並列。「に」は完了の助動詞の連用形。

かな」と詠んだことが伝えられている。融の時代から百年を経過した当時には、河原院を寺として、安法法師というものが住んでいた。この人は源姓だから、何らかの縁があったのであろうが、家集を残すほどの歌人であり、風雅の人士がここに集《つど》い、歌を詠みかわすということが絶えずあったらしい（「今昔物語」〈二十四、四十六〉など）。恵慶法師も安法法師の親友として河原院の風雅の集いに参加することは常だったろうし、これもその時の一首で、実景実感を詠じたものであろう。「八重むぐらしげれる宿」というのは当時の常套語《じょうとう》だから、格別に技巧をこらした表現ではない。技巧はむしろ、さりげなく述べられた下の句の「人」と「秋」との対照にある。「人こそ見えね」と言いながら、作者自身も訪れた客の一人である。安法の住む房は、それはそれなりに賑《にぎ》わっていたかもしれないが、広大な河原院の静謐《せいひつ》を乱すようなものではない。「人こそ見えね」と表現しても、いっこうに不自然さのない集いであったろう。いくら人かげは見えなくても、秋だけはやってきた。〝八重むぐらのしげれる〟もの淋しい宿も、そこに集う、歌の上では無視されてしまった人々の姿も、すべてをその懐に包み込むようにして秋がやってきた。あらがうことのできぬ自然の力の中で、八重むぐらはもちろん、宿も人もやがては凋落《ちょうらく》に向かわざるを得ないであろう。そこに、安らぎの世界を感じとっているのではあるまいか。

余録 恵慶法師は播磨《はりま》の国の講師《こうじ》だったといわれるが、経歴も生没の年も明らかでない。「拾遺集」時代のすぐれた歌人であった。

48

風をいたみ　岩うつ波の　おのれのみ
くだけて物を　思ふころかな

源《みなもとの》　重《しげ》　之《ゆき》

歌意　風の吹くのがはげしいので、岩にぶつかる波が、ぶつかっては砕け、ぶつかっては砕けするように、相手の女《ひと》はケロッとしているのに、わたしひとりだけが、千々に思い乱れて、恋の物思いに悩んでいる今日このごろであることよ。

解説　「詞花集」の詞書にある冷泉天皇の即位は康保四年（九六七）であり、重之の没年は長保二年（一〇〇〇）ごろとされているから、この歌の作られたのは、血気盛んな若年のころと判断される。〝百首歌〟というのは、他から求めら

出典　詞花集〈七〉恋上・冷泉院春宮《れいぜいいんとうぐう》と申しける時、百首の歌奉りけるによめる（二一九）

語句　▼**風をいたみ岩うつ波の**　この一句と二句とが「くだけて」をひき出すための序詞。「風をいたみ」は「AをBみ」〈1の歌参照〉の公式にあてはまる形で、風がハゲシイノデの意。「いたし」は甚ダシイの意の形容詞で、その語幹に接尾語〝み〟のついた「いたみ」は副詞となる。「の」は比喩を示す格助詞で、ノヨウニの意。▼**おのれのみくだけて物を思ふころかな**　「おのれのみくだけて」が、〝岩うつ波〟と〝物を思ふ〟わが身

れたり、作歌修練のために自ら進んで百首詠を試みたものをいい、重之のものが形式の上からも、よく整った百首詠の草分けと考えられている。因《ちなみ》にこの場合の百首は、春夏秋冬が各二十首、恋十首、うらみ十首の計百首で構成されている。それはとにかく、この歌は若さの一本気な、そうして恋の対象たる女性を美化憧憬《しょうけい》するあまりに惚《ほ》れっぽく、惚れれば夢中になりやすく、夢中になってもひとりよがりで、振られやすい男の、振られて嘆く内攻的な心情をテーマとしている。「風をいたみ岩うつ波のおのれのみくだけて」という表現は写実的であり、白い飛沫《ひまつ》と

との共通点であり、共通点があるからこそ比喩が成り立つ。波についていえば、岩ニブツカッテハ自分ヒトリデクダケ散ル意であり、わが身についていえば、〈相手ハケロットシテイテ〉自分ヒトリダケ、ヤキモキト思イ乱レル意となる。「のみ」は限定の副助詞。「て」は同時並存の接続助詞。「くだけ」はコナゴナニナル・思イ悩ム・整ワナイなどの意。「物を思ふ」は、恋ノ物思イヲスル意。「かな」は詠嘆の終助詞。

なって飛び散る波は、いかにも力強く、さばさばとして快い。心になんのわだかまりもない、豪放な青年のシンボルであるとも考えられる。ところが、これが比喩となって「物を思ふころかな」にかかり、「物を思ふ」さまの説明になると、荒波にいくら打たれてもビクともしない〝岩〟は、男がいくら思いをかけても、それを知ってか知らずにか、全く心を動かされることのない、情のコワァーイ女のシンボルともなるであろう。そんな女なら、すっぱりとあきらめてしまえばよいではないか――というのは、第三者的考え方という外はない。当事者としては、あきらめられないところが恋なのであって、自分がいかに非力であろうと、相手がどんなにそっけなくあろうと、自分ひとりがやきもきと気をもんで、〝一人相撲〟の悲劇を繰り返していくこととなろう。波はいくら砕けても、復元力を失うことはない。ところが、生身の人間はそういうわけにはいかず、砕け砕けた果ては、いったいどうなるというのか。ことばのイキのよさとはうらはらに、弱気な男の弱音を吐いた歌というべきなのであろう。

余録　源重之は三十六歌仙の一人。清和天皇の皇子貞元親王の孫に当たる。家集には、〝筑紫《つくし》〟や〝みちのく〟で詠んだ歌が数々あり、なかなかの旅行家だったようである。左遷された実方《さねかた》を慕って〝陸奥《むつ》〟に下り、そこで没した。生没年は明らかでない。

49 みかきもり　衛士《ゑじ》のたく火の　夜はもえ
　昼は消えつつ　物をこそ思へ
大中臣能宣朝臣《おおなかとみのよしのぶあそん》

歌意　宮廷警護にあたる衛士が、火焼《ひた》き屋に詰めてたく火が、夜になれば燃え、昼になれば消えてしまうように、わたしの恋の炎も、夜ともなればはげしく燃えあがり、昼ともなれば、身も心も絶え入るばかりに消沈して物思いに悩む日々が果てしなくつづくことだ。

解説　同じような構成の歌が二首続いた。前の歌と並べてみるとはっきりする。はじめの二句が「の」で次にかかる比喩仕立ての序詞で、それがいずれも〝物を思ふ〟わが心情の表白になっている。前の歌は「おのれのみくだけて」物を思

出典　詞花集〈七〉恋上・題しらず（二二四）

語句　▼**みかきもり衛士のたく火の**　この一句と二句とが「夜はもえ昼は消えつつ」をひき出すための序詞。「みかきもり」は「御垣守り」の意で、「衛士」をその職務内容の上から呼んだ称。衛士は諸国から毎年交代で上京し、衛士府〈のち「衛門府」と改称した〉に属し、宮廷諸門の警護に任じた。夜はかがり火をたいたので、その番小屋を〝火焼き屋〟といった。「衛士のたく」で主述関係。「火の」の「の」は比喩の格助詞。▼**夜はもえ昼は消えつつ物**

い、これは「夜はもえ昼は消えつつ」物を思う。期せずして〝物思ひ〟のありさまの競作となったところがおもしろい。

この歌が、胸の〝思ひ〟を〝火〟に掛けて作歌するという、当時の常套《じょうとう》に従いながらも、「夜はもえ↕昼はきえ」と対句仕立てにしたところが、実に気が利いているのである。それは意味上の対立だけにとどまらず、

をこそ思へ 「は」は他と区別していう係助詞。〝衛士のたく火〟について、「夜は…、昼は…」と対照し、「もえ」「消え」の対立語で仕立てた。衛士のたく火は、夜は燃え昼は消える。物を思うわが心も、夜は火のように燃えあがり、昼は火の消えたように、消沈その極に達する。この共通点のゆえに、「みかきもり衛士のたく火の」の比喩が成り立つ。「つつ」は反復・継続の接続助詞。夜昼のこの状態が、日々に繰り返されることをいう。「こそ…思へ」で係り結び。

音調の上でも、「よるはもえ↕ひるはきえ」の響き合いが実に快く感じられ、「衛士のたく火の」の「の」、「みかきもり…もえ…もの…おもへ」の「も」なども音調のよさを助けているし、「たく火↓もえ↓消え↓思へ」と、たく火に象徴された恋心の起伏が波立ちながら推移してゆくさまを、微妙に表現しつくしている。この歌の作者はまるでことばの魔術師とでもいいたいような並み並みならぬ才能の持ち主というべきである。

この歌の作者については疑問のあることが指摘されている。それは、家集の〝能宣集〟にも見えず、〝古今六帖《こきんろくじよう》〟の、この歌の原形とみられる「みかきもり衛士のたく火の昼はたえ夜はもえつつ物をこそ思へ」が、読人しらずとなっている点である。それはとにかく一首の歌を、作者から切りはなして、歌そのものとして鑑賞することが、歌の価値を損ずることには決してならない。

余録 大中臣能宣（九二一～九九一）は三十六歌仙の一人。代々神官で、神祇《じんぎ》大副《たいふ》祭主頼基《よりもと》の子。みずからも神祇大副祭主となり、正四位にまで進んだ。その家系に歌人が多く、父も和歌をよくしたが、彼に至っては、天暦《てんりやく》五年（九五一）三十歳の若さで和歌所の寄人《よりうど》となり、昭陽舎に出仕して「万葉集」の訓読・「後撰集」の撰進に従った。坂上望城《もちき》・紀時文・大中臣能宣・清原元輔《もとすけ》・源順《したがふ》の五人で、「梨壺《なしつぼ》の五人」と称せられている。子の輔親《すけちか》、孫の伊勢大輔《いせのたいふ》も歌人として知られている。

50　君がため　惜しからざりし　いのちさへ
長くもがなと　思ひけるかな

藤《ふじ》原《わらの》義《よし》孝《たか》

歌意　あなたに逢うためには、命を的にしてもいっこうに惜しいとは思わなかった、その命までも、あなたに逢うことができた今となってみれば、いついつまでも長からんことをと祈る気持ちでいっぱいなのです。

解説　恋に命をかけるというひたむきな思いが、実に素直に歌いあげられている。「君がため惜しからざりしいのち」、それは命を投げ出してまで、逢うことを求めようとするひたむきな恋心であり、その「いのち」が、逢瀬《おうせ》の成就したあとには、「長くもがなと」思わずにはいられない。これもひた

出典　後拾遺集〈十二〉恋二・女のもとより帰りてつかはしける・少将藤原義孝（六六九）

語句　**▼君がため**　15の歌参照。〃あなたのため〃とは、アナタニ逢ウタメニということ。**▼惜しからざりしいのちさへ**　惜シイトハ思ワリカッタ命サエというのは、命を犠牲にすることもいとわず、あなたに逢うための手だてをはかっていた、その惜しくはなかった命までが…というのである。「惜しから」は形容詞の未然形。「ざり」は打消の助動詞の連用形で、これもラ変型活用。「し」は過去の助動詞の連体形。

むきな恋心である。〝いまだ逢わぬ〟ときと、〝すでに逢った〟あととで、〝いのち〟に対する作者の心情が、軽視から重視へと一八〇度の転換を見せる。それというのも、〝君〟への恋のひたむきなためであり、〝君〟との恋の純化と深化とに心を傾けつくしているからである。こういうひたむきな命がけの恋心が何のためらいもなく、さらりと表出されているところに、若さの純粋さを見る。

この歌は、詞書によれば「女のもとより帰りてつかはしける」というのだから、後朝《きぬぎぬ》の歌である。一種の儀礼ではあるけれども、単なる儀礼ではない。出逢いのあとの情感をじっとかみしめ、相手の女性への愛にひたりながら歌いあげた、一人の

「さへ」は添加を表す副助詞。▼**長くもがなと**「もがな」は願望の終助詞。「と」は引用内容をうける格助詞。長クアッテホシイモノダトの意。▼**思ひけるかな**「ける」は過去の助動詞の連体形。ナルホドソウダッタナアと気がついたという気持ちを表す。

誠実な若者の姿がある。義孝は「長くもがなと」願ったにもかかわらず、天然痘流行のときに二十歳で他界した薄命の貴公子であった。

余録　藤原義孝（九五四〜九七四）は謙徳公伊尹《これただ》の子。書道の名家〝三蹟〟の一人、藤原行成の父にあたる。天延二年（九七四）に天然痘のため、兄の挙賢《たかかた》と同日に没した。「大鏡」〈三・伊尹〉に詳しい。

天延二年甲戌《きのえいぬ》の年、皰瘡《もがさ》〈天然痘〉おこりたるにわづらひ給ひて、前少将〈挙賢〉は朝《あした》にうせ、後少将は夕《ゆふべ》にかくれ給ひにしぞかし。一日《ひとひ》がうちに二人の子を失ひ給へりし母北の方の御心地《ここち》いかなりけん、いとこそかなしく承りしか。かの後少将は義孝とぞきこえし。御かたちいとめでたくおはし、年ごろ極めたる道心者〈熱心ナ仏教信者〉にぞおはしける。病重くなるままに、生くべくも覚え給はざりければ、母上に申し給ひけるやう「己れ死に侍《はべ》りぬとも、とかく例のやうにせさせ給ふな。しばし法華経誦《ずん》じ奉らんの本意侍《ほい》れば、必ず帰りまうでくべし」との給ひて、方便品《はうべんぼん》をよみ奉り給うてぞ失せ給ひける。その遺言を母北の方忘れ給ふべきにはあらねども、物も覚えで〈前後不覚デ〉おはしければ、思ふに人のし奉りてけるにや、枕返し〈北枕ニナオシタリ〉なにやと、例のやうなるありさまどもにしてければ、え帰り給はずなりにけり。

このあといろいろな人の夢枕に立って、極楽往生のあかしを立てたという話が書かれている。

51　かくとだに　えやはいぶきの　さしも草
さしもしらじな　もゆる思ひを

藤《ふじ》原《わら》実《のさね》方《かた》朝《あ》臣《そん》

歌意　こんなにあなたのことを思い、恋いこがれているのですよとさえ、言うこともできないでいるのですから、伊吹山のさしも草が燃えるように、はげしく燃えあがる私の恋の思い火が、そんなにまではげしいものと、あなたにはおわかりにならないでしょうネ。

解説　内容からみると、この歌は詞書によって、ある女に対する愛の告白をしたものだとわかる。「はじめて」だから最初の意志表示である。これによって、まず相手の女性の心を開かなければならない。そうでなければ恋は成就しないか

出典　後拾遺集〈十一〉恋一・女にはじめてつかはしける（六一二）

語句　▼**かくとだに**　「かく」はコンナフウデアルという意の副詞。「と」は内容指示の格助詞。「だに」は軽いものを挙げて重いものを類推させる副助詞。　▼**えやはいぶきのさしも草**　「いぶき」は掛詞で、上をうけて〝言ふ〟、下にかかって〝伊吹〟という地名となる。「え」は可能の意の副詞。「やは」は反語の係助詞で、結びは「いふ」で連体形。「えやはいふ」で言ウコトガデキナイの意。「いぶき」は山の名で、近江《おうみ》〈滋賀県〉にも

らである。そのために、最大の技巧を弄《ろう》しているのである。「さしも草」を「もゆる思ひ」のたとえに用いることは当時の常套《じょうとう》としても、この恋の告白以前に、私はあなたに知られることもなく、あなたに思いの火を燃やし続けていたのですという告白は、女心を揺さぶらずにはいないであろう。〝コンナアリサマデストサエ言ウコトガデキナカッタノデス〟と、今まで秘めてきた恋心の燃焼に堪えきれず、今ここではじめてあなたに

対する思いを、あなた自身に告白するのです。この激しい思いを知ってもらいたいのです。――そういう思いを、かえって「さしもしら

下野《しもつけ》〈栃木県〉にもあるが、古歌では〝しめじが原〟と関連して用いられるので、歌枕としては下野のものとされている。「さしも草」はモグサのことで「さしも」を導く序詞。**▼さしもしらじなもゆる思ひを** 「さ」はソノヨウニの意の副詞。「し」は強意の副助詞。「も」は強意の係助詞。「じ」は打消推量の助動詞の終止形。「な」は詠嘆の終助詞。「もゆる」は「さしも草」の縁語。「思ひ」の「ひ」は「火」との掛詞で「さしも草」の縁語。第四・五句は倒置法。

じな」と、相手を主体において表現した。オワカリニハナラナイデショウネと念を押されれば、イイエ、ワカリマスワヨと言わずにおれないのが人情、わかればその恋を受け入れないではおれなくなるのも人情。そういう人情の機微が、ちゃァんと読んであるのである。

ことばの使い方からいっても、内容の上からみても、至極、調子のいい歌である。ことばの手品師のように、表現の技巧が身につき、手なれたものとなっている。「さしも草」の産地として名の知れわたっている歌枕を冠した「いぶきのさしも草」を序詞として「さしも」を導き出し、「いぶき」を掛詞として、「かくとだにえやは言ふ」に意味をもたせ、「だに」〈類推〉・「やは」〈反語〉・「しも」〈強意〉という緊張感を伴う語法を駆使したあげくは、倒置法にして「もゆる思ひを」でおさえている。「を」をうけることばはすでに先行しているのだから、ここに詠嘆的な余韻を残すことになる。

余録 藤原実方（?～九九八）は左大臣師尹《もろただ》の孫、定時の子で、叔父の左大将済時《なりとき》の養子となる。正暦《しょうりゃく》五年（九九四）には左近中将となったが、歌のことで藤原行成に遺恨を含み、行成の冠を打ち落として庭に投げ捨てるなどのことがあったので、陸奥守《むつのかみ》に左遷され、かの地で没した。

52

あけぬれば　暮るるものとは　しりながら
なほうらめしき　朝ぼらけかな

藤《ふじ》原《わらの》道《みち》信《のぶ》朝《あ》臣《そん》

歌意　夜が明けてしまえば、また、かならず日が暮れるもの、そうすれば、恋しいあなたに、再び逢えもするのだ、とはわかっているのですけれど、それでもやはり、こうして別れて帰らねばならぬのが恨めしく思われる朝ぼらけでありますヨ。

解説　「明けぬれば暮るるもの」――こんなにはっきりしたことはない。これに続けて、〝犬が西向きゃ尾が東、兄貴おれより年が上〟と言いたくなるくらい、あまりにも当たりまえすぎて、笑えてくるほどのことである。それが笑いとな

出典　後拾遺集〈十二〉恋二・女のもとより、雪ふり侍《はべ》りける日かへりてつかはしける（六七二）

語句　▼**あけぬれば暮るるものとはしりながら**　「ぬれ」は完了の助動詞の已然形。「ば」は恒時条件の接続助詞。夜ガ明ケテシマウト、ソノトキハイツデモの意。ツネニソウナルノダという真理を示す。「もの」は形式名詞。「と」は内容指示の格助詞。「は」は強意の係助詞。「ながら」は逆接の接続助詞。知っている内容が「あけぬれば暮るるもの」ということ。　▼**なほうらめしき朝ぼらけかな**　「なほ」は、

らないのは、〃日が暮れる→逢う→嬉《うれ》しい〃となることがはっきりしているのに、それが待ちきれないで、〃夜が明ける→別れる→恨めしい〃という、今、現在の心境に強く惹《ひ》かれて、別れの淋《さび》しさ悲しさに強くうちひしがれているという、恋愛体験者にとっては、あながちオーバーとも思えぬ心情が表白されているからである。

これは、詞書によってもはっきりするように、後朝《きぬぎぬ》の歌であ

ソレデモヤハリの意の副詞。
「朝ぼらけ」は、夜のほのぼのと明けるころをいう。
「かな」は詠嘆の終助詞。

る。女のもとから立ち別れてきた男にとって、当然の義務づけられている儀礼の歌である。儀礼だからといって、決してお座なりなものではない。作者の道信は二十三歳で没した薄命の貴公子である。当時のことだから、相当の恋愛遍歴はあったであろうが、この歌のよみぶりからみても、素直な大らかな性格の持ち主のように思える。しかも「雪ふり侍りける日かへりて」というのだから、冷たく寒い道をしょんぼり帰ってくるやるせなさの中で、心身ともに暖かく過ごした夜のひと時に思いを残す心が、何のてらいもなしに、「なほうらめしき朝ぼらけかな」と、自然な表白となったのである。

この時の後朝の歌はもう一首あり、「かへるさの道やはかかはるかはらねどとくるにまどふけさの淡雪《あはゆき》」というので、こちらの方に〝雪〟が詠みこまれている。帰りの道も、往きの道と同じ道をたどるのだが、雪解け道にまどう以上に、心のはやる往きの道にくらべて、気の進まぬ、後ろ髪をひかれる思いの帰路にはまどいもする。両々相まって、後朝の思いが、素直に平明に述べつくされていると思われる。

余録 藤原道信（九七二〜九九四）は太政大臣為光〈恒徳公〉の三男。母は伊尹《これただ》〈謙徳公〉の娘。兼家の養子となり、左近中将に至った。若年のころ、父の為光の死に会い、悲嘆の情は果てしなかったけれど、親の服喪は一か年という定めがあり、除服のときに、「限りあればけふぬぎ捨てつ藤衣《ふぢごろも》果てなきものは涙なりけり」〈藤衣は喪服のこと〉と詠んで泣いたという話が、「今昔物語」〈二十四－三十八〉に出ている。

53　なげきつつ　ひとりぬる夜の　あくるまは
いかに久しき　ものとかはしる

右《う》大《だい》将《しょう》道《みち》綱《つなの》母《はは》

歌意　あなたのおいでがないことを嘆きながら、ひとり寝をする夜の明けるまでの間は、どんなに長いものかおわかりでしょうか、あなたはすこしもおわかりではないのでしょうね。

解説　もしおわかりになっているのでしたら、夜離《よが》れして、わたしをこんなに嘆かせなさることはありませんワネ——「ものとかはしる」という反語法からは、自然とこんな口《こう》吻《ふん》が感じられる。しかしそれは、愛を失った男に対する強い反発とも受け取れる反面、わたしをこんなに嘆かせないで、早く

出典　拾遺集〈十四〉恋四・入道摂政まかりたりけるに、かどをおそくあけければ、立ちわづらひぬといひ入れて侍《はべ》りければ（九一二）

語句　▼**なげきつつ**　「なげき」の内容がどんなものであるかは見当がつく。夫たる入道摂政〈藤原兼家〉の訪れが遠のいて、自分が忘れられた存在になったことを嘆くのである。「つつ」は反復・継続を表す接続助詞。▼**ひとりぬる夜のあくるまは**　「ぬる」は動詞ナ行下二段の連体形で、基本形は「ぬ〈寝〉」。「の」は主格の助詞。「あくる」は動詞カ行下二段の連体形。「は」

わたしのもとに帰ってきてほしいという、甘えとも嘆願とも受け取れよう。

「蜻蛉《かげろう》日記」を見てみよう。天暦《てんりゃく》九年（九五五）八月下旬に道綱が生まれ、それから程なく夫の兼家には別の愛人ができた。

当時は一夫多妻の時代で、男性が女性のもとに通うことによって婚姻が成立するのであるから、男性は積極的に行動して、持ちたいだけの妻を持つことができた。ただし、経済的な負担が伴うので、いわゆる〝男の甲斐性〟がものをいう。これに反して、女性の方は家を離れるこ

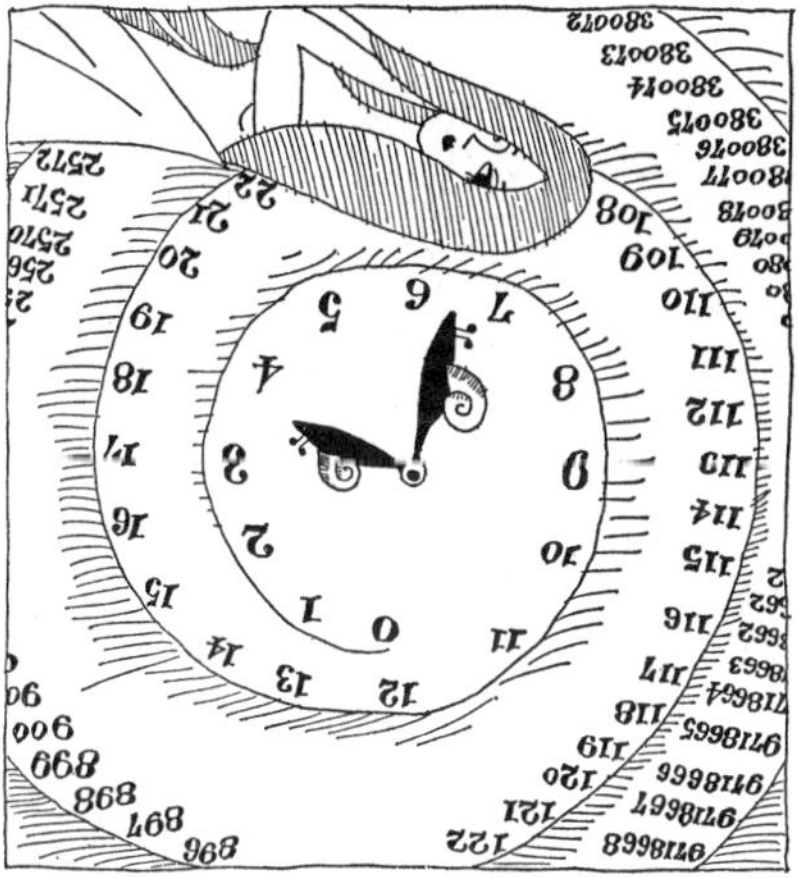

は強意の係助詞。**▼いかに久しきものとかはしる** 「いかに」は形容動詞ナリ活用の連用形、ドンナニの意。「と」は内容指示の格助詞。「かは」は反語の係助詞で、結びは「しる」で動詞の連体形。モノトオワカリデショウカ、オワカリデハアリマスマイの意。

とはできないから、一たび婚姻関係が成立した上は、男性の訪れを待つ以外に道はない。毎日毎日が訪れを待つ朝夕の連続に神経をすり減らす結果となる。嫉妬の情もいっそうはげしく燃えあがるにちがいない。

十月の下旬に、兼家は三晩続けて姿を見せなかった。当時は、新しい女性と婚姻関係を成立させるためには、三晩続けて通う習慣だったから、三晩連続の夜離れは、彼女にとってはたいへんな意味があった。自分も複数妻の一人でありながら、夫の心変わりを喜ぶわけにはいかなかった。夫が何とかごまかして帰るあとをつけさせて、〝町の小路〟の女のもとに通うのをつきとめたあと、二、三日たった晩方に門を叩《たた》かせるのが夫だと知りながら、門を開けさせないでおいたら、例の家の方へ行ってしまった。夜が明けてから、心をこめてこの歌を書き、しぼみかけの菊にさしはさんで送り届けたとある。

この菊は衰えはじめた愛情のシンボルである。そうなっても、ただただ待たねばならぬ女の哀感がジーンと響いてくるではないか。これに対する兼家の返歌は「げにやげに冬の夜ならぬ真木の戸もおそくあくるはわびしかりけり」というので、作者の〝〈夜ノ〉明くる〟を〝〈戸ヲ〉開くる〟にとりなして、それもつらいことだとわかったヨ、あなたの言う通りだと、肩すかしをくわせている。

余録 作者は藤原倫寧《ともやす》の娘。兼家と結婚して道綱を生んだ。「蜻蛉日記」の作者として、文学史上不朽の名を残した。実名はわからない。

54　忘れじの　ゆくすゑまでは　かたければ
けふをかぎりの　いのちともがな

儀《ぎ》同《どう》三《さん》司《し》母《のはは》

歌意　あなたは、いついつまでも決して忘れはしまいとおっしゃってくださる、その遠い先の先まで、おことば通りの愛情が続くかどうか、あてにはできませんので、今日をかぎりとして、わたしの命が絶えてしまったら、どんなにうれしいことでしょう。

解説　詞書にある中関白というのは藤原道隆のこと。その父兼家も、弟道兼も関白になったので、道隆を中関白と呼ぶのである。作者はその妻で、高階成忠《たかしなのなりただ》の娘、名を貴子《たかこ》といい、円融天皇に仕えて高内侍《ないし》と呼ばれた。道隆との間に儀同三

出典　新古今集〈十三〉恋三・中関白かよひそめ侍《はべ》りけるころ（一一四九）

語句　▼**忘れじのゆくすゑまでは**　「じ」は打消意志の助動詞で、…ナイツモリダの意。「の」は連体格の助詞で、「忘れじ」を受け、下の「ゆくすゑ」を修飾する。「ゆくすゑ」は複合名詞で、ナリユク果テ・時間経過ヲタドッタアゲクノハテという意。「まで」は限度を示す副助詞。「は」は係助詞。▼**かたければ**　「かたけれ」は形容詞ク活用の已然形。「ば」は順接確定条件の接続助詞。困難ダカラの意。何が困難かといえば、夫と

私の命が限りの時は
あなたにとっても
そうなのよ

司伊周《これちか》・大宰帥《だざいのそち》隆家・一条天皇皇后定子《ていし》らがある。儀同三司というのは、准大臣のことで、伊周が最初に任ぜられた。とにかく、自分も夫も子女たちも、最も格式の高い貴族であり、最高に恵まれた結婚であったはずである。そのように、極楽世界での結婚みたいに、しあわせの絶頂の中にいて「けふをかぎりのいのちともがな」と詠いあげずにはいられなかった。その理由はといえば、「忘れじのゆくすゑまではかたければ」なのである。中関白たる夫が、「忘れじ」と誓いを立ててくれた「ゆくすゑ」、それが頼みにならないというのである。なぜだろう。中関白という地位も、夫たる愛情も、その永続性が信じられないというのは、仏教的な無常観の影響になった中関白の愛の誓いに対して信頼をよせることが困難だというのである。

▼けふをかぎりのいのちともがな　「を」は〝かぎり〈とする〉〟という作用の対象を示す格助詞。「の」は〝忘れじの〟の〝の〟と同様。「かぎり」は動詞連用形が名詞化したもの。「と」は内容指示の格助詞。願望の内容が「けふをかぎりのいのち〈たれ〉」というのである。「もがな」は願望の終助詞。

よるものだろうか。或いは、信じられるのは今の今だけだという刹那《せつな》主義によるものなのだろうか。恋のために、過去も未来も見えなくなってしまった、女心の陶酔からだろうか。今のこのしあわせの絶頂において、私は死んでしまいたいの、という忘我の境地というには、「忘れじのゆくすゑまではかたければ」という不信感が気になる。この時すでに、一門衰亡の予感があったのではなかろうかという人もある。そうなれば、何か無気味さの漂う歌でもある。男は移り気なものだから、愛のことばなどは信じられないというのなら、男性遍歴のあばずれの歌に堕してしまうだろう。

余録 儀同三司母（?～九九六）は、前述のように高階成忠の娘。夫道隆の死後は極めて不遇であった。道隆も一門の隆盛をはかるためには、ずいぶん強引な仕打ちが多かったが、死後には道長に権勢が移り、伊周や隆家は事を起こして大宰府へ移され、定子も勢力が衰え、逆に道長の一門に陽が当たるようになった。血で血を洗うような陰湿な勢力争いがこの歌のバックにはあったので、王朝時代の華やかな表面だけに心を奪われてはならないのである。

55　滝の音は　たえて久しく　なりぬれど
名こそ流れて　なほ聞こえけれ

大《だい》納《な》言《ごん》公《きん》任《とう》

歌意　滝の音は響かなくなってから、すでに長い年月が経過してしまっているが、その響き渡った評判だけは、広く世間に流れ伝わって、今もなお、誰知らぬ者もないほどに、知れ渡っている。

解説　詞書にある大覚寺は京都市右京区嵯峨《さが》大沢町にあり、今も多数の堂舎を擁する大寺院である。もともと嵯峨天皇（七八六～八四二）の離宮で、大沢池はその園池である。旧離宮は池の北方に営まれて滝殿があり、その庭内に石組みを設けて滝を流した。後に離宮を改めて寺とし、大覚寺と号した。

出典　拾遺集〈八〉雑上・大覚寺に人々あまたまかりたりけるに、ふるき滝をよみ侍《はべ》りける・右《う》衛門督《ゑもんのかみ》公任（四四九）

語句　**▼滝の音はたえて久しくなりぬれど**　ここの滝は人工のもので、急傾斜の石組みを構築して水を流したもの。その音が絶えてというのは水が涸れた、あるいはその旧跡が破壊されてしまったことをいう。「たえ」は動詞ヤ行下二段の連用形。「たえて久しく」は、絶えた状態のままで、長い時間の経過したことを述べたもの。「なり」は動詞、ラ行四段の連用形。「ぬれ」は完了の助動詞の已然形。「ど」

鎌倉時代には、後嵯峨・亀山両天皇が譲位の後にこの寺に入り、後宇多法皇の院政の御所となった。それから南北朝時代に、南朝方の上皇や皇子が住持となられたので、南朝方を大覚寺統というのである。その後寺運の変わることなく現在に至っている。

〝名古曾《なこそ》滝〟趾は今もその石組みの一部を残して往時を偲《しの》ばせている。

公任がこの歌を詠んだのは、長保元年（九九九）のことで、二百年近い昔の風雅のあとを慕って詠んだものである。この時すでに「滝の音はたえて久しく」なっていた。音が絶えた

は逆接確定の接続助詞。ナッテシマッタケレドの意。この歌に基づいて、この滝を「名古曾の滝」という。従ってこの滝は名称のみがあって、すでに実在するものではなかった。▼**名こそ流れてなほ聞こえけれ**　〝名が流れる〟とは評判が広く伝わるという意。「こそ」は強意の係助詞、結びは「けれ」で、詠嘆の助動詞の已然形。「なほ」は副詞で、〈音ハ絶エタケレドモ〉ソレデモヤハリ、聞コエテイルコトダの意。「滝・絶え・流れ」、「音・聞こえ」は縁語である。

のは水が涸《か》れたからで、それでは音も聞けないし、水流を見ることもできぬ。すっかり荒廃した遺跡を見て、ただただ懐旧の涙にかきくれるばかりだが、公任自身が滝の有様を現実に見たわけでも何でもない。ただ風雅の営みに対する平安貴公子的なあこがれを懐《いだ》いたのにすぎない。みずからも貴族の一員として、高貴の人の営んだ優雅な生活に思いをはせ、そういう旧跡に対するあこがれを作歌している。美しいものを更にいっそう美しく表現しようとする意識がはたらいて、往年の面影のなくなった旧蹟を表現するのに、実にみごとなことばの羅列となった。音楽的構成といった方がいいのかも知れぬ。それは「滝の音は…たえて久しく」「なりぬれど、…名こそ流れて…なほ聞こえけれ」と、水の流れは途絶えてしまったが、ことばの流れがそれを補うかのように爽《さわ》やかな響きをあげている——と、言うことができよう。

余録　大納言公任（九六六〜一〇四一）は太政大臣頼忠《よりただ》の長男。名門の出だけあって、官位の昇進は早く寛弘六年（一〇〇九）には権大納言に任ぜられた。しかし政治家肌ではなく、詩歌管絃の道にすぐれた芸術家タイプの人であった。藤原道長が大堰川で三船の遊びを催した時、あなたはどの船に乗りますかと尋ねられ、和歌の船に乗って「小倉山嵐《あらし》の風の寒ければ紅葉《もみじ》の錦着ぬ人ぞなき」と詠んで賞賛を博したが、漢詩の船に乗ってこの程度の詩を作っていたらこの何層倍もの賞賛を得たであろうにと、残念がったという話が伝えられている。〈大鏡・二・頼忠〉

56

あらざらむ　この世のほかの　思ひ出に
いまひとたびの　あふこともがな

和泉《いずみ》式部《しきぶ》

歌意　生きてこの世に在ることも望めないような状態になってしまいましたので、あの世へ行ってからの思い出ぐさにするために、せめてはもう一度の、逢瀬《おうせ》があるようにと、切に切に望んでおります。

解説　詞書にある「心地れいならず」というのは、病気であるという意であり、歌のことばから察して、重態であると判断される。「あらざらむこの世のほかの思ひ出に」しなければならないほど、今の病状は思わしくないのである。この世におさらばしなければならないかも知れない不安の中にあり

出典　後拾遺集〈十三〉恋三・心地《ここち》れいならず侍《はべ》りけるころ、人のもとにつかはしける（七六三）

語句　▼**あらざらむ**　「あら」は動詞ラ変の未然形で、コノ世ニ生キテ在ル、生存スルの意。「ざら」は打消の助動詞の未然形。「む」は推量の助動詞の連体形。「あらざらむ」は、次の「この世のほか」にかかる連体修飾語。▼**この世のほかの思ひ出に**　「この世のほか」はアノ世・来世の意。「この」は、代名詞「こ」に、連体格の助詞「の」が接続したもので、口語の場合と扱いが違うから注意。「に」は…ノ

ながら、「いまひとたびのあふこと」を求めている。「あふ」とは、顔を見て満足するだけのことではあるまい。重病の床に臥《ふ》しながら、恋しい人との愛欲の生活を思い描き、その実現を、死後の世界での思い出として、胸にあたため続けていたい——生の世界も、死の世界も、一つにして、ひたすらに男の愛を求めようとする作者の徹底した傾倒が、かえってすがすがしい情感を導き出し、それによって広く愛誦されるところとなったのであろう。それに「あらざらむ…おもひ出に…いまひとたびの…あふこともがな」と、五

タメニという、動作の目的を示す格助詞。**▼いまひとたびのあふこともがな**「いま」は副詞で、モウ・サラニの意。この場合は数を示す体言「ひとたび」を修飾している。「の」は連体格助詞。「もがな」は願望の終助詞。もともと〝もが＋な〟の複合語で、〝もが〟も〝な〟も願望の終助詞である。モウイチドアウコトヲ切望スルの意。

句のうちの四句までが、母音ではじまる柔らかな声調で、せっぱつまった内容とは裏腹に、何となくゆったりした、おおらかさをもたらしている。

儀同三司母《ぎどうさんしのはは》は「けふをかぎりのいのちともがな」と歌い、和泉式部は「いまひとたびのあふこともがな」と歌った。前者は、恋の幸福の絶頂の中で死んでゆきたいと願い、これは、生あるうちにもう一度の恋の充足があるならば、これをこの世の最後の喜びとして、あの世での思い出ぐさとして、あの世へまで持って行こうという。いずれにしろ、恋に没入し、恋こそはわが命と割り切ったすがすがしさがある。喜びの絶頂のうちに死んでゆきたいというような願望が、人間には、自然に浮かび上がってくるのであろう。

余録 和泉式部は越前守大江雅致《まさむね》の娘。代々学者の家柄でいわゆる受領《ずりよう》階級程度の身分であった。母が後宮に仕えていた関係で、彼女も幼少から後宮に出入りして「式部」と呼ばれた。和泉守　橘《たちばなの》道貞と結婚して「和泉式部」と呼ばれるようになり、小式部内侍を生んだ。早くから歌人としての名声も高く、宮廷生活の体験の中での華やかな貴族生活へのあこがれが、平凡な結婚生活に満足させず、好色の貴公子為尊《ためたか》親王のもとに走らせた。宮の死後、弟宮敦道《あつみち》親王とはげしい恋愛関係に陥り、その記録が「和泉式部日記」として残され、多情多才な女流歌人の名を高めた。宮の死後は中宮彰子《しようし》に仕え、さらに藤原保昌《やすまさ》と結婚し、丹後に下ったこともある。晩年の消息は明らかでなく、不遇だったらしい。

57 めぐりあひて　見しやそれとも　わかぬまに
雲がくれにし　夜半《よは》の月かな

紫《むらさき》式《しき》部《ぶ》

歌意 めぐりあって見たのが、それだったのか、そうではなかったのかということが、判別もつかないうちに、あッというまに、雲に隠れてしまった夜中の月であることよ。まるでその月みたいに、あなたは、あっけなく帰ってしまわれましたネ。

解説 めぐりあい――人間生活の中で、考えてみれば、これほど不思議な〝縁《えにし》〟はあるまい。全く見ず知らずの関係の人に対してでも〝袖《そで》すり合うも他生の縁〟という。〝他生〟は〝多生〟とも書いて、その深い因縁は〝前世〟のみにとどま

出典 新古今集〈十六〉雑上・はやくよりわらはともだちに侍《はべ》りける人の、年ごろへて行きあひたる、ほのかにて、七月十日のころ、月にきほひてかへり侍りければ（一四九七）〈第五句「夜半の月かげ」〉

語句 ▼**めぐりあひて** この初句は字余りになっている。▼**見しやそれともわかぬまに** 「し」は過去の助動詞の連体形。「や」は疑問の助動詞の係助詞。結びとしては「それ」の次に「なる」〈断定の助動詞の連体形〉の省略が考えられる。「それ」は〝月〟をさしている。「と」は内容指示の格助詞。「も」は

らないとも言われている。ましてや、「はやくより」の「わらはともだち」――物心ついてからの幼馴染《なじみ》〈もちろん女性のはず〉ともなれば、二人の出会いには、宿命的な根の深さがあったはず。その二人が「年ごろへて」の「行きあひ」にもかかわ

らず「ほのかにて」〈ツイチョット顔ヲ見セタ程度デ〉帰って行ってしまう。納得のいくまで語り合っていたい作者にとっては不本意なことである。それに作者のようなウエットな性格で、陰翳《いんえい》に富んだ情生活を送っていたと思われる人には、なおさらだったにち

強意の係助詞。「わか」は区別ヲ立テル・ケジメヲツケル意。「ぬ」は打消の助動詞の連体形。「に」は時を示す格助詞。見タノガソレダッタノカドウカトモ見分ケガツケラレナイマニの意。

▼雲がくれにし夜半の月かな 「雲がくれ」は、雲ニカクレル意の複合動詞。「に」は完了の助動詞の連用形。「し」は過去の助動詞の連体形。「かな」は詠嘆の終助詞。「夜半の月かげ」の場合も、名詞止めだから詠嘆の意を表すという点ではかわらない。

がいない。その不本意さが、ともだちの行動を直接に表現するにしのびない思いに駆り立て、表面上は徹頭徹尾〝月〟のこととして表現させた。直接表現を避けるのが当時の常套《じょうとう》で、それに従ったまでだといえばそれまでだが、そうとばかり言い切れない思いの深さが感じられる。「月にきほひて」、十日の月が早く隠れるのと競争でもするかのように帰った、そのことから〝月〟への見立てが成り立ったのであるが、友への深い思いが裏切られたというさびしさが漂う。人と人との「めぐりあひ」とは、独立したそれぞれの個体が、それぞれの生活の軌跡をたどりながら、たまたまその両軌跡が接点をもつことである。交差しただけで再び永遠に別れたり、ある程度かかわり合いをもったり、生涯まつわりついて離れない場合もあろう。この歌はそういう人生の一断面を示して、人生の底深い悲しみの情を歌っている。

余録　紫式部は藤原為時の娘。父は詩文にすぐれ、幼少からその感化を受け、生まれつき聡明《そうめい》で深い漢学の素養を身につけた。二十歳ほども年長の藤原宣孝《のぶたか》と結婚し、大弐三位《だいにのさんみ》を生んだが、長保三年（一〇〇一）に夫と死別し、その後、一条天皇の中宮彰子《しょうし》に仕え、この頃から、「源氏物語」を書きはじめたといわれる。宮廷の生活を記録した「紫式部日記」〈寛弘五年（一〇〇八）～七年（一〇一〇）〉を残している。その生没年は明らかではないが、天元元年（九七八）～長和五年（一〇一六）と推定されている。

58

ありま山　ゐなの笹原《ささはら》　風吹けば
いでそよ人を　忘れやはする

大《だい》弐《にの》三《さん》位《み》

歌意　有馬山、猪名《いな》の笹原に風が吹きわたると、笹の葉がそよそよと音をたてますワネ、さァそれなのですがネ、あなたは、わたしが気がかりだなどと、おっしゃいますが、わたしがどうして、あなたを忘れたりするものですか。

解説　さすがに紫式部の娘だけあって、頭もいいし情感も豊かな歌を詠んでいる。頭がいいというのは、才女ぶりをちらつかせるというのではなく、あたりのやわらかい表現の中に、押さえるべき急所はしっかり押さえて、筋を通していることをいうのである。この歌で言いたいことは、「いでそよ人

出典　後拾遺集〈十二〉恋二・かれがれなるをとこの、おぼつかなくなどいひたりけるによめる（七〇九）

語句　▼ありま山ゐなの笹原風吹けば　「ありま山」は歌枕で、神戸市北区、六甲山系の北東部の山地一帯をいう。有馬温泉は「風土記」にも見える古くからの名湯。「ゐなの」も歌枕、伊丹《いたみ》市南部にその名をとどめている原野で、有馬山と結びつけて用いられることが多い。この上三句は風が吹くと笹原が「そよそよ」と音を立てることから次の「そよ」を導き出すための序詞。▼いでそよ人を忘れやはする

?
ヤアヤア
につくきお前は
ママの初恋の人の
三人目のおくさんの
連れ子の
おともだちの
かたき…

を忘れやはする」というだけのことなのだが、「そよ」というたった二音節の語をひき出すために、「ありま山ゐなの笹原風吹けば」という序詞を用い、しかもこれが頭でっかちの重荷になっていない、というよりは、これあるがゆえに「そよ」という語が生き生きとしてくるところに手腕が認められるというもの。

「ゐなの笹原」は今でこそ新興の住宅地で昔日のおもかげはあるまいが、この歌に詠まれたころは、猪名川をはさむ広漠たる

「いで」は感動詞で、イヤモウ、サアソレなどの意。「そよ」の「そ」は指示代名詞、「よ」は詠嘆の間投助詞で、笹が風に鳴る音の擬声語「そよ」との掛詞で、サアソレデスヨということで、相手の発言内容を受けている。「人」は相手の男性をさす。「忘れ」は動詞ラ行下二段の連用形。「やは」は反語の係助詞、結びは、「する」で動詞サ変の連体形。忘レナドスルモノデスカ、絶対ニ忘レハシマセンの意。

笹原であったろうし、そこに風が吹きわたれば「そよそよ・ざわざわ」と、わずらわしい音を立てたであろう。その風は、男心の〝倦《あ》き〟を思わせる〝秋〟の風なのであろう。「かれがれなるをとこの」仕打ちがそれを証明している。そのくせ男は「おぼつかなくなど」言ってくるのである。自分が忘れていながら、あなたが私を忘れてしまいはしないかと気になりますだの、自分の浮気を棚に上げて、あなたが浮気をしていないかと気がかりですだの、よくもぬけぬけと言えたもの。腹が立ってたまらないところなのに、ヒステリックなもの言いをせず、頭を冷やしましょうネと言わぬばかりに、猪名の笹原に吹く風をとり上げて、あなたの心にこそアキ風が吹いているではありませんか、あなたは「おぼつかなく」などとおっしゃいますが、それはかえってあなたご自身のことで、わたしはあなたを忘れなどするものですか。〈見ソコナワナイデクダサイヨ〉と、言外に一矢をむくいている。私も作者といっしょになって、こんなことを言ってよこした男をとっちめてやりたい気がする。

余録 大弐三位（九九九～？）は藤原賢子《かたこ》で、父は藤原宣孝《のぶたか》、母は紫式部。はじめ中宮彰子《しょうし》に仕えて越後の弁〈祖父為時が越後守だったから〉と呼ばれた。藤原兼隆と結婚し、後冷泉《ごれいぜい》天皇の乳母となる。のちに正三位大宰大弐《だざいのだいに》高階成章《たかしなのなりのり》の妻となったので、大弐三位または藤三位とも呼ばれた。

59　やすらはで　寝なましものを　さ夜ふけて
かたぶくまでの　月をみしかな

赤《あか》染《ぞめ》衛《え》門《もん》

歌意　はじめからウソだとわかっておれば、さっさと寝てしまっていたでしょうに。あなたのおことばを、うっかり信じ込んでしまって、今か今かと待ちつづけておりますうち、夜もすっかり更けてしまい、西の山の端に傾くまでの月を、この目で確かに見たことでありました。

解説　詞書にある「中の関白」は藤原道隆のことで54の歌の作者〝儀同三司母《ぎどうさんしのはは》〟の夫である。54の歌の詞書は「中関白かよひそめ侍りけるころ」であったが、この歌では、「少将に侍りける時」だから、時代はややさかのぼるであろう。道

出典　後拾遺集〈十二〉恋二・中の関白、少将に侍《はべ》りける時、はらからなる人に物いひわたり侍りけり。たのめてこざりけるつとめて女にかはりてよめる（六八〇）

語句　▼**やすらはで寝なましものを**　「やすらは」は動詞ハ行四段の未然形。タメラウ・グズグズスルの意。「で」は打消の接続助詞。「寝」は動詞ナ行下二段の連用形。「な」は完了の助動詞の未然形。「まし」は反実仮想の助動詞の連体形。「ものを」は逆接的詠嘆の終助詞、ノニナアの意でことばが切れる。二句切れである。
▼**さ夜ふけて**　「さ」は接

隆が少将だったのは、天延二年（九七四）から貞元《じようげん》元年（九七六）までだから、二十歳をすぎたばかりの平安貴公子のこと、その恋愛遍歴ははげしかったであろう。訪問を約束しておきながら、それは当然、夜の訪問だから、まさか政務多端でよんどころない違約となったわけでもあるまい。約束しておきながら急に気がかわって、どこか別の女性のもとを訪れたのかもしれない。そういう疑惑を心の底に収めてオクビにも出さず、ひたすらに待って待って、待ち続けた女心のバカみたいな一途さを、〝はらから〟（同母姉妹）の代弁者となって歌いあげた。作歌事情をそのまま信頼してこの歌を見ると、血の通った姉妹への思いやりの深さのゆえか、あるいは、作者自身が、似たような恋の悩みの体験者だったせいなのか、実感をこめて、恋の道における女性の立場のはかなさを歌いあげている。逢瀬《おうせ》をたがえられた恋の道のはかなさ、頼りなさが、逢う喜びが大きければ大きいほど、恋の重荷となってはね返ってくるだろう。「やすらはで寝なましものを」という反実仮想、二句切れの詠嘆が、こうとわかっていりゃあ、こうまで待ちもせず、こうまで嘆くこ

頭語。「ふけ」は時間経過の進行してゆくことをいう。　▼**かたぶくまでの月をみしかな**　「かたぶくまでの月」が「さ夜ふけて」の時間経過を具体的に表現している。「まで」は限定を示す副助詞。「の」は連体格の助詞。「を」は動作の対象を示す助詞。「し」は過去の助動詞の連体形。自分の体験回想の形で表現している。「かな」は詠嘆の終助詞。

とも、悲しむこともなかったであろうにという、悔恨の情にせめられたやり場のない思い、それをさり気なくさらりと流して、「さ夜ふけてかたぶくまでの月をみしかな」と、感情抜きの表現に収めてしまった。感情を露骨に示したいのに、それをしなかったところが余情であり、泣きわめくよりも、かえって男の心の底にしみこんでいくはずである。

余録 赤染衛門は赤染時用《ときもち》の娘。実は母の前夫平兼盛の子ともいわれる。道長の妻倫子《りんし》に仕え、その娘彰子《しょうし》中宮にも出仕した。大江匡衡《まさひら》の妻となり、挙周《たかちか》・江侍従《ごうじじゅう》を生む。才女として名高く、挙周の病気平癒を住吉明神に祈り、御幣と共に捧げた歌によって、一夜にして快癒したとか、挙周が官位を望んだとき、倫子に献じた歌を道長が見て感動し、和泉守に任じたなどの説話が、「今昔物語」〈二十四—五十一〉に見えている。生没の年ははっきりしない。

60 大江山　いく野の道の　遠ければ
まだふみも見ず　天《あま》の橋立

小《こ》式《しき》部《ぶの》内《ない》侍《し》

歌意　大江山を越え、生野を通って行く道は、はるかに遠いものですから、まだ天の橋立へは行ってみたこともありませんし、もちろん、母からの文など、手にしたこともありません。

解説　作歌事情は詞書に詳しく語られている。平安宮廷内の日常生活の一端を窺《うかが》うことのできる、実に明るく楽しい、軽妙な会話のやりとりをいきいきと再現してみせてくれている。中納言定頼は、後出の64の歌、〝朝ぼらけ宇治の川霧〟の作者であり、藤原公任の子で毛並みのよい貴公子である。宮

出典　金葉集〈八〉雑上・和泉《いづみ》式部、保昌《やすまさ》に具して丹後国に侍《はべ》りけるころ、都に歌合のありけるに、小式部内侍歌よみにとられて侍りけるを、中納言定頼《さだより》つぼねのかたにまうできて、歌はいかがせさせ給ふ、丹後へ人は遣《つか》はしけむや、使はまうでこずや、いかに心もとなくおぼすらむなど、たはぶれて立ちけるを、ひきとどめてよめる（五八六）

語句　▼**大江山いく野の道の遠ければ**　「大江山」は頼光の鬼退治で名高く、丹後の大江山がこれに擬せられているが、京から直線距離にしても七十キロからあり、夜な夜な

廷女性たちのあこがれの的だったにちがいない。また、こんな歌を詠むことのできる女の子は、宮廷の男性たちにとって、まことに手ごたえのある遊び相手、気ばらしのお相手というべきだったのであろう。それだけ深い関心を持たれているがゆえに、このような冗談の相手役として、槍玉《やりだま》にあげられるのである。そうして、そのような女であるが故に、ちょいと、からかってみるのに、打てば響くような反応があって、実に楽しいのである。この歌の歌意をいうのに、〝手にしたこともありません〟という、至極ありふれた言葉づ

都に現れて害をなすわけにはいかぬ。今、山城と丹波の境に大枝の里があり、ここに「鬼の首洗い井戸」の遺跡などがある。「いく野」は丹後の国、今の福知山市内にあり、「行く」との掛詞。

▼**まだふみも見ず天の橋立**　「ふみ」は〝踏み〟と〝文〟との掛詞で、天の橋立へ行った意と、母からの便りの意をかけている。「天の橋立」は京都府宮津湾にある名勝で、日本三景の一。〝橋〟は〝踏み〟の縁語。

かいで決着をつけたが、ここの語気は「手にしたこともマルデありませんノヨ、ホホホ」となるのがふさわしい。安東次男氏の見解によると、このころ、作者の年齢は十五歳ごろだったというから、なかなかのオマセだったことになるが、才気煥発《かんぱつ》の女性には、これほどのオマセは当然のことであり、トッサの間に、これほどに技巧をととのえて、ことばによるからかいを、歌の形にまとめあげて即答したことは、彼女がどこに出ても遜色《そんしょく》のない、平安女性中の代表者たることを疑わせない。技巧的な歌でありながら作意が先走らず、大江山から生野、天の橋立と、都からの道の順序もととのっており、結句に母のいる丹後の国の歌枕をすえて、母へのほのかな慕情までも漂わせているなど、手腕のほどを思わせる。

余録 小式部内侍は和泉式部の娘。父は和泉守橘《たちばなの》道貞。母とともに中宮彰子《しょうし》に仕え、母の式部に対して、小式部と呼ばれた。小式部も母の血をうけて、歌の道では早くから頭角を現しこの時にも、すでに歌合の歌よみに選び出されているほどである。しかし〝佳人薄命〟のことば通り、二十五歳くらいで早世し、母を嘆かせている。「宇治拾遺物語」〈八十一〉に、藤原教通《のりみち》〈道長の三男〉が、「病気で死にかかっていたのに、どうして見舞ってくれなかったのか」となじったのに対して、「死ぬばかり歎きにこそは歎きしか生きて問ふべき身にしあらねば」〈生キテイル中ニオ訪ネデキル身分デハナイカラ死ヌホドオ慕イシ、嘆イテオリマシタ〉と答えたという話が出ている。

61　いにしへの　奈良の都の　八重桜
けふ九重《ここのへ》に　にほひぬるかな

伊《い》勢《せ》大《たい》輔《ふ》

歌意 旧都となった奈良の都に咲く八重桜が、今日はこの宮廷の中に、キメ細やかに、美しく咲きにおっていることでありますヨ。

解説 詞花集の詞書によって、一応の作歌事情はわかるが、「伊勢大輔集」にはさらに詳細な事情が具体的に示されている。それによると、中宮彰子《しようし》のもとに、奈良の僧都《そうず》から八重桜が献上されてきた時、「今年の取り入れ役は新参のお方に」と、紫式部がその役を作者に譲ったのを道長が聞いて、「ただには取り入れぬものを」〈歌ヲ詠メトイウ意味〉と仰せら

出典 詞花集〈一〉春・一条院の御時、奈良の八重桜を人の奉りけるを、そのをり御前に侍《はべ》りければ、その花を題にて歌よめと仰せ言ありければ（二七）

語句 ▼**いにしへの奈良の都の八重桜** 「いにしへの奈良の都」は、元明天皇の和銅三年（七一〇）から、七代七十年に及んで帝都となった〝平城京〟である。今の奈良市街は当時の平城京の外京として張り出されていた部分。「いにしへの」という修飾語が冠せられるのは、すでに旧都となっているからである。「八重桜」は重弁の桜で、開花期は他の桜より

れたので詠んだ歌となっている。
これだけの事情を頭においてこの歌を見ると、何という立派な歌だろうと、文句なしに感心させられる。今を時めく中宮彰子に献上された八重桜がテーマ、〝望月の欠けたることのなしと思へば〟と、わが代の春を謳歌《おうか》する道長からのお声がかり、一世の才女たる紫式部の代役を仰せつかり、衆人環視の中で、〝今参り〟の作者が、間髪も遅い。

▼けふ九重ににほひぬるかな 「けふ」は明らかに、「いにしへ」と対照させて用いてある。「九重」も「八重」と対照させ、「九重」は宮中を意味すると共に、「ここのへ」でコノアタリの意味ともなるし、〝八重桜〟の〝八重〟の状態に対し、それ以上の九重の状態にという、形容動詞の用法ともうけとれる。「にほひ」は美シク咲クという視覚の美を主にして用いられている。「ぬる」は完了の助動詞の連体形。「かな」は感動の終助詞。

をいれずに詠んだ歌がこれである。歌を詠めと言われた時には、あまりのことに、死んでしまいたくなるほどのショックをうけたにちがいない。その心の動揺を一瞬のうちに静めて、これだけ声調のととのった大らかな歌を詠むことができたのは大したものである。歌才は言うまでもなく、その人がらさえも偲《しの》ばれて奥ゆかしいのである。

「いにしへの―奈良の―都の」と、三つの文節が、「の」という助詞によって、ことばのチェーンとなって、「八重桜」につながり、その上三句が主語の連文節となって、「いにしへ→けふ」「八重→九重」と、はっきりした対照を印象づけながら、下二句を述語の連文節として、華麗に歌いおさめている。円熟しきった平安宮廷のムードを伝える代表作といってよい。

余録 伊勢大輔は49の歌の作者、大中臣能宣《おおなかとみのよしのぶ》の孫にあたる。代々神官の家筋で、父輔親《すけちか》も伊勢の祭主で、神祇《じんぎ》大副《たいふ》だったから、伊勢大輔と呼ばれたのであろう。中宮彰子に出仕し、後、筑前守高階成順《たかしなのなりよし》の妻となり康資王母《やすすけおうのはは》などをもうけ、夫の死後出家した。生没の年は明らかでないが、七十数歳の長寿を保ったようである。

62

夜をこめて　鳥のそらねは　はかるとも
よに逢坂《あふさか》の　関はゆるさじ

清《せい》少《しょう》納《な》言《ごん》

歌意　夜がまだ深いうちに、鶏の鳴き声をまねて、うまくだまして通ることのできたのは、アノ中国の函谷関《かんこくかん》のこと。あなたは私に逢ったとおっしゃいますが、逢う人をとどめるという名のついた逢坂の関では、あなたのウソは通りはしませんヨ。いいかげんなことをおっしゃるのはオヤメクダサイ。

解説　作歌事情は詞書に詳しいが、「枕草子」〈一三六段・頭の弁の職《しき》に参り給ひて〉にはいっそう具体的に書かれている。その頃は頭の弁だった藤原行成が、職の御曹司《みぞうし》で清少

出典　後拾遺集〈十六〉雑二・大納言行成、物語などし侍《はべ》りけるに、内の御物忌《ものいみ》にこもればとていそぎ帰りてつとめて、鳥の声にもよほされてといひおこせて侍りければ、夜深かりける鳥の声は函谷関のことにやといひ遣はしたりけるを、立ちかへり、是《これ》は逢坂の関に侍るとあれば、よみ侍りける〈九四〇〉

語句　▼**夜をこめて鳥のそらねははかるとも**　「夜をこめて」はマダ夜ガ深イの意。「鳥」はニワトリ。「そらね」はウソノ鳴キ声。「はかる」はダマス・イツワル意。上三句は〝孟嘗君《もうしょうくん》〟の故事を

納言と語り合ったが、〃明日は内裏《うち》の御物忌に籠《こも》らなければならない〃ということを理由に、夜深いうちに帰って行ってしまった。後朝《きぬぎぬ》でもあるまいに、翌朝になって、行成の方から、「昔物語など、語り明かしたかったのですが、ついつい鶏の声にせき立てられたものですから……」と、弁解がましく言い送ってきた。清少納言にしてみれば、〃ひとを無視したような態度をとっておきながら、いまさらなんですか。内裏《うち》の御物忌というのだって、どうだかわかったものですか〃という口吻《こうふん》で、「その鳥の声というのは、人

ふまえている。斉《せい》の孟嘗君が秦《しん》を脱出しようとして函谷関にさしかかった時、食客の一人が鶏の鳴き声をまねたところ、付近の鶏がみな鳴き出したので、関の番人が戸を開いて、無事に通ることができたという。

▼よに逢坂の関はゆるさじ　「よに」は絶対ニ、決シテの意の副詞で、下に打ち消しの語を伴う。「逢坂の関」は10の歌に前出。この歌では「逢ウコトヲセキトメル関」の意にとりなして、行成との関係をきっぱりと否定している。

をペテンにかけた函谷関の鶏でしょうヨ」と、頭ごなしにきめつける。行成だって負けてはいず、「ナンノ函谷関なものですか、逢坂の関ですヨ、ちゃんとあなたに逢っているではありませんか」とやり返す。「逢う」という語は男女関係の成立をも意味するので、行成はその点を押さえて、清少納言との関係の暴露宣言の形で、清少納言に切り込んできたのである。それに対する返歌がこれである。打々発止《ちょうちょうはっし》のやりとりの末に、ゴジョウダンモホドホドニ、私があなたに許すはずないでしょうと軽くイナシた。枕草子によると、行成はショウコリもなく、返歌の返歌に「逢坂は人越えやすき関なれば鳥鳴かぬにもあけて待つとか」〈アナタハ誰トデモ簡単ニオ逢イニナルソウデスネ〉とからかってきた。宮廷における軽妙な会話のやりとりの中に、お色気も溢《あふ》れていて、宮廷人たちの日常生活の生の息吹きを伝えている。

余録 清少納言は枕草子の作者といえば、それだけで彼女のすべてを語ったことになろう。外向性のキビキビした性格で頭もよく切れ、苦しいこと悲しいことにメソメソしないカラリとした気性が、枕草子に見られるユニークな文体を創造した。日本を代表する世界的作家といってよい。42の歌の作者清原元輔《きよはらのもとすけ》の子。36の歌の作者清原深養父《ふかやぶ》の曾孫に当たる。〝清〟は清原氏から、〝少納言〟は肉親の官職に基づくものであろうが、詳しいことは不明である。定子《ていし》皇后に仕えていた間が彼女の黄金時代で、皇后の没後の消息ははっきりせず、不遇の晩年を送ったようである。

63　いまはただ　思ひ絶えなむ　とばかりを
人づてならで　言ふよしもがな

左《さ》京大《きょうのだい》夫《ぶ》道《みち》雅《まさ》

歌意　恋路をせきとめられた今となっては、もはやどうしようもなく、せめては、ただひたすらにあきらめ切ってしまうだけのことだ、ということだけでも、人を使いに出すという方法ではなく、直接お目にかかったうえで、何とか自分の口から申し上げる方法があればいいなあと、切に念じております。

解説　後拾遺集には、この詞書による三首を収録している。
逢坂《あふさか》はあづまぢとこそききしかど心つくしの関にぞあり

出典　後拾遺集〈十三〉恋三・伊勢の斎宮わたりより、まかり上りて侍《はべ》りける人に、忍びて通ひける事を、おほやけもきこしめして、守りめなどつけさせ給ひて、忍びにも通はずなりにければよみ侍りける（七五〇）

語句　▼**いまはただ思ひ絶えなむとばかりを**　「いま」は詞書に示された現在の状況をさしている。「ただ」は副詞で、タダヒタスラニの意。下の限定の副助詞「ばかり」に応じて、タダ……トイウコトダケの意になる。「思ひ絶え」は思イ切ル意。「な」は完了の助動詞「ぬ」の未然形で強意に転じている。

ける〈七四八〉

榊《さかき》葉のゆふしでかけしそのかみに押し返してもわたるころかな〈七四九〉

次にこの歌があり、さらに「又おなじ所に結びつけさせ侍りける」として

陸奥《みちのく》の緒《を》絶《だ》えの橋やこれならむ踏みみ踏まずみ心まどはす〈七五一〉

とある。「栄花物語」〈十二～十三〉には、そのへんの事情がさらに詳しく書かれている。御代がわりのために、斎宮を退いて帰京された当子《とうし》内親王のもとに、道雅が通っているという噂《うわさ》が立った。内親王たるものは、生涯を独身で通すか、天皇の方から適当な相手を選んで降嫁させるかに定まっていた。道雅を通わせていたとあっては、申し開きのたたぬ不祥事なのである。だから、栄花物語にも「わりなき御濡衣《ぬれぎぬ》」として、とんでもない無実の罪を、弁護してあるが、「守りめ」、即ち、今でいえば婦人警官か婦人ボディ・ガードのような者をつけてまで、警戒を厳にしたところから見れば、それはやはり事実であったらし

「む」は意志の助動詞の終止形。「と」は引用の格助詞。「を」は動作の対象を示す格助詞。第三句「とばかりを」は三つの助詞で構成されているから「思ひ絶えなむとばかりを」で一文節。　**▼人づてならで言ふよしもがな**　「人づて」は第三者を仲介とすること。「なら」は断定の助動詞の未然形。「で」は打消の接続助詞。自分ミズカラ直接ニの意。「よし」は手ダテ・方法の意。「もがな」は願望の意の終助詞。

いと思われる。そうでなければ、これほどの激しい思いを籠《こ》めた〝恋歌〟は生まれなかったであろう。恋うべきではない人を恋い、慕ってはならない人を慕っているという負い目を懐《いだ》いて、〝守りめ〟を据《す》えられたのももっともだと思うから、ふっつりと訪れを断ってはみたものの、何としても激しい思いの消しようはなく、せめては直接逢った上で、逢えなくなった理由を説明したいという、矛盾した思いを表明せざるを得ない事態に追い込まれてしまった。後拾遺集に採録されたどの歌も、かなわぬ恋と知りながら、あきらめ切れぬ思いをぶちまけている。事の結末は内親王が「あはれなる夕暮れに、御手づから尼にならせ給ひぬ」ということになって、「あはれに昔の物語に似たる御事どもなり」と、栄花物語の作者は評している。

余録　左京大夫道雅（九九三〜一〇五四）は、儀同三司《ぎどうさんし》藤原伊周《これちか》の子。祖父の関白道隆に愛されて世の覚えもめでたかったが、幼にして父の失脚にあい、長和五年（一〇一六）には当子内親王帰京のことがあり、引き続き密通事件で三条院の勘気を受けるなどのことがあり、晩年は不遇であった。

64 朝ぼらけ　宇治《うぢ》の川霧　たえだえに
あらはれわたる　瀬々の網代木《あじろぎ》
権《ごん》中納《ちゅうな》言《ごん》定《さだ》頼《より》

歌意　ほのぼのと明けゆくころの宇治川の川面を見やると立ちこめていた川霧も切れ切れに晴れていって、その合間合間に、あちこちの瀬に構築されている冬の風物、宇治川名物の網代木が見えるようになってきたことヨ。

解説　百人一首には珍しい純粋に客観描写を試みた歌である。客観描写とは言っても作者の心情表出がないだけで、題材に何をとり上げるか、どこに重点をおいて表現するかということに、作者の強烈な主観がはたらいている。ポイントはもちろん「網代木」にある。しかし「網代木」そのものが大切な

出典　千載集〈六〉冬・宇治にまかりて侍《はべ》りける時よめる（四一九）

語句　▼**朝ぼらけ**　朝おぼろに明けてくるころ。▼**宇治の川霧**「宇治川」は琵琶《びわ》湖《こ》に発して瀬田川となり、宇治に入って宇治川、淀《よど》より下流を淀川といって大阪湾に入る。「たえだえに」は、上を受けて「宇治の川霧―たえだえに」で主述関係になり、下にかかって「たえだえに―あらはれわたる」で連用修飾関係となっている。立ちこめていた川霧がうすれ、切れ切れになったあたりに、網代木が部分的に見えるようにな

のではなく、「宇治川」の、しかも「川霧」の中にあり、しだいに晴れてゆく霧の切れ目に眺《なが》められる「網代木」でなければ、それは歌にならなかったのである。そこに見えているのは網代木だけれど、作者の眼には、網代木の向こうに、深い霧にまぎれて入水《じゆすい》してゆく薄幸の乙女、浮舟★の姿が幻となって浮かんでいたかも知れない。だれも浮舟を見た人はいない。もちろん仮空の人物の見られるはずもない。しかし源氏物語を読んだ人なら葦を分けて入水してゆく放心の浮舟の姿を思いえがくことができるはずであり、浮舟が実在の人物であったかのような錯覚すらいだくこともできるであろう。定頼がそのような幻覚をいだくことのできるロマンチストとして、この歌を詠んだものと想像することは実に

った趣を言う。**▼あらはれわたる瀬々の網代木** 「わたる」は時間的にも空間的にも広い範囲に及ぶことを意味する。「瀬々」は〝瀬〟の複数。宇治川は急流として名高く、従って浅瀬が多く、冬季には〝網代〟による氷魚《ひお》漁が盛んであった。〝網代〟は網の代わりとするために、竹や木を編んだもので、簀《す》を張る形に水中に立て、その端に簀をあてて魚をとるように構築する。それを立てるクイが網代木である。

楽しい。時移り事去って、宇治川の急流に駿馬《しゅんめ》のくつばみを進める先陣争いは、源平争乱に一片の詩情をもたらしはするであろうが、それはこの歌のムードではない。それはあくまでも、浮舟と薫《かおる》の君の悲恋の地として、ウエットなかげりの深い風景の中に、川瀬の音を響かせ続ける場所なのである。

この歌の用語は、三句までが名詞構成で、この点12の歌と似ているが、これは名詞止めの〝感動文〟である。しかし、題材が題材だけに線の太さはなく、「あさぼらけ……あらはれわたる……あじろぎ」の頭韻がさわやかであり、〝あ段音〟の多用がさらに拍車をかけ、水の流れのような自然の声調をととのえている。

★浮舟——源氏物語〝宇治十帖〟の重要人物。薫大将に愛されながら、誤って匂宮と通じ、思いあまって宇治川に投身をはかり、救われて尼となった。

余録　権中納言定頼（九九五～一〇四五）は、四条大納言藤原公任《きんとう》の長男。毛なみのいい貴公子で、容姿も美しく、宮廷での人気の的だったらしい。60の歌の詞書にその名が出ているが、「十訓抄」では、小式部内侍に大江山の歌をよまれたあと、「思はずにあさましうて、〝こはいかに、かかるやうやはある〟とばかり言ひて返歌にも及ばず、袖《そで》を引き放ちて逃げられにけり」というあわてぶりで、「人倫を侮るべからざること」という教訓のネタにされている。

65　うらみわび　ほさぬ袖《そで》だに　あるものを
恋にくちなむ　名こそをしけれ

相《さ》模《が》《み》

歌意　私は、冷たい人の仕打ちを恨みにも思い、いつもガッカリさせられて、涙で袖の乾くひまもない。その袖をそのままほっておいても、朽ちもせずに、こうしてあるのに、恋のために浮き名がたって、もろくも朽ちてしまいそうな私の評判が、惜しく思われてならない。

解説　恋の浮き名を惜しむ思いをせつせつと訴えている。歌合に出詠した歌だから、特定の男性に対して〝うらみつらみ〟を訴えて、その気をひこうとするのではないが、当然、作者の恋愛遍歴の体験から詠じ出されたものである。数々の恋

出典　後拾遺集〈十四〉恋四・永承六年内裏の歌合に（八一五）

語句　▼**うらみわび**　「うらみ」は動詞マ行上二段の連用形。相手の仕打ちがわが意のごとくでなく、残念に不快に思うこと。「わび」は動詞バ行上二段の連用形。原因はいずれにあるにしろ、ガッカリ気落ちする意。　▼**ほさぬ袖だにあるものを**　「ほさぬ袖」は、涙に濡れた袖を、濡れるにまかせてほっておく状態をいう。それが自然に乾くだけのひまもなく、絶えず濡れ続けるのを、意識的にうち捨てておくのである。「だに」は

愛体験の中で、燃えれば燃えるほど、人の噂にのぼりやすくなる。相手の男性がわが思いに応じ、十分に満足を与えてくれるならば、いかに浮き名が立とうと、自分自身は「恋にくちなむ名」とは思わないですむ。ところが、移り気な男の心が自分から離れていくと、〝向こうが向こうならこっちもこっち〟という気には、なかなかなれないものらしく、「うらみわびほさぬ袖」の思いにさいなまれるようになる。そうして涙に濡《ぬ》れた袖の乾く間もないのを、ヤケノヤンパチで、袖が涙で朽ちるまで濡らしてみようとする。朽

副助詞で、軽いものを挙げて重いものを類推させる。「あるものを」は、「はさぬ袖」が涙のために朽ちてしまいやすいはずのものなのにその袖さえもまだ朽ちることなく、こうして無事にあるのにの意。「ものを」で逆接の接続助詞。▼**恋にくちなむ名こそをしけれ** 「に」は原因・理由を示す格助詞。「な」は完了の助動詞の未然形で強意。「む」は推量の助動詞の連体形。「名」は評判・噂《うわさ》の意。「こそ―をしけれ」で係り結び。

ちるはずのその袖さえも、朽ちもせずあるのに、わが〝名〟は朽ちようとする。恋の浮き名が立って、自分は世間の笑いものにされ後ろ指をさされる。こんな堪えがたい思いを抱くまでに追い込んだ男が恨めしい。こんな思いに追い込まれるまで、抜きさしならなかったわが身がいとしくせつない。そんな女の相《さが》を歌いあげている。

一首の構成は「うらみわびほさぬ袖」と「恋にくちなむ名」とを鮮やかに対比させ、朽ちるはずの袖が朽ちもせず、朽ちさせてはならぬ名が、恋のためにはもろくも朽ち去ってしまう嘆きを、「ものを」という詠嘆的逆接の助詞によって導き出し、「名こそをしけれ」と強く結んだ。

余録 相模は生没の年は明らかではないが、乙《おと》侍従の呼び名で宮仕えをし、相模守大江公資《きんすけ》の妻となって、夫の官名から〝相模〟と呼ばれるようになった。のち、別れて、奔放な恋愛生活を送った情熱の歌人である。この歌合のことは「栄花物語」〈三十六・根合《ねあわせ》〉に詳しく述べられている。五月五日に、内裏で根合のことがあり、菖蒲《しょうぶ》・郭公《ほととぎす》・早《さ》苗《なえ》・祝・恋を題として、五番の歌が合わせられた。この歌は五番の恋で、右近少将源経俊《つねとし》朝臣の「下《しも》もゆる歎きをだにも知らせばや焼火《たくひ》の神のしるしばかりに」〈セメテハ人知レズ思イコガレテイル嘆キダケデモアノヒトニ知ラセタイモノダ。海中ニ御神火ノトモルトイウ焼火権現ニ祈ルシルシトシテ。〉という歌と合わせられて勝ちとなっている。

★根合——五月五日に宮廷で行われた遊戯で、物合わせの一つ。

66 もろともに　あはれと思へ　山桜
花よりほかに　しる人もなし

前《さきの》大《だい》僧《そう》正行尊《じょうぎょうそん》

歌意 山桜よ、わたしが花を見て心慰められ、いとしく思うように、おまえも私をいとしみ、なつかしんでおくれ。わたしには、おまえよりほかには、知り人もいないのだよ。

解説 西洋の聖者はスイスの美景にも目をそむけて通ったというが、日本の聖者たちは、自然を友とすることによって、世俗の雑念を払い、純化された心境を得て悟りの道に入ることができた。修験《しゅげん》の聖地大峰《おおみね》に入って、思いがけなく桜の咲いているのを見たというのは、季節外れに咲いた花だったの

出典 金葉集〈九〉雑上・大峰にておもひもかけずさくらの花の咲きたりけるをみてよめる・僧正行尊（五五六）

語句 **▼もろともにあはれと思へ山桜**　「もろともに」は相共にで、自分もそうだが、おまえもそうであってくれと、相手を予想して成り立つことばであり、その相手が山桜なのである。「あはれ」は感動のことばで、感動の内容と程度とは千差万別だから、この語は言いかえが不可能なほどにむつかしく、時と場合に応じて、種々様々に言い分けられる。「思へ」は命令形だが依頼の意が強い。「山桜」はサクラの品

か、常盤木《ときわぎ》のかげに思いがけなく見出した花だったのか、とにかく思いがけないめぐり合いに、胸のはずむ思いで呼びかけないではいられなかった。「しる人もなし」とは、知己の得られぬ淋《さび》しさを嘆いたのではない。自分を知り理解してほしいなどという想念はとっくの昔に捨てている。理解してもらえない淋しさなどすっかり忘れている。そういう状態の中で、なおかつ知り人を求め、その得られぬ空しさを花に語りかけることによってみたし、それで十分に満足なのである。これは心の動揺でもなければ迷いでもない。

種の名としてではなく人里に咲く桜という意の里桜に対して山に咲く桜の意で、その山桜に呼びかけているのである。**▼花よりほかにしる人もなし** 「花」は、呼びかけた〝山桜〟をさしているので、オマエというのとかわらない。「より」は格助詞で限定の意を示す。シル人ハ花ダケデアッテ、ソレ以外ニハナイの意。「ほか」は名詞。「しる人」は知り人という程度の軽い意味で、知己というような重苦しい意味ではない。

悟りきっていながら、化との対話を求めようとする豊かな人間性の発露であり、聖者に許されるロマンチシズムである。

余録　前大僧正行尊（一〇五五～一一三五）は参議源基平《もとひら》の子。十二歳で三井寺《みいでら》に入り、のち諸国遍歴の旅に出た。保安四年（一一二三）に延暦寺《えんりやくじ》の座主《ざす》、天治二年（一一二五）に大僧正となった。加持行法にすぐれ、歌道のみならず、管絃・書道においても秀でていた。

「金葉集」の中から、長い詞書のついた一首を挙げよう。「年久しく修行しありきて、熊野にて験《げん》くらべ〈修験ノ力ヲ競べ合ウコト〉しけるを、祐家《すけいへ》卿まゐりあひて見けるに、ことのほかにやせおとろへて、姿もあやしげにやつれたりければ、見忘れてかたはらなる僧に、いかなる人ぞ、ことのほかにしるしありげなる人かななどと申しけるを聞きて遣《つかは》しける　僧正行尊　心こそ世をば捨てしかまぼろしの姿も人に忘られにけり」〈六二四〉世を捨てた心は不動心としてありながら、まぼろしの姿までも忘れられた感慨に、涙さえ催さんばかりである。こういう人間味豊かな聖者に、暖かい親しみが感じられる。

「十訓抄」には「平等院僧正行尊は、出世の貴きのみにあらず、世間のこころばせもいみじかりけり」〈一―三十五〉と述べられている。

67　春の夜の　ゆめばかりなる　手枕《たまくら》に
かひなくたたむ　名こそをしけれ
周《す》防《おうの》内《ない》侍《し》

歌意　春の夜の夢は、短か夜である上に、かてて加えて、たちまち覚めてしまうはかないもの。そんな程度の手枕を、あなたから借りてちょいと寝たと仮定してみませんか。そんな愚にもつかぬことがもとで、浮き名が立ったらイヤですヨ。

解説　身を焼くような恋をして、それで浮き名が立つなら本望だけれど——という含みがある。詞書に見られるような作歌事情があって、当意即妙に詠んだとすれば、これはすばらしく頭の切れる才女である。春の夜のナマ温かい空気が何

出典　千載集〈十六〉雑上・二月《きさらぎ》ばかり月のあかき夜、二条院にて人々あまたゐあかして物語などし侍《はべ》りけるに、内侍周防よりふして枕をがなと忍びやかにいふを聞きて、大納言忠家、是《これ》を枕にとて、かひなをみすの下よりさし入れて侍りければよみ侍りける（九六一）

語句　▼**春の夜のゆめばかりなる手枕に**　「春の夜」は、〝秋の夜長〟に対して、〝短か夜〟である。「春の夜のゆめ」といえば、短か夜に見る、すぐにさめる夢ということで、短い上にも短くはかないもののたとえとされるが、この場合、詞書によれば、

かしらものうくて、身体を横たえて、「マクラがほしいワネエ」と何気なくもらしたひと言を聞きとがめられて、「では、これをドウゾ」と、かいなをさし出された。むくつけきかいなだったのか、ほんとに、ちょっと頭をのせてみたくなるような、つややかなかいなだったのか、それはとにかくとして、御簾《みす》の外から、内部をうかがっていた男性のいたことだけは確かである。女房たちは、そういうことを十分に意識していたであろうし、変化のない宮廷生活の中で、そんなことが結構たのしい刺激ともなったにちがいない。だからこの歌は、深刻な思いで「かひなくたたむ名」を惜しんでいるのではなく、明るく浮き浮きとしたムードで、気軽な漫才をやるよ

〝春〟は実際上の季節でもあった。「ばかり」は程度を示す副助詞。「なる」は断定の助動詞の連体形。「手枕」は腕を枕とすること。「に」は原因・理由を示す格助詞。手枕ガモトデ、手枕ヲシテ寝タコトニヨッテの意。 **▼かひなくたたむ名こそをしけれ** 「かひなく」は実質ヲ伴ウコトナクの意に、詞書に見る「かひな」〈腕〉の意を掛けている。「む」は推量の助動詞の連体形。「名」はこの場合、浮き名の意。「こそーをしけれ」で強意の係り結び。

うな調子で、さし出された男の腕に、シッペ返しをしたのである。

これに対して忠家もさるもの、すぐに返歌を詠じている。「といひ出し侍りければ返りごとによめる　大納言忠家　契りありて春の夜深き手枕をいかがかひなき夢になすべき」〈九六二〉ジョウダンではない、スットボケないでくださいよ。あなたとわたしとは、すでに深い仲ではありませんか——と忠家は切りかえすのである。62の歌で、清少納言と大納言行成との間に交わされたような恋のカケヒキが周防内侍と大納言忠家との間にも交わされているのである。二人の間に実際上の関係があるにしろ、ないにしろ、ことばの上のやりとり自体が楽しく、表現に火花を散らす喜びが生き生きとあふれている。

余録　周防内侍は生没年ともに明らかでない。一説に周防守平継仲《つぐなか》の娘ともいう。伝記のはっきりしない割には、人気の高い歌人で、「山家集」には、周防内侍の旧宅で人々が思いを述べた時に西行の詠んだ歌〈中・雑・七九九〉が収録されているし、「徒然草」〈第一三八段〉に、周防内侍が「懸くれどもかひなきものはもろともにみすの葵《あふひ》の枯葉なりけり」〈二人ガアエルヨウニト、思イヲカケテ、御簾ニ葵ヲカケテオイタノニ、ソノカイモナク、葵ガ枯葉ニナッテ、人モ離レ離レデアウコトモデキナカッタ〉と詠んだ歌をあげている。詞書にみえる大納言忠家は藤原俊成の祖父で、定家にとっては曾祖父に当たる。

68　心にも　あらでうき世に　ながらへば
恋しかるべき　夜半《よは》の月かな

三条《さんじょう》院《いん》

歌意　心ならずも、イヤなこの世に生き長らえていたなら、今夜のこの美しい月を、きっと、恋しくなつかしく思い出すにちがいあるまいナア。

解説　声調のよさにひかれて再読三読するうち、だんだんと気持ちの沈んでゆくのをおぼえる。作者は天皇である。そういう身分のお方が、「心にもあらでうき世にながらへば」などということを言わねばならぬ境遇に追い込まれている。心のままになるなら、うき世に長らえてなどいたくない――それほどの思いに駆り立てられていながら、それさえもままならぬ

出典　後拾遺集〈十五〉雑一・例ならずおはしまして、位など去らむとおぼしめしけるころ、月のあかかりけるを御覧じて、三条院御製（八六一）

語句　▼**心にもあらでうき世にながらへば**　「心にもあらで」は、心ナラズモ、自分ノ本意デハナイガの意。「に」は断定の助動詞の連用形。「も」は強意の係助詞。「で」は打消の接続助詞。「あらでうき世に」の第二句はいわゆる〝句割れ〟で、「あらで」は上をうけて「心にもあらで」となり、「うき世に」は下にかかって、「うき世にながらへば」となる。

弱い立場におかれている不満を、月にむかって吐き出すのが精いっぱいというようなあわれさ。天皇という地位が、権力の傀儡《かいらい》となってふりまわされていた時代の、嘆きの歌である。

「栄花物語」〈十二・玉の村菊〉を見ると、この歌は長和四年（一〇一五）の「師走の十《とを》余日《かあまり》の月いみじう明きに、上の御局《みつぼね》にて、宮の御前に申させ給ふ」となっている。宮とあ

「うき世」は〝憂き世・浮世〟と書き、コノ世ノ中の意であるが、ハカナイとか、ツライなどの意味を含めて用いる。「ながらへ」は動詞ハ行下二段の未然形。生キナガラエルの意。「ば」は未然形接続だから仮定条件。 **▼恋しかるべき夜半の月かな** 「恋しかる」は形容詞シク活用の連体形。「べき」は当然の助動詞の連体形。恋シク思ワレルハズノ意。「夜半の月」は夜中ノ月ノ意。「かな」は感動の終助詞。胸中にわだかまる嘆きを、夜半の月にむかって吐き出すような思いをこめている。

ることと。三条帝の中宮妍子《けんし》で、道長の娘、彰子《しょうし》の妹である。三条帝の譲位はその翌年のことだから、健康状態はすぐれず、眼病にも希望がもてず、内裏の炎上とか、八方ふさがりの有様に、かてて加えて、道長の娘たる中宮には頭も上がらぬようなテイタラクでは、帝位などきれいさっぱりとほうり出したくなられたにちがいない。そうして、今目の前に見えている、冴え氷る月の光が、位も退き、目に光も失ったとき、心の中に焼きついて輝いているのを、きっとなつかしむときがくるにちがいない。心ならずも生き長らえることになるのなら、せめては、そのように静かな心境に安住したい。――そのようなお心なのであろう。この歌はさびしく悲しくあわれではあるけれど、心のガタツイタみにくさ、ぶざまなアキラメのわるさは見られない。さすがは帝王、俎上《そじょう》の鯉のような諦念《ていねん》のいさぎよさに救われる。

余録 三条院（九七六～一〇一七）は第六十七代の天皇。冷泉《れいぜい》天皇の第二皇子で、母は藤原兼家の娘、贈皇太后超子《ちょうし》。寛和二年（九八六）皇太子となり、寛弘八年（一〇一一）に三十六歳で即位。在位五年の後、長和五年（一〇一六）に、一条天皇の第二皇子〈母彰子、後一条天皇〉に譲位。新帝は九歳。東宮となった三条院の皇子は二十三歳。道長が外戚として権力をほしいままにせんがための陰謀に乗ぜられたのである。そればかりでなく、在位中に二度も内裏が炎上するとか、多病であるとか、譲位後は失明してしまうとか、まことにありとある不幸を一身に背負ったようなお方であった。

69　あらしふく　み室《むろ》の山の　もみぢばは
龍田《たつた》の川の　錦《にしき》なりけり

能《のう》因《いん》法《ほう》師《し》

歌意　激しい風の吹く三室の山のもみじ葉は、とりもなおさず、龍田の川に散り落ちて、川を織りなす錦に変身させるのだ。みごとなコトヨ。

解説　老練な歌僧が、苦もなくさらりと歌い上げたという感じの歌である。自然美を人工美に見立てるのは常套《じょうとう》であるが、〝三室の山〟は神の山である。このみごとな美しい紅葉を、何気なく見過ごすことができないで、これを〝神〟のおぼしめしによる、〝神〟の営みと受け取ったのである。「三室の山のもみぢ葉」これが即ち、「龍田の川の錦」に外ならぬ。〝山

出典　後拾遺集〈五〉秋下・永承四年内裏の歌合によめる（三六六）

語句　▼**あらしふく**　22の歌に「やまかぜ」とある嵐《あらし》で、激しく吹く風をいう。▼**み室の山のもみぢばは**　「み室」はもともと神の鎮《しず》まりますところということで神社をいう語。従って「み室の山」は普通名詞として、神の鎮座する山の意で、この名の山は各地にあるはずだが、ここは龍田川付近でなければならず、奈良県生駒《いこま》郡斑鳩《いかるが》町の神奈備《かんなび》山をさす。〝神奈備〟も、もとはといえば神の鎮座する山や森をいう普通名詞なのである。

の紅葉〟を〝川の錦〟に変身させるところに神の意志を認めることができる。秋の女神に〝立田姫〟があり、〝三室の山〟は神の鎮座する山なのだから、その山を紅葉に染め上げ、染められた紅葉を風に乗せて〝龍田川〟に運び、川そのものを〝錦〟に織り上げることくらいオチャノコサイサイにちがいない。神の営みが手軽にできるがごとく、能因の歌も実に手軽にできた感じだが、さすが技巧派の演技派だけあって、歌の構成は実にみ

▼龍田の川の錦なりけり　「龍田の川」は生駒山系の東麓を南流して大和川に注ぐ。今も紅葉の名所として知られている。「錦」は華麗な模様を織り出した厚地の絹織物で、龍田川の水面に散り浮く紅葉をこれに見立てたものである。「なり」は断定の助動詞の連用形。「けり」は詠嘆の助動詞の終止形。

ごとに整えられている。山と川との対照、紅葉と錦との関係、そして介添え役の〝あらし〟まで、抜かりなく整えてあった。

余録 能因法師（九八八〜？）は橘《たちばなの》諸兄《もろえ》の後裔《こうえい》で、俗名を永愷《ながやす》といい、橘元愷の子。文章生《もんじょうのしょう》となって、漢学の素養もあり、歌は藤原長能《ながよし》に師事した。三十歳ごろ出家して能因といい、漂泊の旅を続けて多くの名歌を残した。

テクニシャン能因の逸話は「古今著聞集」〈五・和歌〉に見える。

「能因は、いたれるすきものにてありければ、〝都をば霞《かすみ》とともに立ちしかど秋風ぞ吹く白川の関〟とよめるを、都に在りながら、この歌をいださむこと念なしと思ひて、人にも知られず久しく籠《こも》り居て、色を黒く日にあたりなして後、『みちのくにのかたへ修行のついでによみたり』とぞ披露し侍《はべ》りける」

この有名な話と共に、雨乞《あまご》いの歌を詠んでたちどころに雨を降らせたという話も合わせ録している。その歌は〝天の川苗代水にせきくだせ天降ります神ならば神〟というのである。

70　さびしさに　宿をたちいでて　ながむれば
いづこもおなじ　秋の夕ぐれ

良《りよう》暹《ぜん》法《ほう》師《し》

歌意　さびしくてたまらぬものだから、わが家に居たたまれず、外に出ていってあたりを見渡してみると、結局は、どこもかしこも、代わり映えのない、さびしい秋の夕暮れであることだ。

解説　秋の夕暮れの寂寥《せきりよう》感を静かに歌いあげたもの。わが家に居ながらさびしさに堪えかねる生活、すでに憂き世を離れた草庵生活者でありながら、さびしさに音をあげるのは、悟れていないからだとは言えない。西行は〝さびしさにたへたる人のまたもあれな庵《いほり》ならべん冬の山里〟〈新古今・六・冬・

出典　後拾遺集〈四〉秋上・題しらず（三三三）〈第四句「いづくもおなじ」〉

語句　▼**さびしさに**　「に」は原因・理由を示す格助詞。リビシサノタメニ、サビシクテタマラヌモノダカラの意。▼**宿をたちいでて**　「宿」は我ガ住ム家、宿所の意。「を」は動作の起点を示す格助詞。「たちいで」は家を離れて外に身を置く意。▼**ながむれば**　「ながむ」は感情を込めてじっと見守る意。「ば」は已然形に接続して、順接の確定条件を示す。▼**いづこもおなじ**　**秋の夕ぐれ**　「いづこ」は指示代名詞で場所の不定称。

一四五〉と詠んでいるが、さびしさにじっと堪えながら、そのさびしさの中で同じ心の友を求めようとしている。しかしそのような友は簡単に得られるものではない。そのさびしさを抱きながら〃宿をたちいでてながむれば〃ということになる。ところが、宿にいても、宿をたちいでても、秋は秋、夕暮れは夕暮れにかわりはなく、さびしさから逃れるすべはない。それははじめッからわかっている。わかっていて、逃れられなくて、

「も」は強意の係助詞。「おなじ」は特殊な形容詞で、基本形のままでも連体形として用いられる。これを終止形として、四句切れの倒置法とする見方もあるが、連体形として次へ続けるのがよい。「秋の夕ぐれ」は、いわゆる〃名詞止め〃で感動表現である。

心が乱れるというのではさらさらなく、もともとのさびしさの中に身も心もひたし、秋の夕暮れのさびしさの中で、人の世のさびしさをじッとかみしめようとするのである。

この歌のポイントは「秋の夕ぐれ」にあり、それがいかなるものであるかを印象づけようとしているのだから、四句切れとして、「秋の夕ぐれ」を孤立させるのはよくない。すべてのことばの重みをこの一句にかけるように、「おなじ」を連体形として鑑賞すべきものと思う。

秋の夕暮れのイメージも、この歌の陰湿な感じにくらべて、「枕草子」あたりではカラリとしている。「秋は夕暮れ。夕日のさして山のはいと近うなりたるに、烏《からす》のねどころへ行くとて、三つ四つ、二つ三つなど飛び急ぐさへあはれなり。まいて雁《かり》などの連ねたるが、いと小さく見ゆるはいとをかし。日入りはてて、風の音・虫のねなど、はたいふべきにあらず」と、明るく絵画的であり音楽的でさえある。

余録 良暹法師は生没の年も明らかでなく、その生涯もはっきりしない。長暦《ちょうりゃく》二年（一〇三八）以降、たびたびの歌合に出席している。「古今集」〈三・夏・一四七〉の「ほととぎすながなく里のあまたあればなほうとまれぬ思ふものから」の「ながなく」〈汝が鳴く〉を〝長鳴く〟と誤解した歌を作って嘲弄《ちょうろう》されたという逸話などが伝わっている。〈袋草紙〉

71　夕されば　門田《かどた》の稲葉　おとづれて
葦《あし》のまろやに　秋風ぞ吹く

大納言経信《だいなごんつねのぶ》

歌意　夕方になると、家の前面にひろがる田の稲葉にさわさわとさわやかな葉ずれの音を立てて、葦葺《ぶ》きの小屋に秋風が吹いてくるヨ。

解説　これも〝秋の夕暮れ〟を詠んだ歌であるが、特に〝さびしさ〟を意識することなく、秋のさわやかな空気の中に身をひたして、そのさわやかさがそのまま歌になったようなすがすがしい歌である。前の70の歌とくらべて、季節は〝秋〟、時は〝夕暮れ〟と基本線では共通しているが、具体的な素材としては、70では〝宿〟があるだけだが、こちらの方は〝門田・

出典　金葉集〈三〉秋・師賢《もろかた》の朝臣《あそん》の梅津の山里に人々まかりて田家秋風といへる事をよめる（一八三）

語句　▼**夕されば**　夕方ニナルトの意。「さる」は何事かが移動・進行することを表す。▼**門田の稲葉おとづれて**「門田」は家の前の田をいう。農家の田に取り囲まれた状景を表している。「おとづれ」には、音を立てる意と、訪問する意とがある。▼**葦のまろやに秋風ぞ吹く**「葦」は水辺に自生するイネ科の多年草で、高さ約二メートル。茎はスダレを作ったり屋根を葺《ふ》いたりした。「まろや」は茅稲葉・葦のまろや・風〟と、お膳《ぜん》立てがそろっている。それも、歌合の席上などで、休験想起しながら作り上げたのではなく、眼前嘱目《しょくもく》の風景を採り上げて歌にしたのだから、実感を生々と伝えることができる。

とか葦で葺いた粗末な小屋をいう。ここは詞書にある田家のさまを述べたもの。「ぞ」は強意の係助詞、結びは「吹く」で、動詞の連体形。

詞書にある「師賢の朝臣」は、蔵人頭《くろうどのとう》源師賢で、兵部卿資通《すけみち》の二男、代々和琴《わごん》・郢曲《えいきょく》〈神楽《かぐら》・催馬楽《さいばら》・風俗《ふぞく》・今様《いまよう》・朗詠などの謡物《うたいもの》の総称〉に秀でた風流人であり、その山荘が梅津〈京都ノ西郊〉にあり、人々がそこに集まって風雅を楽しんだ時の作なのである。従って、「葦のまろや」

はそこで目にした農家の姿をこの山荘と重ね合わせ、山荘自体は風雅な作りではあろうが、都の邸宅とは趣の異なる、簡素な作りなのを田家《でんか》に見立て、自分たちをも〝賤《しず》の男《お》〟に見立てて風雅を楽しんでいるのであろう。そういうイキイキ・ウキウキとした気持ちの張りが感じられる。「あしのまろや」「あきかぜ」の頭韻もこころよい。

しかしいくら〝賤の男〟に見立てようと、「葦のまろや」に見立てようと、貴族は貴族、見立ては見立てであって、農民たちのナマの生活はわかりもしないし、知ろうともしない。宮仕え程度の清少納言にしても、賀茂《かも》詣《もう》での途中で目にした農作業をひどく珍しがっている。梅津の里にしても、都の西郊にすぎないのに、大宮人にとっては「山里」と受け取られる。季節はちがうが、「枕草子」に「五月《さつき》ばかりなどに山里にありく、いとをかし」〈第二二三段〉で始まる一章があるが、郊外への散策が、貴族たちにとっては、まるで別世界に足を踏み入れたような、新鮮な感覚を呼び起こしたものと思われる。

余録 大納言経信（一〇一六〜一〇九七）は源姓。後の74の歌の作者源俊頼《としより》の父に当たる。博学多才の人で詩・歌・管絃ともに秀で、藤原公任《きんとう》とともに、〝三船《みふね》の才〟を並び称せられた。それは承保《じょうほう》三年（一〇七六）十月のこと、白河院の大堰《おおい》川行幸に、詩・歌・管絃の三つの船を浮かべ、それぞれの道に妙なる人を乗せられたとき、遅参した経信が「いづれの船なりとも寄せ候へ」と言い、管絃の船に乗りながら、詩と歌とを献じたという。

72 音にきく　たかしの浜の　あだ波は
かけじや袖《そで》の　ぬれもこそすれ

祐子《ゆうし》内親王家《ないしんのうけの》紀《き》伊

歌意　うわさに高い高師の浜のあだ波を、袖にかけないようにに気をつけましょうよ。濡《ぬ》れたらいやですものネ。あなたの浮気心は誰だって知っていますのヨ。そんなあなたを心にかけてお慕いするなど、とんでもありませんワ。やがて見捨てられて、泣きを見るようなことになったら、たまりませんモノ。

解説　これは〝艶書合《えんしょあわせ》〟の歌である。恋の歌を競いあって優劣を争う遊戯だから、真情の吐露というよりは、いかにうまく表現するかのテクニックの競争になる。こうなってく

出典　金葉集〈八〉恋下・堀河院の御時艶書合によめる・中納言俊忠・かへし・一宮《いちのみや》紀伊（五〇一）

語句　**▼音にきく**　ウワサニ聞ク、評判ノ高イの意。**▼たかしの浜のあだ波は**　「たかしの浜」は歌枕で、今の大阪府堺《さかい》市から高石市一帯の海岸。今は埋め立てられて昔日のおもかげはない。「たかし」は「音に高し」の意から、地名の高師を引き出したもの。「あだ波」は、風もないのにいたずらに立ち騒ぐ波の意で、変わりやすい人心にたとえる。「は」は「を」というべきを強めて係助詞としたも

ると、恋愛を遊びの手段とすることとなり、今の週刊誌的な、アクドク、キワドイ興味を駆り立てることになりかねない。
　この歌は中納言俊忠の歌に対する返歌として詠まれている。俊忠の歌は

人知れぬ思ひありその浦風に波のよるこそいかまほしけれ

というので、「ありそ」が〝思ひあり〟と〝荒磯〟、「よる」が〝波の寄る〟と〝夜〟というように掛詞で表現をやわらげては

の。**▼かけじや袖の**「かけじや」はカケマイヨの意で上を受け、「袖の」は下にかかって〝句割れ〟となる。「じ」は打消意志の助動詞の終止形。「や」は感動の間投助詞。**▼ぬれもこそすれ**「も」「こそ」ともに強意の係助詞、結びは「すれ」で動詞サ変の已然形。「もこそ」と重ねて用いると、ソウナッタラ困ルという意を表す。「ぬれ」は〝あだ波〟がかかって濡れる意と、それを悲しんで流す涙で濡れる意をかける。

いるが、〝人に秘めた恋心のゆえに、夜になれば訪ねていきたい〟という、露骨な求愛の歌に仕立ててある。

これがいくら恋しい男からの〝ふみ〟であろうと、一応は拒否のゼスチャーをとるのが恋のかけひきというもの。ましてやこれは艶書合のお遊びである。ハイソウデスカ、オ待チシテイマスではこちらの負けになってしまう。拒絶するのが常道だが、いかなるテクニックで拒絶するかが問題なのである。ただ拒絶の意志表示だけではやはり負けになってしまう。「ありそ」は波の荒い磯をいう普通名詞だが、歌枕として、富山湾一帯を「ありそ海」という。これに対しては歌枕の「高師の浜」で対抗し、「人知れぬ思ひ」に対しては「音にきくあだ波」で、あなたのプレイボーイぶりは誰知らぬものもないときめつけ、「かけじや袖のぬれもこそすれ」で全面拒否となり、男性たるもの顔色なしである。ここで男性の方が、コンチクショウ！　と腹を立てたら男の負け。女のゼスチャーを見ぬいてニヤリと笑ったら、もちろん男の勝ち、テナコトになるのであろう。

余録　祐子内親王家紀伊は生没年ともに明らかでない。民部大輔《たいふ》平経方《つねかた》の子で、紀伊守重経《しげつね》の妹といわれる。兄の官名をもって呼び名とされたもの。〝紀伊〟はもともと〝紀〟一字が国名だから、〝紀伊〟と書かれても、〝き〟と読んでおくのがよい。

73

高砂《たかさご》の　をのへの桜　咲きにけり
外山《とやま》のかすみ　たたずもあらなむ

前中納《さきのちゅうな》言《ごん》匡《まさ》房《ふさ》

歌意 高い山の峰の桜が咲いたことだ。人里近い山に霞《かすみ》が立てば、せっかくの桜が隠されてしまうから、霞よ、どうか立たないでいてもらいたい。

解説 「高砂」とか「尾上《おのえ》」が播州《ばんしゅう》の歌枕としてあまりにも有名なものだから、実際の地形を知らずに、ことばの調子のよさにひかれて、詠み込んでしまうことも考えられるが、〝高砂の松〟とか〝尾上の松〟とかになっておれば、松の名所としての歌枕となるが、桜の場合には、外山に立つ霞によって遠望のきかなくなることをきらって、霞ヨ、「たたずもあらな

出典 後拾遺集〈一〉春上・内のおほいまうち君の家にて、人々酒たうべて歌よみ侍《はべ》りけるに、遥《はる》かに山の桜を望むといふ心をよめる・大江匡房朝臣《あそん》（一二〇）

語句 ▼**高砂のをのへの桜咲きにけり** 「高砂」も「をのへ」も普通名詞で、高砂は砂の高く積もった所の意で高い山。〝をのへ〟は〝峰《を》の上〟の意で、峰つづきの高い所。従って〝高砂のをのへ〟では意味が重なるので、〝高砂の〟は〝をのへ〟にかかる枕詞のように用いてある。「に」は完了の助動詞の連用形。「けり」は詠嘆の助動詞の終止形。三句切れに

む」と注文をつけているのだから、「高砂のをのへ」は外山より奥の、外山より高い山を意味することになる。海岸地帯で〝白砂青松〟の〝高砂〟〝尾上〟を詠んだものではない。

詞書にある「内のおほいまうち君」というのは、内大臣藤原師通《もろみち》で、その邸宅で酒宴の催されたとき、「遥かに山の桜を望む」という題で詠じたものである。題詠だから眼前の景ではない。いつか、どこかで、たしかに実見した景を組み立てて、サ

なっている。**▼外山のかすみたたずもあらなむ**「外山」は端山《は》ともいい、人里近い山。〝深山・奥山〟に対する語。「ず」は打消の助動詞の連用形。「も」は強意の係助詞。「なむ」は未然形に接続して他に対する希望の意を表す終助詞。カスミヨ、立タナイデイテモライタイと呼びかけている。

テモオミゴトと、一座を湧《わ》かせるほどの歌に仕立て上げなければならない。そのために、上の句に遠景、下の句に近景を据《す》え、さらに三句切れによって、上の句と下の句との対照を鮮明にした。桜の咲くのは里から山へ、外山から深山へと及んでいく。その「高砂のをのへ」に桜の咲いたことを感動をこめて表現した。遠山桜は、それ自体が霞か雲かと紛れやすいのに、外山に霞が立ってしまえばカタナシになってしまう。せっかくの花が霞のベールに包まれてしまっては、花自体もさぞかし本意ないことであろう。そう思うことによって霞の擬人化、霞への呼びかけが成り立つ。霞よどうか立たないでくれ――霞に風情《ふぜい》がないというのではない。今は、〝をのへの桜〟をいとおしむ思いの方が強いのである。題詠とはいえ、自然への愛情が大らかな声調によって歌い上げられている。

余録 前中納言匡房（一〇四一～一一一一）は大江匡衡《まさひら》・赤染衛門の曾孫。大学頭成衡《なりひら》の子。八歳で「史記」や「漢書」を読み通すという神童ぶりを見せた。学才によって重用され、五十五歳で大宰権帥《だざいのごんのそち》となり、翌年赴任した。六十歳で再び大宰権帥となったが病気のため赴任はしなかった。大蔵卿に任ぜられた年に七十一歳で没した。漢学にも和歌にもすぐれ、有職《ゆうそく》にも深く通じていた。

74　憂《う》かりける　人を初瀬《はつせ》の　山おろしよ　はげしかれとは　祈らぬものを

源《みなもとの》俊《とし》頼《より》朝《あ》臣《そん》

歌意　わたしの愛に応《こた》えてくれなかった冷たい人のことを、初瀬の山おろしよ、おまえさんがはげしく吹く、そのように、冷たさがいっそうはげしくなるようにとは、祈りもしなかったのになあ。あの人の心が、やさしくわたしに傾くようにと、観音様にお祈りしてみたものの、結局徒労に終わってしまったコトヨ。

解説　詞書の「権中納言俊忠」は、〝千載集〟の撰者「藤原俊成」の父である。その家で歌の催しがあった時の題詠である。題は「祈れどもあはざる恋」。こちらだけが一方的

出典　千載集〈十二〉恋二・権中納言俊忠の家に、恋十首の歌よみ侍《はべ》りける時、いのれどもあはざる恋といへる心を（七〇七）

語句　▼**憂かりける人を初瀬の山おろしよ**　「憂かり」は形容詞ク活用の連用形。無情デアル、コチラノ愛情ニ応エテクレナイの意。「ける」は過去の助動詞の連体形。第二句は〝句割れ〟で〝人を〟は第一句を受け、「憂かりける人を」は「祈らぬものを」にかかる。「初瀬の」は第三句にかかって「初瀬の山おろしよ」となる。初瀬は奈良県桜井市の地名で、初瀬観音（長谷《はせ》

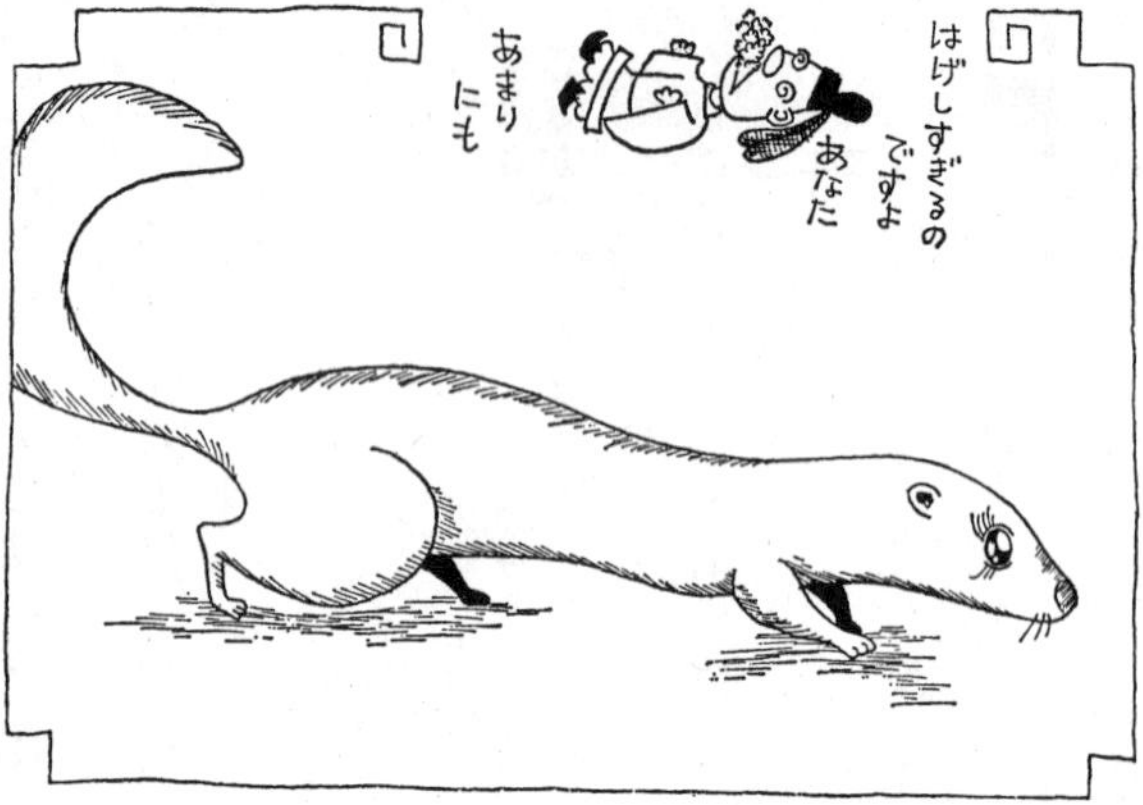

にカッカと燃えている片思いという、皮肉な題である。題詠だから感情の上では十分な余裕があるし、題がひねくれているなら、詠みぶりもウントひねって、鑑賞者の頭を思い切り絞ってやろう——そんなコンタンの感じられる歌である。

もともとこの人の作風には、こういうところが濃厚に表れる傾向があり、「後《ご》鳥羽院御口伝《とばのいんごくでん》」に次

寺）で名高い。「山おろし」は山から吹きおろすはげしい風のこと。「よ」は呼びかけの間投助詞。「よ」を用いて、第三句は字余りとなっている。▼**はげしかれとは祈らぬものを**　「はげしかれ」は形容詞シク活用命令形で、「山おろし」の縁語。「祈ら」は「初瀬」の縁語。「ぬ」は打消の助動詞の連体形。「ものを」は逆接の意味を含めた感動の終助詞。祈ラナカッタノニナアの意。

のように書かれている。

又俊頼堪能《かんのう》の者〈達人〉なり。歌の姿二様によめり。うるはしくやさしき様〈端正デ優雅ナ趣〉も殊《こと》に多く見ゆ。又もみもみと〈練リニ練ッタ歌デ〉、人はえ詠みおほせぬやうなる姿もあり。この一様、すなはち定家卿が庶幾《しょき》する〈理想トスル〉姿なり。

としてこの歌をあげている。また彼の作歌態度にふれて、

難き結題《むすびだい》〈困難ナ複雑ナ題〉を人の詠ませけるには、家中の者にその題を詠ませて、よき風情《ふぜい》おのづから〈タマタマ〉あれば、それを才学〈自分ノ頭ノハタラキ〉にてよくひき直して、多く秀歌ども詠みたりけり。

と述べてある。いわゆる〝歌作り〟の名人、才にまかせて作り上げていくというタイプの歌詠みということになる。この歌でも、内容とともに言葉の使い方が複雑で、第二句に句割れがあり、山おろしに対する呼びかけで三句切れとしながら、その頭を越すようにして、「憂かりける人を」から、結句の「祈らぬものを」へ意味がかかっているというグアイである。

余録 源俊頼（一〇五五〜一一二九）は71の歌の作者大納言経信《つねのぶ》の三男。当代歌壇の雄として、次の歌の作者藤原基俊《もととし》と張り合ったが、俊頼の方が人望があつかった。白河法皇の院宣によって「金葉和歌集」を撰進（一一二七）した。また歌論書に「俊頼髄《ずい》脳《のう》」がある。

75

ちぎりおきし　させもが露を　いのちにて
あはれ今年の　秋もいぬめり

藤《ふじ》原《わらの》基《もと》俊《とし》

歌意　約束しておいてくださった、あの草に置く恵みの露のように、わたしたちに希望を持たせていただいたおことばに、全面的に望みを託しておりましたのに、ああ、今年の秋もまた、むなしく過ぎていくようです。

解説　詞書と合わせて見ないと意味がつかめない。意味がわかってみると、なにがな物ほしそうで、品性の賤《いや》しさの感じられる歌である。こんな歌を、定家ともあるものが、百人一首に選び入れたのは、歌の技巧にひかれたからだろうか、事情は事情として、下二句に逝《ゆ》く秋の哀れさを味わったからで

出典　千載集〈十六〉雑上・僧都《そうづ》光覚・維摩会《ゆいまえ》の講師の請を申しけるを、たびたび漏《も》れにければ、法性寺《ほつしやうじ》入道前《さきの》太政大臣に恨み申しけるを、しめぢがはらと侍《はべ》りけれど、またその年も漏れにければ遣《つか》はしける（一〇二三）

語句　**▼ちぎりおきし**　約束シテオイタの意。字余りとして、その約束に重みをもたせた。この語の主語は詞書にある「法性寺入道前太政大臣」である。　**▼させもが露をいのちにて**　「させも」は「させも草」で〝さしも草〟とも〝もぐさ〟ともいい〝よもぎ〟のこと。「露」はさせも草の縁で、恵みの露

あろうか。

詞書にある「僧都光覚」というのは基俊の子で、奈良興福寺の僧都である。「維摩会」というのは、毎年十月十日から七日間、興福寺で行われる維摩経講説の法事であり、これに講師を勤めた僧は、禁中で行われる〝最勝会〟の講師となる例だった

から、維摩会の講師に請ぜられることはたいへんな魅力であった。これの決定権は〝氏の長者〟たる者にあったから、基俊はいとし子のために、たびたびの嘆願に及んでいたが、「たびたび漏れにければ」で、今年

であると共にはかなく消えてあてにならぬものという皮肉もこめられていよう。「いのちにて」は命と同じに大切なものとしての意。「に」は断定の助動詞の連用形。「て」には逆接の意を含んでいる。**▼あはれ今年の秋もいぬめり**「あはれ」は感動詞で慨嘆の意を示す。「も」は強意の係助詞。マタカの意を含む。「いぬ」は動詞ナ変の終止形。「めり」は推量（婉曲語法）の助動詞の終止形。

もだめ、今年もまただめと、毎年毎年だめだったので、ゴウをにやすような思いで〝法性寺入道前太政大臣〟即ち、次の76の歌の作者、藤原忠通《ただみち》に哀願に及んだところ、清水《きよみず》観音の御詠歌とされている「なほたのめしめぢが原〈栃木市ニアル歌枕〉のさせも〈ソノヨウニモノ意トノ掛詞〉草わが世の中にあらんかぎりは」〈新古今・二十・釈教・一九一七〉という歌まで引き合いに出して、調子のいいことを言ってくれていたので、「今年こそは……」という希望も今年を最後に大願成就と期待をかけたのが、またまたの糠《ぬか》喜びに終わってしまった失意の恨みごとを、ねちねちと歌い上げたものである。

基俊の父は右大臣俊家。名門の家柄であるのに、これほどまでに頼みこんで、しかも、願いをかなえてもらえないというのはおかしい。基俊という人がよほどの嫌われ者だったのであろう。

余録 藤原基俊（一〇六〇〜一一四二）は毛なみのよい割には官位があがらず、従五位上、左衛門佐《すけ》くらいでとまっているのは、定家の父俊成が師事するほどに歌道に秀で、歌学にも通じていたのに、学識を鼻にかけて世間を見下すようなところがあったからだと言われている。「古今著聞集」〈五－一五二〉に風変わりな逸話を伝えている。基俊が郊外に出たとき、六歳ばかりの小童に「ここをば何といふぞ」と尋ねたとき、「やしろ堂」と答えたので、「この堂は神か仏かおぼつかな」と言ったところ、小童は即座に「ほうしみこにぞ問ふべかりける」と答えたので、さすがの基俊も舌を巻いたという話。

76

わたの原　こぎいでてみれば　久方の
雲ゐにまがふ　沖つ白波

法性寺入道前関白太政大臣《ほっしょうじのにゅうどうさきのかんぱくだいじょうだいじん》

歌意 はてしなく広がる海原に、船を漕《こ》ぎ出して行って見渡すと、空に立つ雲かと見まごうばかりの沖の白波であることよ。

解説 「今鏡」〈五・藤波の中・みかさの松〉に
まだ幼くおはしましし時より、歌合など朝夕の御あそびにて、基俊《もととし》・俊頼《としより》などいふ、時の歌よみどもに、人の名かくして判ぜさせなどせさせ給ふこと絶えざりけり。御歌など多く聞き侍《はべ》りし中に、〈ト、コノ歌ヲアゲ〉などよませ給へる御

出典 詞花集〈一〉雑下・新院、位におはしましし時、海上遠望といふことをよませ給ひけるによめる・関白前太政大臣（三八〇）

語句 ▼**わたの原**　海原。〝わたつみ〟ともいう。▼**こぎいでてみれば**　「こぎいで」は海原に船を漕《こ》ぎ出して行く意。「みれば」は〝眺《なが》むれば〟の意で、広い海原に視線を投ずること。「ば」は已然形に接続しているから、順接確定条件を示す。▼**久方の雲ゐにまがふ沖つ白波**　「久方の」は枕詞で、ここでは〝雲ゐ〟にかかる。「雲ゐ」は〝雲の在るところ〟の意で、〝空〟または

歌は、人丸が「島がくれゆく舟をしぞ思ふ」〈上ノ句ハ〝ほのぼのと明石《あかし》の浦の朝霧に〟デ、古今・九・四〇九〉などよめるにも恥ぢずやあらむとぞ、人は申し侍りし。

とあり、彼は歌についても高く評価されていたことがわかる。

この歌を読んだとき、第二句の類似から、4の歌、山部赤人の「田子の浦にうちいでて見れば白妙の富士の高嶺に雪はふりつつ」を思い浮かべた人もあろう。第三句までは各句それぞれに対応があり、語の構成の上にも、景観の大きさの点でも共通点が感じられる。頼山陽の「水天彷彿《ほうふつ》青一髪」〈泊《ス》二天草洋《なだニ》一〉は晴天、これは沖に白波が立ち、雲の低く垂れた荒天、そんな時にどれほどの船に乗って、どれ

〝雲〟をさす。「まがふ」はマギレル意。AとBとの区別がつかなくなり、判断に困るような状態になることをいう。「沖つ白波」は沖に立つ白波の意。名詞止めの感動文である。「つ」はもともと連体格の助詞であるが、これを含めて複合名詞とする。

ほどまでに漕ぎ出して見ることができるのであろうか、と考えるのは、現代的な割り切り方。山部赤人の「雪はふりつつ」でも、これを心象の世界として観《み》るとき、その美しさが鑑賞者の心の中にひろがってゆく。この歌でも、詞書で見る通りの題詠なのだから、そこに描かれている景観は、体験の再現ではなく、作者の心象を通じて作り出された、創造された景観だといってよい。海原の茫漠《ぼうばく》たる広がり、それがその果てで空と連なり、さらに茫洋模糊《もこ》として果てしがない。海上遠望というテーマを、こういう形でとらえた作者のスケールの大きさ、氏の長者としての風格を見るべき歌といえばよかろう。

余録

法性寺入道前関白太政大臣というのは、藤原忠通《ただみち》（一〇九七～一一六四）のことで、関白忠実《ただざね》の長男。保安《ほうあん》二年（一一二一）に二十五歳で、関白、氏の長者となり、人望も高く、政治的手腕にも秀でていた、康治元年（一一四二）には関白を辞し、法性寺に入って出家した。やがて保元《ほうげん》元年（一一五六）に至って、〝保元の乱〟と言われる争乱が発生した。皇室の愛憎問題のからんだ皇位継承のもつれや、藤原氏においては忠実が次子頼長《よりなが》を溺愛《できあい》して、氏の長者の地位を忠通から剝奪《はくだつ》して頼長に譲ったこと、武士階級の擡頭《たいとう》による源平の勢力争いなどがからんだものだが、結局、天皇・忠通方が勝利をおさめ、忠通は詞書にある新院、崇徳《すとく》上皇を讃岐《さぬき》に流すという結末になった。

77　瀬をはやみ　岩にせかるる　滝川の
われても末に　あはむとぞ思ふ

崇《す》徳《とく》院《いん》

歌意　川瀬の流れが速いので、岩にせき止められる急流が、いったんは二つに分かれても、その先ではすぐにまた合流するが、ちょうどそのように、わたしたち二人の仲は、今でこそ、思わぬ邪魔が入って、二つに引き裂かれているとしても、行く末には、何としても添い遂げようと、固く心に決めているのだ。

解説　作者崇徳院は悲劇の帝王である。名は顕仁《あきひと》、鳥羽《とば》院の第一皇子で母は待賢門院璋子《しょうし》。保安《ほうあん》四年（一一二三）に五歳で即位。関白藤原忠通が摂政をつとめた。それから十七

出典　詞花集〈七〉恋上・題しらず・新院御製（二二八）

語句　**▼瀬をはやみ岩にせかるる滝川の**　この上三句は「われても」を導き出すための序詞。「瀬」は浅瀬、早瀬で、川の浅くて流れの速いところ。「AをBみ」の形は1の歌参照。百人一首だけでも〝苫《とま》をあらみ〟〝風をいたみ〟と合わせて三例がある。「に」は原因・理由を示す格助詞。…ノタメニの意。「せか」は動詞未然形。セキトメル意。「るる」は受身の助動詞の連体形。「滝川」は急傾斜を激しく流れる川で、急流・激流のこと。現代語の〝滝〟は、古典語

年たった保延《ほうえん》五年に、鳥羽院最愛の美福門院得子が、皇子体仁《としひと》を生んだ。このへんから鳥羽院のやり口がおかしくなって、体仁親王を崇徳院の養子とし、さらに東宮とした。永治元年（一一四一）に鳥羽院は出家して法皇となり、崇徳院を退位させて体仁を即位させた。これが近衛天皇で三歳の即位である。これ

では帝位といっても実力者の意のままに改廃される傀《かい》儡《らい》にすぎないが、いくら十八年の在位期間があったとはいえ、二十二歳で心ならずも帝位を剥奪《はくだつ》された青年崇徳の心情は察するにあまりがある。

さらに十数年が

では〝垂水《たるみ》〟である。「の」は比喩を示す格助詞。…ノヨウニの意。▼**われても末にあはむとぞ思ふ**「われ」は別レル・離レル意。「も」は強意の係助詞。タトエ割レタトシテモの意。「末」は将来の意。「あは」は結婚スル意。「む」は意志の助動詞。滝川については、岩によって分かれた水流が末に合うことをいい、今相思の二人については、今は間を割かれても、後には固く結ばれることを述べている。

経過した。久寿二年（一一五五）近衛天皇十七歳にて崩御。近衛に皇子はなかったので、崇徳の御子重仁の即位が当然のことと思われていたのに、近衛の早世は崇徳の呪詛《じゆそ》によるものという、美福門院の讒訴《ざんそ》によって、鳥羽法皇は重仁を退け、第四皇子雅仁を位に即けた。崇徳の同母弟で、これが後白河天皇である。崇徳の不平はさらに鬱積《うつせき》し、左大臣頼長と計り、帝位奪還の謀反となり、保元《ほうげん》の乱を起こしたが御所方に敗れ、讃岐《さぬき》に流されてその地で崩御された。「雨月物語」〈一・白峯《しらみね》〉には、西行が、魔道におちた崇徳の霊に会う話を録しているが、怨念《おんねん》の晴れることのなかった生涯を心においてこの歌を見れば、それは恋の歌以上の、烈しい気魄《きはく》に打たれるのである。割《さ》かれた仲も、やがては思い通りに逢わずにおくものか。徹底的に打ちひしがれ、押さえつけられたわが望みにも、やがて日の目を見せずにおくものか、この望みが空しく水泡に帰すとならば、この恨み、きっと晴らさずにおくものか——そのような執念が感じられて、恋をテーマとした歌でありながら、何となき〝肌寒さ〟すら感じられてくるのである。

余録　崇徳院（一一一九～一一六四）は解説に述べたようなお方。退位後の無聊《ぶりよう》と憤懣《ふんまん》の情とを、歌に慰めを求められた。「詞花集」はその院宣によるものであった。

78
淡路島《あはぢしま》　かよふ千鳥《ちどり》の　なく声に
幾夜ねざめぬ　須磨《すま》の関守《せきもり》

源《みなもとの》　兼《かね》　昌《まさ》

歌意 淡路島のあたりを飛びかう千鳥の、もの悲しく鳴く声が耳について、いく夜目をさましたことだろう、須磨の関守は。

解説 神戸の街はどこに住んでも山が見え、あるいは海が見える。この頃では、どうかするとスモッグがかかって島かげの見えぬこともあるが、須磨の海岸はわずかに〝白砂青松〟のおもかげをとどめている。自然の景観だけをとどめて、近代的な人工の爪跡を、心象の中から消去してしまえば、「源氏物語」時代の寒村〝須磨〟が呼び戻される。

出典 金葉集〈四〉冬・関路千鳥といへる事をよめる（二八八）

語句 **▼淡路島かよふ千鳥のなく声に**「淡路島」は須磨から一衣帯水の明石海峡をへだてている。「かよふ」はもともと往来スルの意だが、淡路島へ行ク、或いは、淡路島カラ来ルと解されている。どちらかに限定するとキュウクツになるので、淡路島ノアタリヲ飛翔《ひしょう》シテイルの意に解しておく。距離は問題ではなく、心象のバックに、淡路島が浮かんでおればそれでよい。「千鳥」はチドリ科に属する鳥類の総称。浜辺に来ているのを

季節は冬、浜辺、夜、千鳥の声、そうして場所は須磨。冷え氷るような冷たさとさびしさの中に身を置くものはたれ。当然作者の心象の中に浮かんでくるのは、流謫《るたく》の貴公子、光源氏の姿であろう。堪え難さの中に、失意の身を沈めて、じっと堪えている姿が、この歌の心象にふさわしい。〝須磨〟の巻の一節に、

例の、まどろまれぬあかつきの空に、千鳥いとあはれになく。

友千鳥もろ声になくあかつきはひとり寝ざめの床もたのもし

〈群ガッテイル千鳥ガ声ヲソロエテ鳴ク暁ハ、一人ボッチデ目ザメタ床ノ中デ泣イテイルト、ワタシトオナジヨウニ泣イテイル仲間―友千鳥―ガアルノデ、頼モシク心強ク感ジラレル。〉

まだ起きたる人もなければ、返すがへすひとりごちて臥《ふ》し給へり。

とある。「須磨の関守」とあるのは、とりもなおさず、光源氏

〝浜千鳥〟、群れているのを〝むら千鳥〟という。「の」は主格の助詞。「に」は原因・理由を示す格助詞。**▼幾夜ねざめぬ** 「幾夜」は不定詞。「ねざめ」は眠りの途中で目をさますこと。「ぬ」は完了の助動詞の終止形。上が不定詞のときは連体形にならない。**▼須磨の関守** 「須磨」は神戸市西部の歌枕。「枕草子」に「関は逢坂、須磨の関、云々」とあって、古関の地。「関守」は関の番人。名詞止めの感動文である。

の姿であり、あるいは〝関路千鳥〟というテーマを思い描いたとき、作者の脳裏にしだいにはっきりと姿を現してきた須磨の景観の中に、点景人物として配置された作者自身の姿でもあったろう。その須磨の関守は、千鳥の鳴く声に、いく夜寝ざめたことだろうと、さびしさの中にいて、さびしさに徹しきれないでいる関守の心情に深い感慨を覚えているのである。

余録　源兼昌は生没年ともに明らかでなく、従五位下、皇后宮大進となった。美濃守源俊輔《としすけ》の次男。歌道においてもそれほど評価は得ていないが、この一首を残したことはお手柄というべきであろう。

79　秋風に　たなびく雲の　たえ間より
もれいづる月の　かげのさやけさ

左京大夫《さきょうのだいぶ》顕輔《あきすけ》

歌意　秋風のために、長くたなびいている雲の切れ目から顔を出した月が、雲と雲との間を移動していくときの、何と冴えざえとした光であることカ。

解説　月を思い花を思うとき、「徒然草」の第百三十七段が浮かんでくる。哲人〝兼好〟はこの段に佳辞好句を惜しげもなく連ねている。その主想は、

花は盛りに、月はくまなきをのみ見るものかは。

というのである。人はえてして完璧《かんぺき》を欲するものである。自然に対しても御多分に漏れるものではない。満開満月でなければ

出典　新古今集〈四〉秋上・崇徳院《すとく》に百首歌たてまつりけるに（四一三）

語句　▼**秋風にたなびく雲のたえ間より**　「に」は原因・理由を示す格助詞。秋風ノタメニの意。「たなびく」は横ニ長ク連ナル意。「の」は連体格の助詞。「たえ間」は複合名詞で、キレメの意。「より」は経過の場所を示す格助詞。「万葉集」に「雲間よりさ渡る月の」〈二四五〇〉の用例がある。〝雲間〟は「雲のたえ間」のこと。▼**もれいづる月のかげのさやけさ**　第四句は字余り。「もれいづる」は、「万葉」の〝さ渡る〟

観桜観月の価値なしとするのは野暮の骨頂、風雅の真髄は、始め終わりの情趣、未完不具の風情を味わうところにありとする。この余裕が、人と自然とを合一せしめる。

この歌に歌われている月も〝雲間の月〟である。道長が歌ったという「この世をばわが世とぞ思ふ望月のかけたることのなしと思へば」〈袋草紙〉という歌は、月そのものを詠じたのではないけれど、くまなく照らす望月は、あまりにも完全無欠の美しさであって、息苦しくさえ感じられる。

たなびく雲に妨げられつつ、その絶え間から漏れ出る月かげは、やがてまた雲に隠れてゆくものであるがゆえに、いっそうの輝きを感じさせてくれる。夜空に君臨する皎々《こうこう》たる月

と置き換えられる語で、雲の動くのを、月の動きと錯覚するままに、雲のキレメを月が移動する、すなわち、月が現れて雲に入るまでの間、冴えた光を輝かせているというのである。「の」は双方ともに連体格の助詞。「かげ」は光。「さやけさ」は形容詞ク活用の〝さやけし〟の語幹に、接尾語〝さ〟がついて名詞化したもの。従ってこの歌は体言止めの感動文である。

ではなく、雲間を縫うように輝きをもらす月の風情が、いかにも平明な、なだらかな声調にまとめあげられている。一首をかな表記にしてみると、「あきかぜにたなびくものたえまよりもれいづるつきのかげのさやけさ」で、第二句・第三句が頭韻を踏み、カ行音が七音、ア段音が九音あり、声調の上に微妙に影響している。

余録 左京大夫顕輔（一〇九〇～一一五五）は藤原顕季《あきすえ》の子。顕季は、藤原兼房が夢に見た人麿の像を画工に描かせて白河院に献上したのを懇望し、模写させたのをまつり、影供《えいく》〈人麿ノ画像ヲ祭リ歌ノ会ヲ催スコト〉を行っていた。ところが、白河院の手もとにあったのが焼失したので、いよいよこれを重宝として、我が子といえども、歌をよくせぬ者には伝えないと思っていた。顕輔は末子ながら歌の道にすぐれていたので、父かららその像を譲られたというエピソードが伝えられている。かくして顕輔は、父顕季を源流とする歌道六条家を継ぎ、崇徳の院宣による「詞花集」を撰進した。

80 長からむ　心もしらず　黒髪の
みだれてけさは　物をこそ思へ

待賢門院《たいけんもんいんの》堀川《ほりかわ》

歌意 あなたが変わらぬ愛を誓ってくださっても、ほんとうかどうかわたくしには確信がもてないのです。あなたとお別れしたばかりの今朝には、昨夜の黒髪の乱れのように、わたくしの心も千々に乱れて、あれこれともの思いに沈むばかりでございます。

解説 「長からむ心」というのは男性が愛を誓ったことを示している。女と別れて、すぐに送る〝後朝《きぬぎぬ》の歌〟には、当然のこととして、変わらぬ愛が誓われる。それは一種の儀礼でさえある。それは男も女もよく心得ていよう。心得ているか

出典 千載集〈十三〉恋三・百首の歌奉りける時、恋の心をよめる（八〇一）

語句 ▼**長からむ心もしらず** 「長から」は形容詞ク活用の未然形。「む」は推量の助動詞の連体形。「心」は相手の男性の愛情のあかしとなる〝まごころ〟であり〝誠意〟である。「も」は強意の係助詞。「ず」は打消の助動詞の終止形で、二句切れとする。　▼**黒髪の** 「みだれ」を言いおこす序詞。〝髪は烏《からす》の濡《ぬ》れ羽色〟ということばがあるように、黒いつややかな髪は、日本の美女のシンボルである。「の」は比喩を示す格助詞。

ら、口先だけの誓いを信頼することができない。では、何によって愛を確かめたらいいのであろう。恐らく、何もないのかもしれない。離れ間《か》をおかぬ〝通い〟をそのしるしにしようにも、いついかなる時に〝とだえ〟が来るかもしれない。あくまでも受動的な立場に置かれていた平安女性には、ただ待つことだけが愛だったのかも知れない。

ところで、この歌は、百首歌を献じたときに〝恋の心〟をテ

黒髪ノヨウニ乱レルというのは、黒髪ガ乱レテイルヨウニ、ワタシノ心モ千々ニ乱レテの意。　**▼みだれてけさは物をこそ思へ**　「て」は単純接続の助詞。「けさ」には特別に重い意味が含まれている。男女結婚の事実が成立した翌早朝ということである。「は」は強意の係助詞。「こそ」は強意の係助詞、結びは「思へ」で已然形。「物を思ふ」は恋のもの思いをする意。心が千々に乱れて、定まらないのである。

ーマとした題詠なのである。テーマに凝集したわが思いを、それらしく、文字を駆使して表現する技術の巧拙、これが歌の生命を左右するのである。

ではこの歌のテクニックはどうなのか。この歌は男性から届いた〝後朝の歌〟に対する返歌として詠まれている。男の誓いのことばに対して、随喜の涙を流せば、それははしたない女、軽薄な女として嫌《きら》われるのが関の山である。男性に反発し、つっかかるような歌を詠みながら、しかも男性の気を引いて、この女忘れ難しと印象づけるのが上乗の作といえる。この歌の生命は、実は女性の弱さを最も強く表現したと思われる〝黒髪のみだれ〟なのであり、これによって象徴される〝心のみだれ〟に男性たるものは強く心をつなぎとめられるであろう。それにしても、「徒然草」〈第九段〉のことばが思いおこされる。「さればゞ、女の髪すぢをよれる綱には、大象もよくつながれ、女のはける足駄にて作れる笛には、秋の鹿、必ず寄るとぞ言ひつたへ侍る」

余録 待賢門院堀川は生没年ともに明らかでない。神祇伯源顕仲《じんぎはくみなもとのあきなか》の娘で、はじめは前斎院令子内親王に仕えて六条といったが、後、待賢門院璋子《しょうし》に仕えて堀川と呼ばれた。崇徳院譲位により、待賢門院の出家について彼女も尼となった。

81　ほととぎす　鳴きつる方を　ながむれば
ただありあけの　月ぞ残れる

後《ご》徳大寺左《とくだいじのさ》大臣《だいじん》

歌意　ほととぎすが鳴いた。おヤ！　と思って、そっちの方をながめやると、ナンノコト！　ほととぎすの姿なんかなくて、ただ有明けの月が、ひっそりと残っていただけのコト。

解説　関西弁でいうと、このあとに「なあーンや、あほくサ！」というようなことばの続く感じ。こういう感じをピタリと捕らえたのが、太田南畝《なんぽ》〈四方赤良《よものあから》・蜀山人《しょくさんじん》〉の、「ほととぎす鳴きつるあとにあきれたる後徳大寺のありあけの顔」〈蜀山百首・夏〉という狂歌である。百人一首のパロディ

出典　千載集〈三〉夏・暁聞《ニク》㆓郭公《ヲ》㆒といへる心をよみ侍《はべ》りける・右大臣（一六一）

語句　▼**ほととぎす**　郭公とも書くが、ほととぎすと郭公《かっこう》とは別で、体形は酷似しているが、郭公の方が大形。鳴き声も郭公はカッコウカッコウで、ほととぎすはテッペンカケタカ、またはキョッキョ、キョキョキョキョキョと鳴く。郭公は昼だけ、ほととぎすは昼夜をとわず、飛びながらも鳴く。夏鳥で、五月ごろ渡来し、九月には南方に飛び去ってしまう。ほととぎすは主としてウグイスの巣に卵を一個だけ産み落とし、ウグイスに育てさせる。

の中で、これほどの傑作はあるまいと思われる。それは単なることばの遊びにのみ終わることなく、作者のかくもあらんかという心境を的確にとらえているからである。

この鳥は、古来、文人墨客の心を揺さぶる〝花鳥風月〟の中でも、信仰的に愛惜されてきた。文字も、杜鵑・杜宇・時鳥・霍公鳥・子規・不如帰・蜀魂とさまざまで、この鳥が冥途に通う鳥であることは、すでに「源氏物語」のころから信じられていた。源氏が亡き紫の上を偲《しの》んでいる時に、ほのかに鳴く時鳥の声を聞いて、「なき人を

こんな習性は両鳥に共通している。**▼鳴きつる方をながむれば**　「つる」は完了の助動詞の連体形。おなじ完了の助動詞でも、「ぬ」は緩漫な完了を表すのに対し、「つ」は急激な完了を表す。「ながむ」は、古文では普通、物思いに沈んでうっとりと見つめる意に用いられるが、ここはただ遠く見やる意。**▼ただありあけの月ぞ残れる**　「ありあけの月」は21・31の歌に既出。「ぞ」は強意の係助詞。結びは「る」で存続の助動詞の連体形。

しのぶる宵《よひ》の村雨《むらさめ》に濡《ぬ》れてや来つる山ほととぎす」〈亡キ紫ノ上ヲ偲ンデ今宵私ノ流ス涙ノヨウナ村雨ニ濡レテ来タノカ、山ホトトギスハ〉と詠んだのに対して、夕霧の大将〈源氏の長男、母葵《あおい》の上〉が、「時鳥きみにつてなむ故郷《ふるさと》の花たちばなはいまぞ盛りと」〈時鳥ヨ、亡キ紫ノ上ニ言伝《ことづ》テヲシテホシイ、紫ノ上ノ故郷トナッタコノ世デハ花橘《はなたちばな》ガ今マッ盛リダトイウコトヲ〉と詠んでいる。時鳥が冥途に通う鳥であるからこその歌である。

それはとにかく、時鳥は、花橘や卯《う》の花と取り合わせられて、とりわけ、初音が珍重された。余談ばかりが多くなったが、この歌は題詠の作りもので、待ちに待った初音を聞いた感激というような、実感はこめられていない。「ほととぎす」と「ありあけ月」の取り合わせで、声を聞いて、反射的に見上げた空に、当然予期されたほととぎすの姿は皆無で、予期しなかった有明け月だけが見えた。——まるで狐《きつね》につままれたみたい。聴覚から視覚へ、そしてその対象が手品みたいにすり替えられていた。そんな大らかなユーモアが、この歌の身上であろう。

余録 後徳大寺左大臣は藤原実定《さねさだ》（一一三九〜一一九一）で、右大臣公能《きんよし》の子。定家とは従兄弟《いとこ》にあたる。彼が清盛の歓心を買うために厳島詣《いつくしまもう》でをしたことは「平家物語」〈巻二〉に詳しい。また寝殿に縄を張った話も「徒然草」〈第一〇段〉で有名である。またなかなかの蔵書家でもあり、親分肌の人であったらしい。

82　思ひわび　さてもいのちは　あるものを
憂きにたへぬは　涙なりけり

道《どう》因《いん》法《ほう》師《し》

歌意　恋のために、身も細るほどに思い悩んで、そんなふうであっても、命は無事なのに、つらさに耐えきれず、あふれ出てくるのは涙だったのだナア。

解説　〝憂きにたへぬ涙〟を見るのは、かなわぬ恋を嘆くときばかりに限らないだろうが、千載集では恋の部立に採ってあるので、恋の嘆きと解釈されている。これがまたごく一般的な受け取り方になるのだが、恋の歌としては、いくら片思いか失恋かしらないが、妙にギクシャクとした理屈っぽい歌である。それはそれとして、〝いのち〟と〝涙〟とを対比して、

出典　千載集〈十三〉恋三・題しらず（八一七）

語句　▼**思ひわび**　「思ふ」と「侘《わ》ぶ」との複合動詞。「思ふ」のオモは〝重し〟の〝オモ〟と同根であるとする説もあるほどで、「思ふ」自体に、悩みのために重く沈む心のさまが浮きぼりにされる。　▼**さてもいのちはあるものを**　「さても」はソウアッテモの意で、「思ひわび」の心の状態を指している。「ある」は動詞ラ変の連体形。「いのちあり」で生存スルの意。「ものを」は詠嘆の意を含めた逆接の接続助詞。　▼**憂きにたへぬは涙なりけり**　「憂き」

命があるのは〝憂き〟に耐えている証拠であり、涙は〝憂き〟に耐えきれぬとして、涙のはかなさ、恋のやるせなさをしみじみと述懐したものと認めることはできる。

しかし、やはり作意が目立つのは、作者の人がらにもよるのであろう。鴨長明《かものちょうめい》の「無名抄《むみょうしょう》」に「道因歌に志深き事」として、次のように書かれている。

この道に志深かりしことは、道因入道並びなき者なり。七、八十になるまで、「秀歌よませ給へ」と祈らんために、かちより〈徒歩デ〉住吉《すみよし》へ月詣《つきもう》でしたる、いと有難き事なり。あ

は形容詞ク活用の連体形から転じた名詞。ツライコトの意。「に」は動作の対象を示す格助詞。「たへ」は動詞ハ行下二段の未然形。コラエル意で、漢字は〝耐・堪〟。「ぬ」は打消の助動詞の連体形。「なり」は断定の助動詞の連用形。「けり」は詠嘆の助動詞の終止形。今はじめて納得できたという気持ちを表す。

る歌合に、清輔《きよすけ》判者にて、道因が歌を負かしたりければ、わざと判者のもとへ向かひてまめやかに涙を流しつつ泣き恨みければ、亭主もいはん方なく、「かばかりの大事にこそ逢はざりつれ」と語られける。九十ばかりに成りては、耳などもおぼろなりけるにや、会の時にはことさらに講師の座に分け寄りて、脇もとにつぶと添ひ居て、みづはさせる姿〈老イボレタ姿〉に耳を傾けつつ他事なく聞ける気色《けしき》など、なほざりの事とは見えざりけり。千載集撰ばれし事は、かの入道失せて後の事なり。亡き跡にも、さも道に志深かりし者なればとて、優して十八首を入れられたりければ、夢の中に来て涙を落としつつ悦《よろこ》びを云ふと見給ひたりければ、ことにあはれがりて、今二首を加へて廿首になされにけるとぞ。しかるべかりける事にこそ。

兼好は「無名抄」を読んでいるはずなのに、「徒然草」でこのことに触れていないのは、よほど毒気に当てられたからであろう。百人一首に加えられたのは定家の同情票によるのであろう。

余録 道因法師は俗名を藤原敦頼《あつより》という。長寿だったようだが生没年は不明。従五位上右馬助《うまのすけ》という程度の官位にとどまっているが、歌の道には大へんな執念を燃やしていた。その割にぱっとしなかったのは、〝下手の横好き〟だったからであろう。

83　世の中よ　道こそなけれ　思ひ入る
山の奥にも　鹿《しか》ぞ鳴くなる

皇太后宮大夫俊成《こうたいごうぐうのだいぶしゅんぜい》

歌意　世の中なんてものは、どうしようたって、どうするすべもないものなのだ。思いあまって、山の奥に分け入って、世を遁《のが》れようとしても、ここにも鹿が悲しげに鳴いているようだ。

解説　〝世の中〟っていったい何だろう。人それぞれに受け取り方は違うとしても、誰にとっても変わらぬ一つの点は、それが仏教にいう〝生苦〟の根源だということであろう。人間は絶対の孤独では生きられない。必ず人と人とのかかわり合いから抜け出すことはできない。それが〝世の中〟である。

出典　千載集〈十七〉雑中・述懐百首の歌よみ侍《はべ》りける時、鹿の歌とてよめる（一一四八）

語句　▼**世の中よ**　「よ」は詠嘆の間投助詞。ダイタイ世ノ中トイウモノハダナアという慨嘆の思いを込めて、投げ出すような口吻《こうふん》である。▼**道こそなけれ**　「こそ」は強意の係助詞。結びは「なけれ」で形容詞ク活用の已然形。道ナンテモノハアリハシナイノダと、これも投げ出すような強い口吻である。「道」は次の「山」と縁語関係で、山の奥へ分け入る道を思わせつつ、「世の中」に身を処していく〝方法・手段〟の意。二かかわり合う人が多くなればなるほど、自分の思い通りにはいかない。あらゆる点で制約をうける。これに、やがては〝歴史〟に書きとどめられるほどの社会情勢がからんでくると、個人の力などというものは、あってなきに等しい。そういう中にあって、自己を顕現し、自己を主張して生きずにはおれないのがまた人間の宿命でもあるのだ。

詞書にある〝述懐百首の歌〟というのは、家集「長《ちょう》秋詠藻《しゅうえいそう》」によれば、「堀川《ほりかは》院御時の百

句切れである。　▼**思ひ入る**　思イツメル・思イコムの意。「思う」だけでも重圧感がつきまとうのに、「入る」が加わると、抜きさしならぬほどに思い込む意になる。それと、「山の奥」に続けて、入り込んで行く意を重ねている。

▼**山の奥にも鹿ぞ鳴くなる**　「に」は場所を示す格助詞。「も」は並列を表す係助詞。「ぞ」は強意の係助詞。結びは「なる」で、推定の助動詞の連体形。

首題を述懐によせてよみける歌　保延《ほうえん》六、七年のころの事にや」とあるもの。保延六年とすれば一一四〇年、俊成二十七歳の時で、「秋」の二十首の中に「鹿」と題して収められている。この述懐百首は、悲観的な暗いかげりに満たされているが、その中には

世の中をなげく涙はつきもせで春はかぎりとなりにけるかな〈春、三月尽〉

というのもある。

政情不安定で僧兵の強訴《ごうそ》がしきりにおこり、武士勃興の気運をはらんで、先行き不安定ななりゆきの中に身を処して、権謀術数に長《た》けた政治家肌というよりは、純粋な文学者タイプの作者には、言うに言われぬ、やりきれぬことがあったのであろう。「山の奥」に入り込んでみれば「世の中」との縁が切れて、心の平安が得られようかと、わずかに望みをかけてみても、そんな所にでも鹿は鳴いているのだ。〝声聞く時ぞ秋は悲しき〟で、妻恋いの鹿の鳴く声音が、人の心の底からまたまた悲しみをしぼり上げる。山の奥にも平安はないと悟ったとき、人はどうすればいいのだろう。作者の出家は六十三歳の時だから、それまでの長い生涯を、〝窮鼠《きゅうそ》〟になった気で腹をすえ、常に心の底にさびしさを湛《たた》えながら、堪えぬいて生きてきたのであろう。

余録　皇太后宮大夫俊成は藤原俊成（一一一四～一二〇四）で「千載集」の撰者。当代随一の指導的歌人で、和歌の中心理念として〝幽玄の美〟を唱えた。歌論書に「古来風体抄《こらいふうていしょう》」、家集には既述の「長秋詠藻」がある。法名は釈阿《しゃくあ》という。

84

ながらへば　またこのごろや　しのばれむ
憂しと見し世ぞ　今は恋しき

藤原清輔朝臣《ふじわらのきよすけあそん》

歌意　これから先、長々と生き続けていたなら、このごろのつらい世の中が、やっぱり懐かしいものと、思い出されてくることであろう。だッて、前に、つらくてやりきれなかったころのことが、今では恋しく思い出されるのだから。

解説　〝憂しと見し世ぞ今は恋しき〟——これは恐らく、大なり小なり、万人共通の心情であろう。〝今〟が〝憂しと見し世〟そのままの延長である場合はともかく、ある程度の時間経過があれば、情勢の変化は必ずあるはずで、功成り名

出典　新古今集〈十八〉雑下・題しらず・清輔朝臣（一八四三）

語句　**▼ながらへば**　「ながら〔へ〕」は動詞ハ行下二段の未然形。「ば」は順接仮定条件の接続助詞。モシ生キナガラエルトシタラの意。**▼またこのごろやしのばれむ**　「しのば」は四段活用で〝偲《しの》ぶ〟の本来の意味で、ナツカシイト思ウの意。「れ」は自発の助動詞の未然形。「む」は推量の助動詞の連体形で、疑問の係助詞「や」の結び。「また」という副詞は下の句を読んではじめて納得できる。下の句の事実があってはじめ

遂げるところまではいかないにしても、ある程度の情勢の好転があれば、昔を振り返って、こんな気持ちを味わわない人はあるまい。
早い話が、戦争は二度とごめんだと思いながらも、食糧不足の耐乏生活に耐えぬいてきたことが、かえって懐かしい思い出としてよみがえってくる。戦争の悲惨さに身震いする人も、軍歌のメロディーに昔を懐かしがりもする。それはやはり、

て、「またこのごろ」が「しのばれむ」なのである。
▼憂しと見し世ぞ今は恋しき 「憂し」はツライという意の形容詞。「と」は指示内容をうける格助詞。「し」は体験回想の助動詞の連体形。「世」は前の歌の「世の中」と同じこと。「ぞ」は強意の係助詞。結びは「恋しき」で、形容詞シク活用の連体形。

今の平和な世の中に一応の満足の情を抱いているからに外ならない。

〝憂しと見し世ぞ今は恋しき〟――こう言うことのできる人は、幸せな人なのだ。〝憂しと見し世〟は過去の世であって、今の世ではないからである。それならば、この歌を詠んだ〝藤原清輔朝臣〟は幸せな人だったかというと、そうはいかない。「ながらへばまたこのごろやしのばれむ」という上の句があるからである。「ながらへば」という仮定条件が満たされるならば、作者が現在体験しつつある「このごろ」は「憂しと見し世」に置き換えられてしまう。そうなれば〝憂しと見つつある世〟が〝恋しき世〟に変身してしまう。そんなことがあろうかと、信じられないようなことながら、過去から現在への体験を通じて、現在から未来への経過の中に、絶対の変貌《へんぼう》をとげることを疑い得ないのである。それだけに〝今〟のやりきれなさが身にしみついて離れない。そんな心境の中で、〝ながらへ〟得ないかもしれないが、もし〝ながらへ〟得たとしたらという心細い仮定の中で、はかない慰めを見出さずにはいられない作者の嘆きが、しみじみと伝わってくる。

余録 藤原清輔朝臣（一一〇四～一一七七）は、79の歌の作者、左京大夫顕輔《あきすけ》の次男。官位は太皇太后宮《たいこうたいごうぐう》大進、正四位下に至る。俊成に比肩するほどの歌人・歌学者であった。「続詞花集」撰進の勅命を受けながら、二条院崩御（一一六五）のため勅撰集には加えられていない。才能の割に恵まれず、どうにもならぬ不満を抱き続けていたであろう。家集に「清輔朝臣集」、歌学書に「奥儀抄《おうぎしょう》」「袋草紙」などがある。

85　夜もすがら　物思ふころは　明けやらで
閨《ねや》のひまさへ　つれなかりけり
俊《しゅん》恵《え》法《ほう》師《し》

歌意　一晩中、恋の嘆きにさいなまれる今日このごろは、なかなか夜が明けようともせずに、寝間の板戸のすきままでも、いっこうに白《しら》んでくる気配もなく、ひとり寝のさびしさに耐えている私のことなど、まるっきり無視しているみたいだワ。

解説　何の悩みがあるというわけでもないのに、深夜にふと目覚め、それからは目が冴えて妙に寝つけない――という体験の持ち主は案外多いであろう。早く寝てしまおうとあせればあせるほど、かえってまんじりともできず、暗闇《くらやみ》の時間

出典　千載集〈十二〉恋二・恋の歌とてよめる（七六五）〈第三句「明けやらぬ」〉

語句　▼**夜もすがら**　「すがら」は、初メカラ終ワリマデの意を表す接尾語。「夜もすがら」は一晩中の意。〝日もすがら〟あるいは〝ひねもす〟の対。　▼**物思ふころは明けやらで**　「物思ふ」は、詞書からも、当然、恋の物思いをする意で、「ころ」というのだから、その状態がある期間に及んでいることを示している。「明けやらで」は、千載集では「明けやらぬ」となっている。「で」は打消の意の接続助詞、「ぬ」は打消の助動詞

の進行が停止してしまったのではあるまいかというような気になってくる。ええくそ！　どうにでもなれ、一晩中でも起きていてやる！　と腹をくくれば、いつかウトウトとしている――こんな体験をふまえて、〝恋の歌とてよめる〟という、題詠の作り歌のお膳《ぜん》立てを整えたものであろう。

こういう体験は恋のときにこそふさわしい。そして、当時のような〝妻問い婚〟の場合には、夫の浮気を事前に封ずる手はなかったから、空閨《くうけい》に泣くのは女性の方と相場はきまっていた。女はただただ夫の来訪を待

の連体形で、「ひま」に直接かかっていく。「で」のときはここでワン・ポーズおくことになる。▼**閨のひまさへつれなかりけり**「閨」は〝寝屋〟で寝室のこと。「ひま」は板戸ノスキ間のこと。「さへ」は添加の意の副助詞、マデガの意。「つれなかり」は形容詞ク活用の連用形で、無情デアル、ソッケナイの意。「閨のひま」を擬人化して、こちらの気持ちを少しも汲んでくれないことへの不満をぶちまけたものである。「けり」は詠嘆の助動詞の終止形。

つしかない。訪れのない夜は、臆測をいっそうたくましくして、恨み嘆き悲しんだにちがいない。上三句が実感となって、体験者にはひしひしと迫ってくることであろう。

また、寝足りた朝の目覚めには、板戸の隙《すき》をもれる朝の光りに、さわやかな一日のはじまりを実感するにちがいない。それを逆手にとって、〝閨のひまさへつれなかりけり〟と芸のこまかいところを見せた。作った歌としてなかなかの巧者ぶりを見せているといえる。

第三句、千載集のままだと、ことばが連なって、全句切れとなる。万葉の歌のような直線的な詠みぶりにはそれでよいが、女性の屈折した心情の表現としては、三句めあたりにワン・ポーズおいた方が味がある。いくら作られた歌であろうと、歌というものは、表現された結果を味わうべきものだから、作者が男性で、しかも僧侶だなどということは関係がない。空閨をもてあまして悶々《もんもん》の情に耐えかねている女心のせつなさが感じ取られればそれでよい。

余録 俊恵法師（一一一三〜？）は74の歌の作者、源俊頼《としより》の子。東大寺の僧であったが、伝記ははっきりしない。71の歌の作者大納言経信《つねのぶ》には孫にあたり、父祖の血をうけてすぐれた歌才をもっており、鴨長明《かものちょうめい》が師事した。自坊を〝歌林苑《えん》〟と称し、月毎《ごと》に歌会を催したことが「無名抄」に書かれている。

86　なげけとて　月やは物を　思はする
かこち顔なる　わが涙かな

西《さい》行《ぎょう》法《ほう》師《し》

歌意　わたしに嘆けといって、月は、物思いをさせるのだろうか、いや、そんなことのあるはずがないのに、まるで月のせいにしているかのように、こぼれ落ちるわたしの涙であることよ。

解説　作者が西行法師だから、〝物を思はする〟は、世を思い、人を思っての物思いかと、いちおうは思わせられるが、〝月にかこつわが涙〟では、やはり恋の物思いとするのが至当である。法師が恋の歌を詠んでいけない道理はないが、脱俗漂泊の詩人のイメージに合いかねる思いをいだかせられる。

出典　千載集〈十五〉恋五・月前恋《げつぜんのこい》といへる心をよめる・円位法師（九二六）

語句　▼**なげけとて**　「なげけ」は動詞の命令形。月が作者に命令するのである。「とて」は内容を示す格助詞〝と〟と接続助詞〝て〟との複合したもの。嘆ケト言ッテの意。　▼**月やは物を思はする**　「やは」は反語の係助詞。結びは、「する」で、使役の助動詞の連体形。ここでことばが切れて、この歌は三句切れである。「物を思ふ」はモノ案ジヲスル意で、詞書を見るまでもなく、恋の物思いととるのが常識である。　▼**かこち顔**

しかし、「千載集」に〝円位法師〟の名で収録されているとしても、必ずしも出家後の作ときまったわけでもないし、出家後の作であろうと、題詠として作られた歌であってみれば、かなりの作意がはたらいていよう。

〝月は無情というけれど、主さん月よりなお無情〟という俚謡《りよう》の文句がある。これは女性の心情をうたっているが、西行の歌も同様に女性の心情を詠じたものと受け取れないこともない。しかし〝主さん〟に相当することばは歌い込められていないのでこれは西行自身の心情と受け取っ

なるわが涙かな 「かこち顔」はカコッテイル顔ツキ。「かこつ」は他ノセイニシテ恨ミ嘆ク意。「かこち顔なる」で形容動詞ナリ活用の連体形。「かな」は詠嘆の終助詞。

てよかろう。それも特定の恋の相手のいない恋情といったような、大らかさが感じられる。それは、男女の恋情から人間愛へと昇華された人恋しさの心情の表白と受け取ることもできる。上の句で、月が物を思わせるのではないと、はっきりと割り切っていながら下の句で、わが涙を月のせいにしないではいられない感情の動きをおさえきれないでいる。——こんな正直さというか、悟りすましたところのないグウタラ性というか、妙に人なつっこいところがあって、こんな点が誰にでも親しみを感じさせるところなのであろう。

余録　西行法師（一一一八〜一一九〇）、北面の武士、左兵衛尉《さひょうえのじょう》佐藤義清《のりきよ》といえばずいぶんいかめしいが、二十三歳で出家、法名を円位、また西行と称したといえば親しみ深い。

西行には逸話が多い。出家に踏み切ったとき、四歳の娘がまつわりつくのを足蹴《あしげ》にかけ、恩愛の絆《きずな》を断ち切る手始めとしたという。頼朝との出会い、高雄の文覚《もんがく》との出会い、白峯《しらみね》での崇徳《すとく》の霊との出会いなど。

また歌人としては、「後鳥羽院御口伝《ごとばのいんごくでん》」に「西行は、おもしろくて、しかも心も殊に深く、ありがたくいできがたき方も共に相兼ねて見ゆ。生得《しやうとく》の歌人と覚ゆ。おぼろげの人、まねびなどすべき歌にあらず。不可説の上手なり」と激賞されている。また「願はくは花の下《した》にて春死なむそのきさらぎの望月《もちづき》のころ」〈山家集・上・春〉と詠み、望み通り、涅《ね》槃会《はんえ》の翌日、建久九年の二月十六日に、東山双林寺の庵《いおり》で往生をとげた。

87
村雨《むらさめ》の　露もまだひぬ　まきの葉に　霧たちのぼる　秋の夕ぐれ

寂《じゃく》蓮《れん》法《ほう》師《し》

歌意　むら雨の露もまだ乾いていないまきの葉に、霧がたちのぼっている秋の夕暮れであるよ。

解説　「枕草子」の第一段に、すでに「秋は夕ぐれ」とあって、秋と夕暮れとのつながりは決定的となっているが、歌の上で、「秋の夕ぐれ」という語が好んで用いられるようになったのは、「新古今集」以後のことといってよい。数多く詠まれた「秋の夕ぐれ」の中で、「新古今集」〈四・秋歌上〉に収録された次の三首が、〝三夕《さんせき》の歌〟として、「秋の夕ぐれ」の代表決定版とされている。

出典　新古今集〈五〉秋下・五十首歌たてまつりし時（四九一）

語句　**▼村雨の露もまだひぬまきの葉に**　「村雨」は群《むれ》になって降る雨の意で、秋から冬にかけて降る驟《しゅう》雨、にわか雨のこと。「の」は連体格の助詞。「露」は雨滴のこと。「も」は強意の係助詞。「まだ」は副詞。「ひ」は動詞ハ行上一段の未然形。漢字を当てると〝干る・乾る〟。「ぬ」は打消の助動詞の連体形。「ひぬ」は「露も」を受けてその述語であると同時に、下にかかって「まきの葉」の連体修飾語ともなっている。「まき」は〝真木〟で、杉・檜《ひのき》など上

さびしさはその色としもなかりけり真木立つ山の秋の夕ぐれ（寂蓮法師）〈三六一〉

心なき身にもあはれはしられけり鴫《しぎ》立つ沢の秋の夕ぐれ（西行法師）〈三六二〉

見渡せば花も紅葉《もみぢ》もなかりけり浦の苫屋《とまや》の秋の夕ぐれ（藤原定家）〈三六三〉

類型化を思わせるほど構文が類似している。上の句に印象を述べて詠嘆の「けり」で終わる三句切れとし、下の句に「真木立つ山」「鴫立つ沢」「浦の苫屋」と具体性をもたせている。ひどいことを言うなら、この三首の歌を上の句と下の句とに分けて、どれとどれを組み合わせてみても不自然さなく成り立つと思われるほどで、こういう歌が珍重されたところに、当時の歌壇の強い傾きが見られる。こういう嗜好《しこう》の裏をかくような

見渡せば山もと霞《かす》むみなせ川夕べは秋となに思ひけん〈新古今・一・春上・太上天皇、三六〉

という、後鳥羽《ごとば》院の一首がある。

寂蓮法師のこの歌は、三夕の「真木立つ山」にくらべて、句

質の建材となるものの美称。「に」は場所を示す格助詞。

▼霧たちのぼる秋の夕ぐれ　「霧―たちのぼる」で主述関係。「たちのぼる」は「まきの葉に」を受けると同時に、下にかかって「秋の夕ぐれ」の連体修飾語ともなっている。「たちのぼる」を終止形とすれば、四句切れということになる。「秋の夕ぐれ」で終わるのは〝名詞止め・体言止め〟であって、感動文である。

句具体性がある上に、全句切れとして、ことばを続けてよんでみると、秋の夕暮れの冷たい感触が実感されるほどの静かな情感の漂うのを覚え、いいかげんな作り歌ではないことを思わせる。枯れきった心境が、自然の心に通って流れ出てきたようなことばのなめらかさと、自然の姿を見落とさぬ確かな眼力とが感じられるのである。

余録

寂蓮法師は俗名藤原定長（?〜一二〇二）といい、藤原俊成の甥《おい》にあたる。はじめ俊成に養われていたが、俊成に子が生まれたので、身をひいて三十余歳で出家した。定家とともに俊成の歌風をうけ、「新古今集」の撰者にも選ばれたが、撰進を見ないうちに没した。出家してからの寂蓮は諸国を行脚して高野にも入り、晩年は嵯峨《さが》に住んだ。

88

難波江《なにはえ》の　葦《あし》のかりねの　ひとよゆゑ
みをつくしてや　恋ひわたるべき

皇《こう》嘉《か》門《もん》院《いん》別《べつ》当《とう》

歌意　難波の入り江に群生する葦の、刈り根の一節《ひとよ》ではないが、たった一夜《ひとよ》の仮り寝の夢を結んだだけのことで、難波江名物の〝澪標《みおつくし》〟ではないが、わが身をつくし、わが命をなげうってまでも、あのお方を恋し続けなければならないのだろうか。

解説　江戸の大奥でもあるまいに、抑圧された恋情を一夜の契りに発散させなければならなかったとすれば、それは単なるポルノ短歌にすぎなくなってしまうが、歌枕を取り入れた序詞に縁語・掛詞を駆使しての表現技巧が、この一首をと

出典　千載集〈十三〉恋三・摂政、右大臣の時の家の歌合に旅宿逢恋といへる心をよめる（八〇六）

語句　▼**難波江の葦のかりねのひとよゆゑ**　「難波江の葦の」は「かりねのひとよ」の序詞。「かりね」は〝刈り根〟と〝仮り寝〟。「ひとよ」は〝一節〟と〝一夜〟との掛詞で、「難波江の葦の」を受けて〝刈り根の一節〟、下にかかって〝仮り寝の一夜〟の意となる。「難波江」は歌枕で、今の大阪湾岸一帯をいう。昔は葦の群生地だったが、今は埋め立てられて昔日のおもかげはない。「刈り根」「一節」は「葦」

りまくムード作りのお膳《ぜん》立てとして、何の無理もなく、自然に醸成されていたのである。

難波江↓葦↓刈り根↓一節↓澪標↓（恋ひ）渡ると、連想が自然に進んで、第五句に至ったとき、「恋ひわたる」という語が〝旅《りょ》宿《しゅく》逢恋《にあふこひ》〟という題詞に立ち戻らせ、頭の回転はここからUターンして初句に戻る。戻る時は電光石火の超スピードで、ああ、これははげしい恋の歌だった

の縁語。**▼みをつくしてや恋ひわたるべき**「みをつくし」は身命ヲナゲウッテイトワヌ意の〝身をつくし〟と、航路標識の「澪標」との掛詞。「澪標」は「難波江」の名物だから、「わたる」と共にその縁語となる。「や」は疑問の係助詞。結びは「べき」で当然の助動詞の連体形。「恋ひわたる」は時間的に相当の長さを恋しつづける意を表す。

のだと、歌の指向するところを瞬時に悟ってしまう。

　その上でこの歌を見直してみると、盛り沢山と思われるまでの技巧が用いられているのに気づく。上の句の「かり寝の一夜」と、下の句の「身を尽くして恋ひわたる」とを対照させ、過ちにも似た一夜がもとで、長年月の重圧になってしまう女心の哀れさが歌い上げられている。哀れさとはいっても、一夜の契りのために、身をつくしてまでも恋いわたることのできるような相手を得ることのできた喜びがその裏に秘められてもいよう。悲しみながら満足し、満足しながら恨んでいるような、女心の複雑さをこの歌は感じさせる。

〝旅宿逢恋〟という題詞や、〝難波江〟という歌枕などから、作者は、旅人と仮り寝の契りを結ぶ遊女の恋を思い描いていたかもしれない。たといそうであっても、他人ごとと見るよりは自分の心情を移したものとみた方が実感をもって迫ってくる。それが空想の中の契りであったとしても、このような気持ちに駆り立てられることもあるにちがいない。

余録　皇嘉門院別当は太皇太后宮亮《たいこうたいごうぐうのすけ》、源俊隆の娘で生没年ともに明らかでない。皇嘉門院は崇徳天皇の皇后聖子《せいし》、作者はそこに出仕した女房で、別当はその呼び名。詞書にある摂政というのは藤原兼実《かねざね》のことで、その右大臣の折に催された歌合に出詠した歌というのである。皇嘉門院は兼実の姉に当たるので、その縁もあって、兼実家の歌合に招かれたのであろう。

89　玉の緒よ　たえなばたえね　ながらへば
　　忍ぶることの　弱りもぞする

式子《しょくし》内《ない》親《しん》王《のう》

歌意　わが命よ、どうせなくなってしまうものなら、この際、すっぱりとなくなってしまっておくれ。このままの状態で生き長らえていようものなら、心に秘めた恋心を、いつまでも包み隠しておく力が弱ってしまいそうな気がしてならない。もしもそんなことになったら、わたしはどうしていいかわからなくなってしまう！

解説　題詠ではあるが、ただの作りごとではない。心中に鬱《うっ》積《せき》していた思いが、たまたま歌題を得て、一挙に吐き出されたというような直情の歌である。「玉の緒よ絶えなば絶

出典　新古今集〈十一〉恋一・百首歌の中に忍ぶる恋（一〇三四）

語句　▼**玉の緒よ**　「玉の緒」は魂ヲツナギトメテオク緒の意で、命のこと。「よ」は呼び掛けの間投助詞。▼**たえなばたえね**　「たえ」は動詞ヤ行下二段の連用形。「な」と「ね」とは完了の助動詞の未然形と命令形。「ば」は順接仮定条件の接続助詞。絶エテシマウノナラ、絶エテシマエの意。▼**ながらへば**　「ながらへ」は動詞ハ行下二段の未然形。「ば」は前項と同じ。モシ生キナガラエテイタトスレバの意。▼**忍ぶることの**

えね」、わたしはもう死んだっていいのだ、イヤ、死んだ方がましなのだ、死んでしまいたいのだ、その方がむしろ気が楽になっていいのだと、一・二句に激情をぶちまけて二句切れとし、

ここにワン・ポーズ置いて、第三句以下に、その激情の生じた理由を、やや冷静に、実はこういうわけなのでと釈明した。この恋は絶対に他聞をはばかる、人に知られてわが身の破滅になることなどいといはせぬにしても、それ以上に堪えがたい、

弱りもぞする　「忍ぶる」は動詞バ行上二段の連体形、ガマンスル、コラエル、タエシノブの意。「の」は主格の助詞。「も」は強意の係助詞。「ぞ」も同様で結びは「する」、動詞サ変の連体形。「ぞ」または「こそ」が「も」と結びついて、「もぞ」「もこそ」となると、……スルト困ルという意を表す。

〝さげすみ〟を受けることになろう。高貴な身分であり、〝斎院〟をも勤めた身は、結婚の自由をも奪われている。そういう境遇を、自分の宿命だと甘んじてはいても、人恋しさの思いをおさえきれない時もあろう。かてて加えて病弱の身、押さえようとすればするほど燃え上がってくる恋情に、じっと耐えていなければならなかった体験があったにちがいない。この歌がもとで定家との〝みそかごと〟〈秘密ノ恋〉が伝えられたのも、この歌の持ち味からみれば、故なしとしない。それほどの真実性をこの歌はもっている。謡曲「定家」では、このみそかごとを〝邪淫《じゃいん》の妄執《もうしゅう》〟ということばで表現しているが、式子内親王が病気のために斎院を退かれた嘉応元年（一一六九）には定家はまだ八歳にすぎなかったから、風評は事実無根といわざるをえない。

余録 式子内親王（?～一二〇一）は後白河天皇の第二皇女（第三皇女とも）で、平治元年（一一五九）に賀茂《かも》の斎院となり、准三宮《じゆさんぐう》の待遇を受けた。病気のため嘉応元年に辞し、そのまま独身生活を続けた。源平争乱の世相の中で、同母兄以仁《もちひと》王の悲運を目のあたりに見たことは大きなショックであったろう。定家とは親しく、歌風の上で影響を受けることが大きく、新古今時代の代表的女流歌人で「後《ご》鳥《と》羽院《ばのいん》御《ご》口《く》伝《でん》」には、「斎院は、殊にもみもみとあるやうに詠まれき」と評されている。

90

見せばやな　雄島《をじま》のあまの　袖《そで》だにも
ぬれにぞぬれし　色はかはらず

殷《いん》富《ぷ》門《もん》院大《いんのたい》輔《ふ》

歌意　見せたいワ、私の袖を。雄島のあまの袖がどんなに濡《ぬ》れるものなのか、あなたはご存知のはずネ。その袖にしたところで、あんなにひどく濡れたにもかかわらず、その色はすこしも変わっていないのヨ。さァ、見てくださいナ、この、色の変わった、私の袖を！

解説　おなじ激しい恋情を表現するにしても、式子《しょくし》内親王のようにストレートに剛球をほうりこんでくるやり方もあれば、この歌のように複雑な変化球を投ずるやり方もある。その複雑さが効果を発揮するのは、〝本歌〟があるからである。

出典　千載集〈十四〉恋四・歌合し侍《はべ》りけるとき、恋の歌とてよめる（八八四）

語句　**▼見せばやな**　「見せ」は動詞サ行下二段の未然形。「ばや」は願望の終助詞。「な」は詠嘆の間投助詞。見セタイナアの意で、初句切れ。
▼雄島のあまの袖だにも　「雄島」は歌枕。宮城県松島湾内の島の一つで、陸岸に近く、小松崎との間に渡月橋がある。「あま」は〝海人・海女〟と書き、漁夫のこと、また潜水して貝・海藻《かいそう》などを採る女。「だに」は軽いものをとりあげて、重いものを類推させる副助詞。この場合は

「見せばやな」の「見せ」は他動詞だから、〝誰が〟〝何を〟〝誰に〟見せたがっているのかと、初句から疑問をもたせておいて、ここで一息いれる。

　それから、「雄島のあまの……」とよみくだしていくと、本歌のあることに気づく。それは「松島や雄島の磯《いそ》にあさりせしあまの袖こそかくはぬれしか」〈後拾遺集・十四・恋四・題しらず・源重《しげ》之《ゆき》・八二八〉という歌

「あまの袖」から〝自分の袖〟を類推させるのである。「も」は強意の係助詞。

▼ぬれにぞぬれし色はかはらず 「ぬれ」は二つとも動詞ラ行下二段連用形。「に」は同じ動詞の間に入れて強める働きの格助詞。「ぞ」は係助詞。結びは「し」で過去の助動詞の連体形と認めれば、ここで切れて、四句切れとなる。またそのまま「色」へ続けてみると、結びは流れて係り結びは成立しない。「色」は〝袖〟の染色のこと。「ず」は打消の助動詞の終止形。

で、現代の私たちこそ、こんな歌のあることなど知りもしないが、当時の教養ある人々にとっては、知らないことの方が非常識なのである。本歌では、〈松島の雄島の磯で漁をしていた海女《あま》の袖が、ホラこの私の袖が涙で濡れているほどに、はげしく濡れていましたヨ〉と言い、あまの袖以外に、私の袖ほどに濡れた袖なんてみたことがないと強調し、相手の無情をなじるのである。

この歌をふまえて「雄島のあまの袖」といえば、それは波間にひたって乾くまもなく濡れる袖であることを相手に思い知らせることができる。その袖さえも「色はかはらず」というのだから、初句にもどって「見せばやな」が、〝何を〟見せたがっているのかがはっきりする。つまり、わたしの、色の変わった袖を見せたい、波をうけても変色しないあまの袖以上に、わたしの袖が変色しているのは、血の涙を流して泣いているからですと、言外に恨みをこめて、無情な男の心の底にくいこんでいくのである。

「雄島のあま」の「あま」は、作者が女性だから〝海女〟とみるとぴったりする。潜水《かづき》する海女の苦しさ〟が、作者の恋の苦しさにも通い、一首全体をしんみりとした情感にひたらせる。

余録 殷富門院大輔は藤原信成の娘。後白河の第一皇女殷富門院亮子《りょうし》〈式子内親王と同腹〉に仕えた。生没の年は明らかでないが、平安末期の女流歌人として知られた。

91　きりぎりす　鳴くや霜夜の　さむしろに
衣《ころも》かたしき　ひとりかも寝む

後京極摂政前太政大臣《ごきょうごくせっしょうさきのだいじょうだいじん》

歌意　こおろぎの鳴く霜の夜の寒々とした敷物に、着たままの着物の片袖《かたそで》を敷いて、ひとりぼっちで寝るのだろうかなァ。

解説　これは〝本歌取り〟の歌で、本歌と認められるものに

わが恋ふる妹《いも》は逢《あ》はさず玉の浦に衣片敷きひとりかも寝む
〈万葉・九・一六九二〉

さむしろに衣片敷きこよひもや恋しき人にあはでのみ寝む
〈伊勢物語・六三段〉

出典　新古今集〈五〉秋下・百首歌たてまつりし時・摂政太政大臣（五一八）

語句　▼**きりぎりす**　コオロギの古名。「平家物語」〈七・福原落〉に「蟋蟀《しっそつ》のきりぎりす」とある。　▼**鳴くや霜夜のさむしろに**　「や」は詠嘆の間投助詞。「霜夜」は霜ノ置イタ寒イ夜。「の」は連体格の助詞。「さむしろ」はワラなどで編んだ粗末な敷物。「さ」は接頭語であるが、「さむしろ」に〝寒し〟を掛けて、寒々トシタムシロの意とする。「に」は場所を示す格助詞。　▼**衣かたしきひとりかも寝む**　「衣かたしき」は着物

さむしろに衣片敷きこよひもや我を待つらん宇治の橋姫
〈古今・十四・六八九〉
あしびきの山鳥の尾のしだり尾のながながし夜をひとりかも寝む〈拾遺・十三・七七八〉

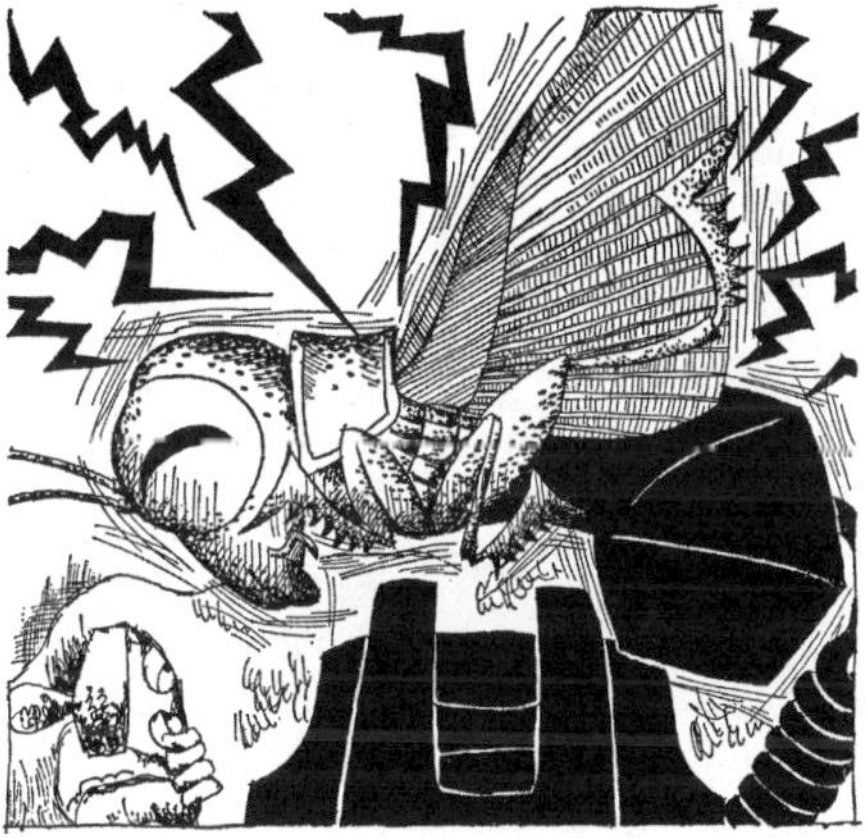

などがある。この歌は秋の歌として詠まれ、秋夜のわびしさが、〝きりぎりす〟〝霜夜〟〝さむしろ〟〝衣片敷き〟〝ひとり寝〟と、各句に強調される中に、何かしら人肌の暖かさが恋しくなってくるような思いを、しみじみと感じさせてくれる。

　しかし、摂政太政

ノ片袖ダケヲ敷イテ寝ルコトで、昔は、男女が互いに袖を敷きかわして寝たことから、〝衣片敷く〟とか〝片敷く袖〟とかいえば、さびしく独り寝をする意を表す。「か」は疑問の係助詞。結びは「む」で、推量の助動詞の連体形。「も」は詠嘆の係助詞。「寝」は動詞ナ行下二段の未然形。直訳すれば、ヒトリ寝ルノダロウカ、マア。

大臣というような地位にある人にとって、この歌がどのようなかかわり合いをもつのだろうか。いかに〝旅寝〟であろうと、このようなわびしい思いはしなくてすんだであろう。ここに表現されているのは、作者の生活とは全くかかわり合いのない、貧しい庶民の生活である。土間に敷いた荒莚《あらむしろ》の上に、身を屈《かが》めてのひとり寝のわびしさになれてしまい、わびしさをわびしいとも感じられなくなっている無気力な庶民の生活を、自分とは無縁の世界の〝わび歌〟の歌材としてしか扱えないとすれば、政治家としては失格であろう。しかし、「ひとりかも寝む」と、わずかに疑問の意を残しつつも、そのような境遇の中に、たとい仮りそめにでも、わが身をひきあてて作歌し得たというのは、彼が庶民の生活に大きな関心をよせるものとして、評価してもよいだろう。彼の在職中にどれほどの善政の成果があがったかどうかは問わず、要するに人がらの問題というべきなのであろう。

余録 後京極摂政前太政大臣は藤原良経《よしつね》（一一六九～一二〇六）。摂政九条兼実《かねざね》の二男。建仁二年（一二〇二）に摂政。元久元年（一二〇四）に太政大臣。建永元年（一二〇六）三十八歳で急死した。なかなかの学者であり、和歌にも秀で、書道にもすぐれていた。後鳥羽《ごとば》院の信任があつく、建仁元年（一二〇一）〝和歌所〟が設置されて〝寄人〟となり、「新古今集」の撰進に大きな力を藉《か》した。その仮名序を書き、巻頭の歌は彼の作である。家集に「秋篠月清集《あきしののげつせいしゅう》」がある。

92

わが袖《そで》は　潮干にみえぬ　沖の石の
人こそしらね　かわくまもなし

二《に》条院《じょういんのさぬ》讃岐《き》

歌意　わたしの袖は、引き潮になった時にも、誰の目にもはいらぬ沖の石のようなもので、人は誰も知らないけれど、一瞬のまも乾いたことがないのです。

解説　万葉風にいえば〝寄物陳思〟〈物に寄せて思いを陳《の》ぶ〉の歌で、物が石、思いが恋となり、石と恋との取り合わせがユニークで、しかもその石を人目につくことのない沖の石、恋は人目に立たぬ片思いの忍ぶ恋、その思いに耐えかねて、袖の乾くまもないほどに泣き濡れているばかり――文字通りにずいぶんウエットな内容の歌でありながら、じめじめした感じ

出典　千載集〈十二〉恋二・寄レ石恋といへる心を（七五九）〈第五句「かわくまもなき」〉

語句　▼**わが袖は潮干にみえぬ沖の石の**　「わが袖」を「潮干にみえぬ沖の石」にたとえた。「石の」の「の」はたとえの格助詞。「わが袖」の「かわくまもな」いことを効果的に述べようとするのである。「潮干」は引き潮のこと。「に」は時を示す格助詞。「みえ」は動詞ヤ行下二段の未然形。「ぬ」は打消の助動詞の連体形。▼**人こそしらねかわくまもなし**　「こそ」は強意の係助詞、結びは「ね」で打消

のないのが不思議である。作者は源三位《げんさんみ》頼政《よりまさ》の娘で、女性とはいえ、武人の娘としてシンの強いところがあったのであろう。治承四年（一一八〇）に頼政は以仁《もちひと》王を奉じて挙兵したが、武運拙《つたな》く宇治で敗死している。作者にとっても決して暮らしよい世界ではなかったろう。恋をも含めたあらゆる生活の面で、〝潮干にみえぬ沖の石〟のように、忍従を余儀なくされ、人には見せ

の助動詞の已然形。ここでことばが終わらず次へつづいて、人ハ知ラナイガと逆接の意を生ずる。「ま」は名詞で〝時間〟の意。「も」は強意の係助詞。「なし」は形容詞。

ぬ涙の乾くまのなかったことが想像される。それをめそめそとした口調ではなく、巧妙な比喩を用いて、感情をまじえようとはせずに、事実をそのまま表現するという詠み口でからりと歌い上げている。この歌は名歌として大方の賞賛を博し、「沖の石の讃岐」と称せられた。

余録　源三位頼政が文武兼備の武将であったことは、「平家物語」〈四・鵼《ぬえ》〉を読んだ人なら誰でも知っている。述懐の歌を詠んで昇殿を許されたり、三位を得たりしている。これは歌の徳ばかりとはいえまい。また両度の鵼退治も有名な話であり、いずれの場合にも、賞賛の上の句を詠みかけられたとき、みごとな下の句をつけて応じている。「弓矢をとってならびなきのみならず、歌道もすぐれたりけりとぞ、君も臣も御感ありける」と述べられている。

二条院讃岐は源頼政の娘で、永治元年（一一四一）ごろから建保五年（一二一七）ごろに生存したとされる。二条天皇（在位一一五八〜一一六五）の女房となり、崩御の後は藤原重頼と結婚し、建久ごろには後鳥羽院の中宮宜秋門院にも仕えている。のち出家した。

93　世の中は　つねにもがもな　なぎさこぐ
あまの小舟《をぶね》の　つなでかなしも

鎌《かま》倉《くらのう》右大《だい》臣《じん》

歌意　世の中は常住不変のものであってほしいと切望する。海岸に平行して漕《こ》いでゆく漁夫の小舟につけた引き綱を見ると、ほんとに、胸をしめつけられるような思いを抱かずにはいられないのダ。

解説　この歌の作者が、鎌倉右大臣源実朝《さねとも》であるということが、この歌の鑑賞のポーズを左右するであろう。実朝は政情不安定の中に鎌倉幕府第三代の将軍となり、やがて、甥《おい》の公暁《くぎよう》に暗殺されるという悲劇の政治家である。そういう暗いかげが、いつ、いかなる時にもついて回っているような感じ

出典　新勅撰集〈八〉羇旅《きりよ》・題しらず（五二五）

語句　▼**世の中はつねにもがもな**　「は」は強意の係助詞。「つね」は〝常住〟〈不変〉の意で〝無常〟〈変易〉の反対語。「に」は断定の助動詞の連用形。「つねに」で形容動詞ナリ活用の連用形としてもよい。「もが」は願望の終助詞。「も」は詠嘆の終助詞。「な」も詠嘆の終助詞。「もがもな」と複合させて願望の終助詞としてよい。コノ世ノ中ハ常住不変デアッテホシイモノダの意でことばが切れ、二句切れとなっている。▼**なぎさこぐあまの小舟の**

する。

「世の中はつねにもがもな」と望むのは、この世の中が常住不変なるものでは決してあり得ないことを、いやというほど思い知らされた上での発想である。この世は無常だ、ちっぽけな人間の力なんかでどうなるものでもないと諦観《ていかん》したとき、何かにすがるような思いで「世の中はつねにもがもな」という祈りにも似たことばが口をついて出てくる。祈ったところで、やはりどうにもならぬとわかっていても、それでも祈らなければ心は落ち着くまい。そんな思い

つなでかなしも　「なぎさこぐ」は波打際に近く平行して漕いでゆく意。「つなで」を用いると、こういう漕ぎ方になる。「あま」は〝海士〟で漁夫。「つなで」は〝綱手縄〟ともいい、舟につないで引いてゆく綱で、〝引き綱〟ともいう。「かなし」は悲哀の感情を表すだけのことばではなく、心をしめつけられるような底深い複雑な心情を表すことばである。「も」は詠嘆の終助詞。

の中で見る「なぎさこぐあまの小舟のつなで」に、深い〝かなしみ〟を覚えたのである。祈りと〝つなで〟との間には因果関係はあるまいが、「土佐日記」〈二月一日〉に「引く舟の綱手の長き春の日を四十日五十日《よそかいか》までわれは経にけり」という歌があって、綱手の長いのを、春の日永になぞらえているところからみても、舟を引く悠々《ゆうゆう》たる動作と、長く延びた引き綱とが、永遠なるものへのあこがれを触発したのかもしれない。それはとにかく、人間というものは、何か深く思いつめたときには、どんなものにも深い感動を覚えさせられるものだということはいえる。祈りと綱手とはやはり無縁ではあるまい。

実朝はいちおう万葉調の歌人だとされているが、定家に師事して当世風の歌を詠む中に、万葉への傾きを強く見せた作品もあったのである。この歌の用語も「万葉集」の「河の上《へ》のゆつ岩群《むら》に草生さず常にもがもな常処女《とこをとめ》にて」〈二二〉や、古風を伝える「古今集」の「みちのくはいづくはあれど塩釜《しほがま》の浦こぐ舟のつなでかなしも」〈みちのくうた・一〇八八〉に借りている。

余録 鎌倉右大臣は源実朝（一一九二〜一二一九）で頼朝の二男。建仁三年（一二〇三）兄頼家のあとをうけて征夷《せいい》大将軍となる。建保六年（一二一八）右大臣。翌年正月、鶴岡八幡宮に社参の折、頼家の子公暁に殺された。二十八歳。実朝は京都文化に強いあこがれを抱き、妻も公卿の娘から迎え、貴族風な生活を営んだ。家集は「金槐《きんかい》集」で、万葉調の歌を含んでいる点が、当時としては異色であった。

94

み吉野《よしの》の　山の秋風　さ夜ふけて
ふるさと寒く　衣うつなり

参《さん》議《ぎ》雅《まさ》経《つね》

歌意　吉野の山に秋の風が吹き、夜も更けて、旧都の里は寒む寒むとして、どうやら砧《きぬた》を打っているらしい音が聞こえてくる。

解説　本歌取りの歌で、「み吉野の山の白雪つもるらしふるさと寒くなりまさるなり」〈古今集・六・冬・ならの京にまかれりける時に、やどれりける所にてよめる・坂上これのり・三二五〉にもとづく。この歌は〝ふるさと寒くなりまさるなり〟という事実から、〝み吉野の山の白雪つもるらし〟と推定しているのであって、〝ふるさと〟は詞書の〝ならの京〟

出典　新古今集〈五〉秋下・擣《たう》衣のころを（四八三）

語句　▼**み吉野の山の秋風**　「み吉野」の「み」は美称の接頭語。「吉野の山」は歌枕。かつて離宮のあった地。特に持統天皇は吉野の地を愛して、しばしば行幸され、従駕《しゅうが》の人麻呂の詠じた応詔の歌が「万葉集」に見られる。▼**さ夜ふけて**　「さ」は語調をととのえる接頭語。〝さ夜〟と〝ふけて〟とは主述関係、夜の時間が進行していっての意。▼**ふるさと寒く**　「ふるさと」は、古く物事のあった土地、旧跡、旧都の意。〝ふるさと〟と〝寒く〟とは主述関係。

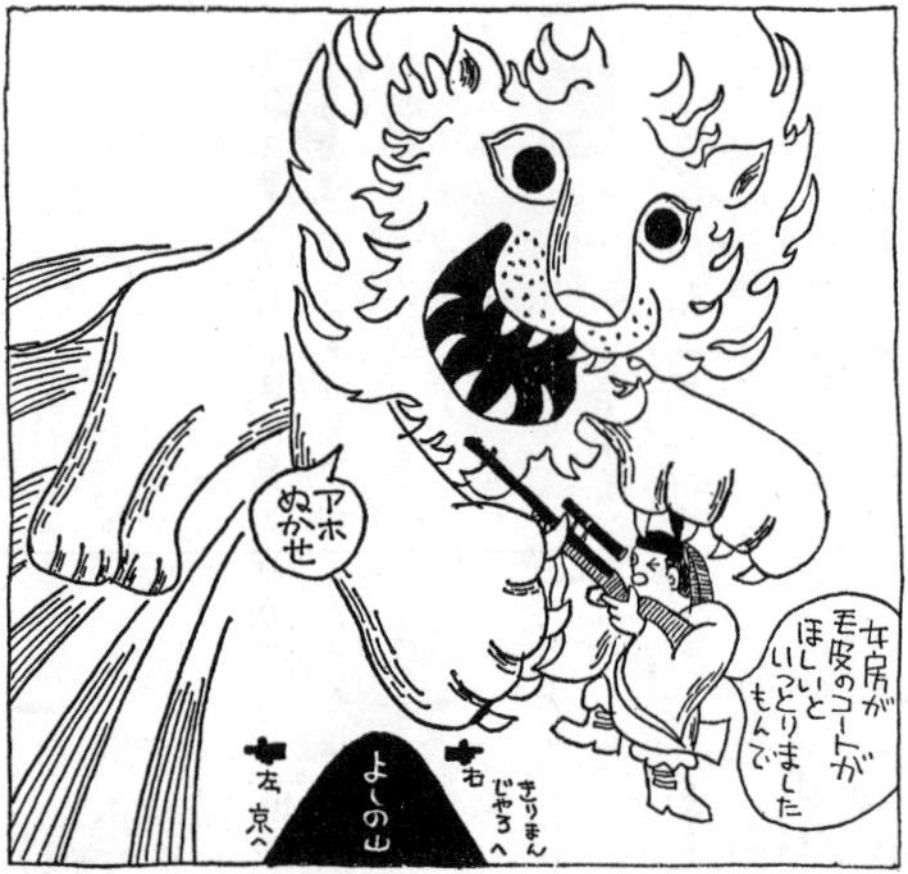

をさしている。この歌の〝ふるさと〟も旧都たる〝ならの京〟をさしていることはもちろんである。

本歌では、作者は〝ならの京〟に身を置いて、その地の寒さを実感しつつ、吉野の山の雪を連想している。見えてはいないが、当然、雪は積もっていることだろう。本歌には、寒さと雪とにつつまれた〝静〟の世界があるばかり。この歌は題詠で、吉野山と寒さという共通の素材を藉《か》りながら、〝白雪〟を〝秋風〟に置き換えて季を

〝寒く〟は連用形だから、〝衣うつなり〟にかかる連用修飾語ともなる。▼**衣うつなり** 「衣うつ」は題詞の「擣衣」のことで、これは音で〝たうい〟訓で〝きぬた〟、返読で〝ころもをうつ〟と読むことができる。〝きぬた〟は〝きぬいた〟〈衣板〉の約で、布をやわらげたり、つやを出したりするのに用いる木または石の台。またそれを打つこと。「なり」は推定の助動詞の終止形。砧ヲウッテイルラシイ。

移し、砧の音を導入して、〝静〟の世界を〝動〟の世界に変貌させている。

〝み吉野の山の秋風〟という語は、どこへ続くこともなくここで切れて小休止がある。これがこの歌全体のバックになる。「さ夜ふけてふるさと寒く衣うつなり」の衣打つ音と響き合うかのごとく、み吉野の山の秋風が動くのである。その風は肌に感ずる風ではないかもしれない。しかし心象の世界にあって、砧の音をひき立たせ、秋のわびしさを心の底にしみこませるのである。〝吉野の山〟〝秋風〟〝さ夜ふけ〟〝ふるさと寒く〟〝衣うつ〟と、句々みな秋のものさびしい思いをかき立てるものばかり、本歌によりかかりながら、本歌にはない世界を創造している手腕はさすがだといいたい。

ちなみに、李白の五言古詩「子夜呉歌《しやごか》」に、

長安一片ノ月　万戸擣《うツ》レ衣ヲ声
秋風吹イテ不レ尽キ　総テ是レ玉関ノ情
何《いずレノ》日カ平ラゲ二胡《こ》虜《りよノ》一　良人罷《やメン》二遠征ヲ一

とある。〝擣衣のこころ〟を歌にしようとしたとき、作者の脳裏にはこの詩が浮かんでいたはずである。

余録　参議雅経は藤原雅経（一一七〇～一二二一）で「新古今集」の撰者の一人。承《じょう》久《きゅう》二年（一二二〇）に参議となり翌年に没した。後鳥羽《ごとば》・土御門《つちみかど》・順徳の三代に仕え、和歌は俊成を師とした。蹴鞠《けまり》にもすぐれ、飛鳥井《あすかい》家の祖となった。

95　おほけなく　うき世の民《たみ》に　おほふかな
　　わが立つ杣《そま》に　墨染《すみぞめ》の袖《そで》
前大僧正慈円《さきのだいそうじょうじえん》

歌意　身のほどをわきまえないと言われても致し方ないが、比叡《ひえい》のみ山に、仏に仕える身として住みはじめたわたくしは、俗世の人々が、平穏な生活が営めるように、仏のご加護を切に祈願していることなのだ。

解説　作者は自ら〝おほけなく〟と言っている。ではどんなことがどうして身分不相応になるのか。それは、比叡山には高僧名僧も多かろうに、その人たちをさし置いて、〝若僧〟の作者が、仏の慈悲の仲介者はわれなりと言わぬばかりにしゃしゃり出たように受け取られるかも知れないことを考慮に

出典　千載集〈十七〉雑中・題しらず・法印慈円（一一三四）

語句　▼おほけなく　身分不相応デアル、身ノホドヲワキマエナイの意の形容詞。▼うき世の民におほふかな　「うき世」は仏教的感覚からいうと、四苦八苦の充満したこの世の中、〝憂き世〟ということ。「民」は世間一般の人をさしている。「おほふ」は、結句にある〝墨染の袖〟を〝うき世の民〟の上に、覆イカブセル意で、自分が僧の身として〝衆《しゅ》生《じょう》済度〟の実をあげようとする覚悟を、いみじくも表明したもの。「かな」は詠嘆の終助詞。▼わが立

入れて、前もっての弁明を試みたものと受け取っておこう。作者の生年は久寿二年（一一五五）、「千載集」の撰進は寿永二年（一一八三）だから、この歌を詠んだのは、せいぜい三十前後の若僧のときであった。だから、一応は、「おほけなく」という〝隠れ蓑〟を表立てておくことが必要だったということになろう。

　それにもかかわらず、伝教《でんぎょう》大師の衣鉢《いはつ》をついで、比叡の山に仏教者として在ることの自覚が、わが「墨染の袖」を「うき世の民におほふ」ことを宣言せしめたのである。慈円が「わが立つ杣」と

つ杣に墨染の袖　「杣」は杣山で、植林した木を切り出すための山のこと。「わが立つ杣」といえば、伝教大師が比叡山に根本中堂を建立したときに「阿耨多羅三藐三菩提の仏たちわが立つ杣に冥加あらせたまへ」〈新古今集・二十・釈教歌・一九二一〉と詠んだ歌によって、「比叡山」をさすことになる。「墨染の袖」は僧衣のこと。「墨染」に〝住み初め〟の意が掛けてある。

言った以上、伝教大師の分身となって、〝阿耨多羅三藐三菩提《あのくたらさんみやくさんぼだい》の仏たち〟〈最高の真理を保持する仏たち〉の〝冥加《みようが》〟の〝うき世の民〟に加えられんことを祈念しているのである。慈円が祈ってやらなければ、〝うき世の民〟は救われそうにもない。騒然たる世情は、王城鎮護、万民安堵《あんど》を祈念すべき修行道場たる寺院をも争乱の渦中に捲《ま》き込んでしまい、〝うき世の民〟はまったく見捨てられてしまっている。〝時〟の流れを冷徹に見定めることのできる頭脳と、人間愛にもえる暖かい精神とをもって、世相のなりゆき、政治のありさまを眺《なが》めたとき、やり場のない義憤をおさえきれなかったにちがいない。その激しい気魄《きはく》が、万民救済の祈りとなって表現されたのである。

余録 前大僧正慈円（一一五五〜一二二五）は76の歌の作者、法性寺《ほつしようじ》入道藤原忠通の六男で、関白兼実《かねざね》の弟、91の歌の作者藤原良経《よしつね》の叔父《おじ》にあたる。十歳の時父の死に遇い、十三歳で出家。その後諸寺を歴任し、建久三年（一一九二）には権僧正に任ぜられ、天台座主《ざす》となり、護持僧〈玉体ノ平穏ヲ祈禱《きとう》スル僧〉に補せられた。兄の関白就任とともに政治的権力も加わり、朝廷の信任もあつく、頼朝とも親しかった。歌道には早くから親しみ、歌人たちとの交渉も深かった。家集は「拾玉集」。外に異色ある史論書「愚管抄《ぐかんしよう》」七巻を残している。

96

花さそふ　嵐《あらし》の庭の　雪ならで
ふりゆくものは　わが身なりけり

入道前太政大臣《にゅうどうさきのだいじょうだいじん》

歌意　桜の花をさそい吹き散らすはげしい風の吹く庭は、一面に花吹雪《はなふぶき》が舞っているが、その降りゆく雪ではなくて、年老いて、古りゆくものは、実はこのわが身だったのだナア。

解説　落花を凋落《ちょうらく》のシンボルとするのは常套《じょうとう》手段である。散り際の美しい桜は、凋落の悲しみさえも、カラリとした美しさに置き換えてしまう。華麗に咲いて華麗なままに散ってゆく花の美しさは、華麗な舞台に幕が降ろされたあとの満足感と寂寥《せきりょう》感との交錯した微妙な感情に似ている。夢よもう一

出典　新勅撰集〈十六〉雑一・落花をよみ侍りける（一〇五四）

語句　▼**花さそふ**　花ヲサソイ散ラセルの意。　▼**嵐の庭の雪ならで**　「嵐の庭」はハゲシイ風ノ吹ク庭の意。「雪」は雪ノヨウニ散ル花の意で、花吹雪のこと。「なら」は断定の助動詞の未然形。「で」は打消の接続助詞。▼**ふりゆくものは**　「ふりゆく」は掛詞で、上の〝雪〟をうけて「降りゆく」、下のわが身にかかって「古りゆく」の意となる。「は」は他と区別して強めるはたらきの係助詞。　▼**わが身なりけり**　「なり」は断定

度！　と願っても、夢となった現実はどこまでも夢であって、再び現実となってもどってくることはない。その現実が、華麗なる現実であればあるほど、夢を懐かしむ気持ちも大きく、かえらぬ夢に対する哀惜の情も深い。

作者は藤原公経《きんつね》、動乱の世の中をたくみに泳いで太政大臣にまで昇進した。時には危い橋も渡ったであろうが、結ぶべきものとはたくみに結び、幕府方とも朝廷方とも縁を結び、ゆるがぬ地位をかためていった。具体的にいうと、頼朝の妹婿一条能《よし》

の助動詞の連用形。「けり」は詠嘆の助動詞の終止形。

保《やす》の娘を妻とし、承久《じょうきゅう》の変に際してはいち早く鎌倉方に急報し、乱後は急激に威勢を増し、孫の頼経《よりつね》は鎌倉の将軍に、孫娘は後堀河天皇の中宮に、みずからは太政大臣となり、京都北山に西園寺《さいおんじ》を造営し、かつての御堂《みどう》関白藤原道長にも匹敵するほどの繁栄を築き上げた。

そこで、二人の歌を比較してみると、道長のは「望月のかけたることのなしと思へば」〈前出、二五三頁〉であり、公経のは「ふりゆくものはわが身なりけり」である。道長は完璧《かんぺき》の繁栄に酔いしれて凋落《ちょうらく》の気配を感知することができず、公経は繁栄のさ中にわが身にきざす老衰の暗いかげを感じとっている。二人の個人的な性格の差にもよるであろうが、公経の方は激しい動乱、不安定な政情の中にかちとった繁栄だけに、常に累卵の危惧《きぐ》を感じていたのかもしれない。

豪奢《ごうしゃ》な生活の中にわが身をかえりみて、花吹雪のさ中にあって、満足と寂寥《せきりょう》とを感じている作者の姿には、道長の傲慢《ごうまん》さには見られぬ人間味があって、親しみを覚えるのである。

余録　入道前太政大臣は藤原公経（一一七一〜一二四四）のことで、その一面については前文に述べた。姉が藤原定家に縁づいており、定家と公経とは義兄弟ということになる。歌人としての才能もすぐれていた。

97　こぬ人を　まつほの浦の　夕なぎに
やくやもしほの　身もこがれつつ

権《ごん》中《ちゅうな》納言《ごん》定《てい》家《か》

歌意　いくら待っても来るあてのないあのお方、もしや……とはかない望みをかけて、待たずにいられないこのわたしのやるせなさ、それはちょうど、松帆の浦で、夕凪《ゆうなぎ》のころになると、藻塩《もしお》を焼く煙がはかなく立ちのぼってゆくであろうが、その藻塩が焼かれて焦げるように、わたしの身も、やるせない恋心に焼け焦げて、恋の嘆きの果てることもあるまいと思われるのです。

解説　定家は、みずからの撰定した〝小倉百人一首〟に自作の一首として、この歌を撰入したのだから、よほどの

出典　新勅撰集〈十三〉恋三・建保《けんぽう》六年内裏《だいり》の歌合の恋の歌（八五一）

語句　▼**こぬ人を**　「こぬ人」は、訪ネテクルコトヲ待チワビテイルノニ、イッコウニ音沙汰《さた》ノナイ人の意。▼**まつほの浦の**　「まつ」は掛詞で、上を受けて〝待つ〟、下にかかって〝松帆の浦〟と地名になる。「松帆の浦」は淡路島北端の歌枕。▼**夕なぎに**　「夕なぎ」は夕方の凪《なぎ》で、無風状態。「に」は時を示す格助詞。▼**やくやもしほの**　「もしほ」は、海藻《かいそう》に海水を注いで塩分を多く含ませ、これを焼いて水にとかし、さら

かれ〜〜
この煙のように
空を舞い
炎のように
燃えつきたい
私の恋なのに
もうすっかり
塩がきいて…
そのからさを
あなたは知るがいい

自信作、快心の一首だったということになる。この歌には序詞が用いてあるので、それを省き去ると、歌意は〝こぬ人を待つ身のこがれつつ〟というだけの、何の変哲もないものとなってしまう。しかしこの序詞は無意味に用いられたのではない。これは「万葉集」〈巻六〉笠金村《かさのかなむら》の長歌「名寸隅《なきずみ》の船瀬ゆ見ゆる　淡路《あはぢ》島松帆の浦に　朝《あさ》凪《なぎ》に玉藻刈りつつ　夕凪に藻塩焼きつつ　海《あま》少女《をとめ》ありとは聞けど　見に行かむ縁《よし》のなければ　丈夫《ますらを》の情《こころ》は無しに　手弱女《たわやめ》の思ひたわみて　徘徊《たもとほ》りわれはそ恋ふる　船楫《ふねかぢ》を無《な》み」（九三五）を本歌としている。金村の歌は男性の側から詠じているが、恋情と

に煮つめて製した塩で、〝もしほやく〟などと、多く歌によまれている。「や」は間投助詞で、一種の感慨をこめて用いられる。「の」はたとえの格助詞で、「まつほの浦の夕なぎにやくやもしほの」が「こがれ」の序詞になる。

▼**身もこがれつつ**　「も」は他に同類のあることを示す係助詞で、〝もしほ〟もこがれることを示す。「こがれ」は塩が焼かれ焦げる意と、恋のため心のさいなまれる意とを表す。「つつ」は反復・継続の接続助詞。〝やく〟〝もしほ〟〝こがれ〟は縁語。

いうには程遠い、にえきらないあこがれの心を詠じたにすぎない。定家は換骨奪胎《かんこつだったい》の妙を示し、金村的発想から全く脱却して、にえきらない男性の歌が、激しく身を焼く女性の恋情に変身させられてしまった。金村の場合、実景として用いられた松帆の浦の、朝凪の玉藻、夕凪の藻塩が、定家の場合には序詞のたとえとなって、身を焼く激しさを、激しさにまかせて露骨に表現するのではなく、夕凪に藻塩焼く松帆の浦の風景を、実景としてではなく、観念の世界の中に作り上げて、かえって、無情な男の心に深くくい入る情感の世界を作り上げている。さすがは当代第一の歌人の作というにふさわしい。

余録 権中納言定家（一一六二〜一二四一）は藤原俊成《しゅんぜい》の子。「新古今集」の撰者の一人で、当代を代表する歌人の第一人者。晩年には単独で「新勅撰集」を撰進している。歌風は俊成の〝幽玄体〟をさらにおし進め、妖艶《ようえん》巧智な〝有心《うしん》体〟を樹立した。家集を「拾遺愚草」といい、歌論書に「近代秀歌」「毎月抄」などがある。また彼は大へんな勉強家で、「明月記」という膨大な日記を書き残しており、鎌倉時代を研究する上での貴重な資料となっているほか、晩年には特に古典本文の校定に意を用い、彼のこの仕事のおかげで、今日に伝えられた古典も少なからずあり、〝定家本〟と称して重んじられている。その書体にも一種独特の風格があり、彼自身は無類の悪筆と思っていたようだが、〝定家流〟という書道の始祖とあがめられている。

98　風そよぐ　ならの小川の　夕ぐれは
みそぎぞ夏の　しるしなりける

従《じゅ》二《に》位《い》家《いえ》隆《たか》

歌意　風がそよそよと吹いて楢《なら》の葉ずれの音のする、この〝ならの小川〟の夕暮れのムードは、もはやすっかり秋のものらしくなってしまったが、折から催し行われている〝みそぎ〟の神事を見れば、今日一日だけのことであっても、まだ夏であることのしるしだったのだなァと気がついたことだ。

解説　〝国土開発〟という美名にかくれ、人間のいとなみは、日本の国土から〝緑〟を失いつつあるが、〝自然破壊〟はそれのみにとどまらず、〝季節感の喪失〟にまで及んでいる。

出典　新勅撰集〈三〉夏・寛喜元年、女御入内《にょうごじゅだい》の屏風《びょうぶ》・正三位家隆（一九二）

語句　**▼風そよぐならの小川の夕ぐれは**　「風—そよぐ」は主述関係で、「夕ぐれ」にかかる連体修飾節となる。「そよぐ」はソヨソヨト音ノスルの意。「ならの小川」は京都上賀茂《かみがも》神社の御手洗川《みたらしがわ》〈参拝者ガ手ヲ洗イ口ヲソソグタメノ川〉で歌枕。「なら」は川の名であるとともに、「風そよぐ」をうけて〝楢〟の木との掛詞とされる。　**▼みそぎぞ夏のしるしなりける**　「みそぎ」は〝みそそぎ〟の約で、身についたけがれを払うため、

早い話が、季節の味覚などというものも、促成・抑制・冷蔵などの技術が進んで、特別な意味をもたなくなってしまい、夏暑く冬寒いはずの季節の感覚も、冷暖房の利きすぎで、夏寒く冬暑い場合さえあり得る。肉体面でも、感覚面でも季節が失われ、心身ともに変調をきたしてしまっているときに、こんな歌を見ると、ほっとして救われたような気持ちになるだろう。

　日本の季節の進行は極めて規則正しくしかも微妙である。「徒然草」に「春暮れて後《のち》夏になり、夏果てて秋の来るにはあ

または重大な神事を行う前に、川で身を洗い清めることをいうが、ここは六月晦《みそ》日《か》に行われる、いわゆる〝夏越《なご》し祓《はらえ》〟または〝六月《みなつき》祓《ばらえ》〟といわれる神事で、〝人形《ひとがた》流し〟とか〝茅《ち》の輪くぐり〟などが行われる。「ぞ」は強意の係助詞。結びは「ける」で詠嘆の助動詞の連体形。「夏のしるし」は夏デアルコトヲ証拠ダテル行事の意。「なり」は断定の助動詞の連用形。

らず。春はやがて夏の気をもよほし、夏より既に秋はかよひ、秋は則《すなは》ち寒くなり、十月は小春の天気、草も青くなり、梅もつぼみぬ」〈第一五五段〉と、実にうまいこと言っている。

この歌は「新勅撰集」夏の部の最後の歌で、〝みそぎ〟がテーマだから当然ではあるが、ただその〝みそぎ〟だけが〝夏のしるし〟であって、〝風そよぐならの小川の夕ぐれ〟は全く秋の気配をただよわせているというので、「徒然草」のいう「夏より既に秋はかよひ」に、ぴったりとはまっている。こういう季節感を強烈に表現したものとして、百人一首では、2の持統天皇の「春すぎて夏来にけらし」の歌がある。巻首に近く春から夏への推移の歌を置き、巻末に近く夏から秋への推移の歌を置いたのも、心あってのことであろう。

この歌も本歌取りで、「みそぎするならの小川の河風に祈りぞわたる下《した》にたえじと」〈新古今・恋五・八代女王《やしろのおおきみ》・一三七五〉「夏山のならの葉そよぐ夕ぐれはことしも秋のここちこそすれ」〈後拾遺・夏・源頼綱朝臣・二三一〉が本歌とされる。

余録　従二位家隆（一一五八～一二三七）は権中納言藤原光隆の子。歌は俊成を師とし、定家と並び称せられた。「新古今集」の撰者の一人。後鳥羽《ごとば》院の信任があつく、承久《じょうきゅう》三年（一二二一）院の隠岐《おき》配流後も音信を絶たなかった。

99　人もをし　人もうらめし　あぢきなく
世を思ふゆゑに　物思ふ身は
後《ご》鳥《と》羽《ば》院《いん》

歌意　あるときには人をいとおしくも思う。またあるときには人を恨めしくも思う。この世のなりゆきが思うにまかせず、情けなく思うがゆえに、何事にも屈託して、あれこれと思い煩っているこのわたしは。

解説　百人一首の配列もいよいよ終末に至って、最後の二首が悲劇の帝王の悲劇的内容を盛り込んだ歌でしめくくられていることに、奇異の思いを抱かずにはいられない。百人一首は藤原定家によって撰定されたことになっているが、定家の撰進した「新勅撰集」には、後鳥羽・土御《つちみ》門《かど》・順徳の歌は一

出典　続後撰集〈十七〉雑中・題しらず・後鳥羽院御製（一一九九）

語句　▼**人もをし人もうらめし**　「人もをし」と「人もうらめし」とは並列句で、人を「をし」と思う時もあれば「うらめし」と思う時もあるということ。どちらもことばが切れて、初句切れ、二句切れとなっている。「人」は一般をさしている。「も」は並列の係助詞。「をし」は〝愛し〟で、イトオシイ、愛情ヲイダクの意。「うらめし」は〝をし〟の反対で、怨念《おんねん》ヲイダクの意。　▼**あぢきなく世を思ふゆゑに**　「あぢきなく」

首も撰出されておらず、定家の死後十年たって、定家の子、為家によって撰進された「続後撰集」から、最後の二首が撰ばれていることは、百人一首の原典とされる「百人秀歌」〈百一首中、九十四首が現在の百人一首と一致している〉の差し替えに、為家の手が大きく働いていることを思わせる。

それはとにかく、この歌は建暦《けんりやく》二年（一二一二）、後鳥羽院三十三歳の述懐である。この時はすでに順徳天皇の御代、後鳥羽院政の時代であるが、鎌倉幕府の勢力を弱体化することに心をくだいておられたことが、この

はナサケナク、自分ノ思イ通リニナラズ不満ニ思ウ状態で、下の「思ふ」にかかる。〝世をあぢきなく思ふ〟となる。時勢のなりゆきを意に満たず情ないと思う、そのためにということ。「を」は動作の対象を示す格助詞。「に」は原因・理由を示す格助詞。▼**物思ふ身は**　意味の上で、ここから第一句・第二句につながる。「物思ふ」は何事かに屈託して思いにふける意。

ような述懐となって表れたのであろう。それは承久《じょうきゅう》の変（一二二一）の九年以前のこと。世のなりゆきを思い、王政復古の悲願を抱くとき、自分をとりまく人々が、あるいは利に走り、害を怖《おそ》れ、必ずしも大義名分に殉ずる者ばかりではないと知ったとき、人々に対する〝愛憎〟が渦を巻く。「人もをし人もうらめし」というのは、人々を〝愛〟と〝憎〟とにふるい分けるというのではあるまい。とにかく、心の中は愛と憎との相剋《そうこく》によって一瞬の定まる時がない。それというのも、この世の中を、あるべき正常の姿にもどしたい、そのためには誰と議《はか》り、いかなる方法でと、心をくだいているからに外ならない。こういうふうにこの歌を見ていくと、この歌は失意のはての泣き言などではなくて、承久の変へと次第に盛り上げられていく、院の気魄《きはく》というか、執念のようなものが感じられる。

余録 後鳥羽院（一一八〇～一二三九）は第八十二代。高倉天皇の第四皇子。四歳で即位、建久九年（一一九八）第一皇子〈土御門〉に譲位、院政を執る。承久の変に事志にたがい隠岐《おき》に流され、島に在ること十九年、延応元年（一二三九）その地で崩御。六十歳であった。院はまことに英明、諸道にすぐれた中にも歌道に最も秀で、建仁《けんにん》元年（一二〇一）には和歌所を設置して寄人を任じ、「新古今集」撰進の母胎となった。撰進後も自ら切り継ぎをされた。家集に「後鳥羽院御集」があり、歌論書「後鳥羽院御口伝《ごくでん》」は特に著名。

100

ももしきや　ふるき軒ばの　しのぶにも
なほあまりある　昔なりけり

順《じゅん》徳《とく》院《いん》

歌意 宮廷の荒れ古びた軒端に生えている〝忍ぶ草〟を見るにつけても、なおやはり、いくら偲《しの》んでも偲びきれぬ、今は夢と化した昔のよき繁栄の時代であることよ。

解説 最後の一首。あまりにもさびしい幕切れ。どんなに華やかな舞台でも、幕切れはわびしい。そのわびしさを強調するかのような一首――というよりは、後鳥羽《ごとば》院のと合わせ、華やかに展開されてきた、日本文学の華、国の華と称《たた》えられる和歌の代表百首のしめくくりを、御父子そろってのウエットな二首でおさめたところが、人生というドラマの幕切れを象

出典 続後撰集〈十八〉雑下・題しらず・順徳院御製（一二〇二）

語句 ▼**ももしきや** 「ももしき」は〝大宮・内〟などにかかる枕詞〝ももしきの〟から転じて、宮中・皇居の意。「や」は詠嘆の気持ちを含めた間投助詞。　▼**ふるき軒ばのしのぶにも** 「しのぶ」は掛詞で上をうけて「しのぶ草」、下へつづいて「偲ぶ」意を表す。〝しのぶ草〟は羊歯《しだ》類の一種でこれが〝軒ば〟にあることは荒廃のシンボルである。「偲ぶ」は、過ぎ去った昔、遠くはなれた人などをなつかしく思い慕う意。「に」は

徴しているようにも感じられてくる。
　いつの時代にも〝鼓《こ》腹撃壌《ふくげきじょう》〟は夢の夢だったのであろう。人間はその夢を追い、平和を求め続けながら、常に争いを繰り返してきた。争いは〝優勝劣敗〟を生じ、優勝者は陽の当たる場にのし上がり、劣敗者は日陰に追いやられてしまう。これはどんな人間にもおそいかかってくる宿命みたいなものかもしれない。それをただ宿命に終わ

動作・作用の対象を示す格助詞。「も」は強意の係助詞。

▼なほあまりある昔なりけり　「なほ」は副詞で「あまりある」にかかる。「あまりある」は「偲ぶにあまりある」で、イクラ偲ンデモ偲ビキレナイの意を表す。「昔」は、すでに過去の夢となった宮廷繁栄の時代をさす。「なり」は断定の助動詞の連用形。「けり」は詠嘆の助動詞の終止形。

らせないために、人間は人間の尊厳性に徹しなければならぬ。――この歌は、そんなことを教えてはくれないであろうか。

それはとにかく、この歌は「順徳院御集」によれば、建保《けんぽう》四年（一二一六）の作だから順徳院二十歳の在位中のものである。（後鳥羽院三十七歳）。帝位に在るお方が、宮廷の荒廃のさまを見て、昔の繁栄を懐かしむ歌を詠じた。昔の繁栄は天皇にとっての理想の姿である。それは〝延喜《えんぎ》・天暦《てんりやく》の治〟と称えられた平安最盛期をさすのでもあろう。再び手中に収めることのできぬ、還らぬ夢に対する嘆きは、父君後鳥羽院の詠とも響き合って、過去を懐かしむ者の胸を打つであろう。乱世悲劇の帝王の作品をもって百首を閉じたことは、百首の印象をひときわ強めることになったと思われる。

余録　順徳院（一一九七～一二四二）は後鳥羽天皇の第三皇子。承元《じようげん》四年（一二一〇）に十三歳で即位。後鳥羽院政下の帝位だから、空位に等しいもので「なほあまりあるむかし」には天皇親政への夢も託されているであろう。承久《じようきゆう》三年（一二二一）の変によって譲位。佐渡に流されて、仁治三年（一二四二）その地で崩御。四十六歳であった。「徒然草」に「順徳院の禁中の事ども書かせ給へるにも」〈第二段〉とあるのは「禁秘抄《きんぴしよう》」のことで、禁中の行事・故実が漢文で書かれている。伝統保持の気風が強く、和歌は定家や俊成女《むすめ》に学び、歌学の上でもすぐれ、古来の歌学・歌論を集大成した「八雲御抄」は著名である。家集は「順徳院御集」。

百人一首略説

百人一首とは——百人の歌人の作品の中から一首ずつを選び出して一組としたものをいう。普通〝百人一首〟といえば、藤原定家（97の歌の作者）が、小倉山の山荘で選んだ、一般に「小倉百人一首」といわれるもののことである。定家が百人一首を選んだのは、子息為家の妻の父、宇都宮入道蓮生《れんしょう》（頼綱《よりつな》）の依頼によるものであろうとされ、いくつかの歌の差し替えが行われて、今日の姿となったというのが通説である。

また、選定当時からこの名称があったのではなく、室町時代ごろから、自然に〝百人一首〟の語が一般に広まったらしい。しかし、百首の歌をそろえて詠むという傾向は、すでに平安時代からあり、定家の時代には一種の流行のようになっていた。百人一首中の、79・80・83・89・91の原典の詞書によれば、それらは〝百首和歌〟のうちの一首であることがわかる。これは一人、または数名で、百首の和歌を詠むものである。

これを〝かるた〟に作って、室内遊戯とするようにくふうされたのは、江戸時代になってからのようであり、〝百人一首〟が盛んになるにつれて、いろいろなテーマの百人一首が作られるようになった。これらを総称して〝異種百人一首〟というが、九百種にも及ぶといわれる。その中で最も新しいものとしては、戦時中の昭和十七年に、日本文学報国会によって選ばれた「愛国百人一首」というのがあった。

「小倉百人一首」の内容は——すべて勅撰和歌集に撰入されているものばかりで、歌集別に見ると次のようである。

古今集—二四首　後撰集—七首　拾遺集—一一首　後拾遺集—一四首

金葉集—五首　詞花集—五首　千載集—一四首　新古今集—一四首

新勅撰集—四首　続後撰集—二首

また原典の歌の部立《ぶだて》（分類）からみると次のようで、恋の歌が半数近くを占めているのが特徴的である。

春—六首　夏—四首　秋—一六首　冬—六首　雑—一九首　雑秋—一首

恋—四三首　離別—一首　羇旅—四首

教室かるた会

私の三学期の国語の授業は教室かるた会で始まる。五十人以上もいる生徒を同時に動員するにはどうしたらよいかを考えて、結局次のようなやり方に落ち着いた。これはクラス単位で、ホーム・ルームの時間などにやってみようとする生徒諸君の参考にもなろうし、ブロックの数を減らしていけば、少人数のグループで、同時に楽しむこともできるし、場所を食卓や畳の上に移せば、家庭でも楽しんでもらえる方法ともなると思う。

①会場の設営　一教室に図のように六つのブロックを作る。学校によって机や椅子の規格がまちまちだろうが、八名から十名が、向かい合う形に設営する。わが校では、椅子が机に固着された一人一脚の座机で、平常は教壇に向かって一列八～十脚が六列並んでいる。これを時間までに配列替えをさせておく。机を向かい合わせとして、ブロックごとに机のすきまを作らないようにする。この時、机の高さをそろえて八～十脚の机の面がそろうようにする配慮がいる。〈どうしてもそろわないときは、

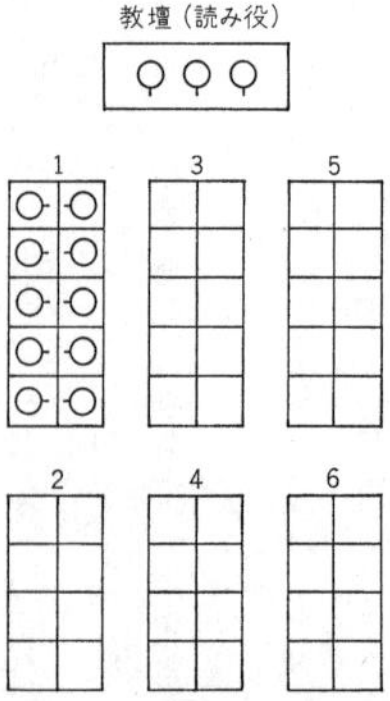

凹凸があるままに強行することもしばしばあるのだが。〉源平戦のときは対戦人数をそろえる必要があるので、人数不ぞろいのブロックから読み役を出させる。これが二名～三名。

②かるた会の目的　教室かるた会の最大の目的は、歌の暗誦にあるのであって、競技に強くさせるのが目的ではない。全部の生徒が全部の歌をできるだけ早く覚え、歌そのものの鑑賞理解を助長するにある。従って、いわゆる正式かるた会で行う、一人の持ち札枚数を制限した個人戦というようなことはやらない。競技に強くなりたい人は、それを目的とした指導書を見ていただきたい。

③札の並べ方　一ブロックごとに一組のかるたを使用する。従って十人ブロックでは一人の持ち札が十枚となる。これを机の前半分の部分に、自分の方に向けて二列に並べる。並べ方は全く自由で、自分が取りやすく、相手に取りにくい並べ方をくふうすればよい。一

人十枚程度の札は、簡単に覚えられるだろうから、ばらばらに、無作為に並べておくのもよい。初歩のうちは、取り札の文句を五十音順に配列するとか、自分の好みの順序に場所をきめておくとよい。自分が取りやすい並べ方は、相手にも取りやすい並べ方であると考えなければならない。歌を十分に暗誦でき、下の句から上の句をすぐに思い出せるようになったら、取り札を上の句の五十音順に並べるやり方もある。な

お、自分の取りやすい"おはこ"の札とか、多くの人にねらわれやすい札は、自分の手もと近くに置くとよい。

④**遊び方のルール**　正式の競技会では、百人一首に含まれていない歌をまず読むことになっている。これを〝空札《からふだ》〟といい、競技開始の合図であると共に、呼吸の調節にも役立つであろう。教室かるた会ではその必要を認めないので、私はいつも「さあ、はじめますヨ」と声をかけてから一枚目を読むことにしている。いくら〝遊び〟であるとはいっても、〝勝ち負け〟を争うのだから、いくつかのルールを定めておく必要がある。

1　腰を椅子から浮き上らせてはいけない。（自分の手の届く範囲内のものしか取ることはできない。源平戦〈紅白戦〉のときは、強い者を中央におくと有利である。）

2　手は読みはじめるまでは、机の手前の縁に置いておくこと。

3　取った札は横へよけておくこと。（そのまま裏を向けておくと、混戦のとき紛れるおそれがある。）

4　取り残した札はノー・カウントとする。（特に初歩の間は取り残し札の出ることが多い。読み札を読み終わるまでに取れなかった札があとでわかったときは、ノー・カウントとして取りのけておく。）

⑤**源平戦**　八〜十人を二組に分け、各組の持ち札を五十枚とする。持ち札は上手下手にかかわらず、平等に分ける。源平戦の場合には特別なルールがある。

1　相手方の札を取った時には、自分の持ち札の一枚を相手方に送る。

2　その逆に、自分の札を相手方に取られた時には、相手の持ち札の一枚を自分の方にもらう。

3　間違って相手方の札に手が触れた時（このミスを〝お手つき〟という）、その札を自分の方にもらう。

4　味方の札に〝お手つき〟があっても、罰則はない。

このルールに従って、早く札のなくなった方を勝ちとする。ルールに従った札の受け渡しを正確に手早くやっておかないと、混戦の場合には勝負判定がつけにくくなるおそれがある。また取り残しの札がそのまま最後まで残る場合がある。そんなとき、どちらの組が勝ったかは、対戦者自身がよくわかっていることである。どうしても判定のつけにくいときには、私は〝じゃん拳〟できめさせることにしている。なぜなら、勝ち組には一人一本ずつの鉛筆を賞品として出すことにしているからである。

⑥個人戦A　個人戦とはいっても、私のいう個人戦は〝一対一〟の個人戦ではなく、源平戦が団体戦であるのに対して、各ブロックの中で、一人の優勝者を作るもので、いわゆる〝ばら取り戦〟とかわらない。ただし、机の上に札を並べる関係上、源平戦の時と同じ並べ方をするが、敵味方の区別はなく、お手つきの罰則も設けない。つまり、自分以外の者はすべてが敵であって、個人の取った札の数の多い者が優勝者となるのである。このとき

には同点優勝も認め、優勝者には鉛筆一本が賞として与えられる。

⑦**個人戦B**　個人戦Aで鉛筆を得た者を一つのブロックに集め、Aと同様の個人戦をやる。鉛筆ブロックの優勝者がその組におけるその年の〝ミスター百人一首〟となり、更に一本の鉛筆を加増される。

⑧**札の読み方**　競技に強くなるための練習ではないから、いわゆる正式競技会方式の、抑揚をつけない棒読み方式には従わない。私の教室かるた会発祥の原点を尊重した読み方を奨励している。「銀の匙」〝前篇十八〟に

伯母さんはまた百人一首の歌をすっかりそらんじていて、床へはいってから一流のものさびしい節をつけて一晩に一首二首と根気よくおぼえさせた。伯母さんが「たちわかれ」という。私が「たちわかれ」とあとをつく。「いなばのやまの」「いなばのやまの」「みねにおうる」「みねにおうる」そんなにしてるうちにいつか寝入ってしまう。

とある。〝一流のものさびしい節〟というのがどんな節なのか私は知らない。しかし私の頭の中には、子供のころに聞き覚えた百人一首の節が残っている。私は音痴だから、その節を採譜することなどとうていできない。しかし、伯母さんが「銀の匙」の主人公の□ぽんにしたように、私も私の生徒たちに、口うつしに私の節を伝える。それは格に合っていないかも知れない、自分の子供の日に対する夢を、現代っ子の生徒たちに押しつけることになるのかもしれない。しかし私は、生徒がどんな歌い方をしようと、とがめたことはな

い。とにかく大きな声を出して朗唱しさえすればよい。どんなに変な節になっていようと、その子はその子なりのムードを楽しんでいると思うからである。

それはとにかく、教室かるた会では、源平戦と個人戦ABの三連戦を、五十分の授業時間中に消化することにしている。相当のスピードである。しかも一般の競技会でやるような下の句の二度読みはしないから、一首を読み終わるまでに札を取るには、相当の集中力を要する。記憶力・判断力も働かさなければならぬ。中一で初めてやるときには、相当量の取り残し札の出ることが予想されるので、年内に二度ほどリハーサルをやっておく。中二以後にはリハーサルはやらない。また、個人戦のAでは作者名から読み始めて、AとBとの間に変化をもたせることにしている。「銀の匙」に出てくるいくつかの歌は、作者名だけで取り札のとれる者がいくらもいて、新春最初の私の教室は賑《にぎ》やかな空気につつまれる。最も優秀な生徒は、源平戦の勝ち組にも入っておれば、一回で四本の鉛筆をせしめることができる。鉛筆を取る自信のない者は、読み役を志願すれば一本の鉛筆が手に入る。読み役は一戦ごとに交代させる。鉛筆を取った者は「この鉛筆はもったいなくて使うことができない」と言ったり、鉛筆の取れなかった者はくやしがって、たくさん取った者にせびり、〝一本はやれない半分やろう〟てなことで、半分にしてせしめたなどという話を聞いたこともある。

⑨**歌の覚え方**　教室かるた会の最大の目的は歌の暗誦にある。歌をよく暗誦しておればそ

れがまた優勝につながることにもなる。優勝者となるだけが暗誦の目的ではないが、そうすることによって、伝統的な日本人の心に迫る一つの優雅な方法であることに違いはない。

第一段階――第一句を見て一首が言えるようにする。（第一句の全く同じものが三組ある。「あさぼらけ」「きみがため」「わたのはら」）

第二段階――最初の一字を見て一首が言えるようにする。（たとえば「あ」ではじまる歌が十七首、「い」ではじまるのが三首ある、その数だけの歌が言えるようにする。次にその数を示しておく。）

あ―17	い―3	う―2		お―5
か―4	き―3			こ―6
さ―1	し―2	す―1	せ―1	
た―6	ち―3	つ―2		
な―8				
は―4	ひ―3	ふ―1		ほ―1
	み―5	む―1	め―1	も―2
や―4		ゆ―2		よ―4
わ―7				を―1

第三段階――下の句を見て一首が言えるようにする。（上の句から下の句へ続けること

はやさしいが、下の句を見て上の句を思い出すのはちょっと難しい。しかしこれができるようになっておくと、かるた会で力を発揮することができる。

特別段階——作者から歌を、歌から作者を思い浮かべられるようにしておくと、これは歌の鑑賞という点で、大きなプラスとなる。

「古典の人」橋本武先生渾身の書

大森　秀治

橋本武先生といえば、『銀の匙』の授業が有名である。中学三年間をかけて『銀の匙』一冊を読むという、スローリーディングの先駆とされる授業だが、単にゆっくり読めばいいというものではない。その根幹は、生徒たちが書き込む部分が用意された手作りのプリントをきちんと書き込んで綴じていくと、毎年この世に一冊しかない「銀の匙研究（ノート）」ができ、学習の足跡をきちんと残していけるというスタイルにあった。

橋本先生が一九三四年四月から一九八四年三月まで教鞭を執った灘校は、もともと旧制中学としてスタートした学校である。戦後の学制改革で新制に切り替わった時に、多くの旧制中学が新制高校に衣更えしたが、灘校は義務教育となった新制中学を併せ持つ中高六年一貫校に生まれ変わった。一貫校という意味は、英語・数学・国語の三教科は、中一から高三まで、一人の教師が六年通して教える方式を採ったことに依る。

橋本先生が、中学の三年間をとおして『銀の匙』を教える方式を始めたのは、一九五〇年に灘中学に入学した新制八回生からである。そして十四回生、二十回生、二十六回生、三十二回生と五学年で実施され、三十二回生の卒業と同時に非常勤講師に退かれたので、三十二回生が中三であった一九七七年三月を最後に、本来の意味の『銀の匙』授業は行われることがなかったのである。当時の灘中学の定員を考えると、『銀の匙』授業を受けたのは、八百五十人足らずの生徒に過ぎない。因みに、橋本先生は新制二回生も担任であったが、この学年には旧制中学の入学者が多く、また戦後の学制移行の混乱の中で他校から転校してきた者などがいて、『銀の匙』授業は構想段階で実施はされなかった。『解説 百人一首』の解説で、長々と『銀の匙』授業のことにふれたのは、橋本先生自身がこの著の「はしがき」(本書一五頁)に書いておられるその「教室かるた会」(詳しくは三二〇—三二七頁参照)を生んだ「教材」こそ『銀の匙』だからである。『銀の匙』の主人公が「伯母さんに百人一首をおぼえさせられる話がでてくる」(六三頁)が、これが橋本先生の「百人一首」の授業スタイルを決めたと言ってよい。

筆者の手元に、最初の『銀の匙』授業の生徒であった新制八回生のガリ版刷りの「銀の匙研究」があるが、前編十八の注として「藤原定家(一二四一没)が小倉山の別荘で百首の歌を選んで、これを色紙《しきし》に書いたのにもとづくと云われている。これには異説もあって確定的ではない。しかしこれは作歌や習字の手本として広く親しまれ、江戸時代になってからは歌がるたに作られ江戸時代の終り頃からは非常に盛んに行われるようになった」と説明した後、ほぼ六頁にわたって一番から百番までの「百人一首」の歌とその作者名がガリ版刷りされている。更にその後の二頁に、「百人一首」の初句索引を歴史的かなづかい五十音順に記し、その下に「百人一首」の番号を示してある。初句が同一の三組、「あさぼらけ」と「きみがため」と「わたのはら」については、第二句も記されている。その上で、橋本先生は歌を暗記して、初句を見て全体を言えるようにすることをすすめている。「歌がるた」は日本人の風雅なたしなみとしての上品なリクリエーションだとも述べておられる。

橋本先生お得意の「横道、寄り道」だが、これは「古典の読解力の浅い、中学低学年の」(五八頁)「うちから、百人一首のカルタで遊びはじめた」(五三頁)橋本先生にとっては、「遊ぶように学」んだ原体験をふまえての実践だったに違いない。言うまでもないことだが、橋本先生にとって、『銀の匙』より「百人一首」との出会いの方が早かったわけで、「百人一首」の記述があったから『銀の匙』を教材に選んだのではなかったであろうが、『銀の匙』に「百人一首」の記述を見つけた瞬間に、「百人一首」の暗誦と「教室かるた会」の発想が生まれたのに違いない。橋本先生は、『銀の匙』授業で有名になったが、本来は「古典の人」であって、本書の姉妹編である『解説 徒然草』(ちくま学芸文庫)は無論のこと、「伊勢物語」「枕草子」「更級日記」の訳業を公刊され、更には九十歳を過ぎて「源氏物語」の個人全訳を成し遂げられた碩学なのである。ということを勘案すると、『銀の匙』前編十八の記述を素にして行われた「百人一首」の暗誦と「教室かるた会」は「横道、寄り道」どころか本道であったとも言えるのである。

とは言え、「はしがき」で述べられているとおり、授業では「歌の講義」をされなかった先生が、出版社の勧めに従って本書のような詳細な「百人一首」の解説本をお書きになったのは、二十六回生を卒業させた先生にとって最後の学年三十二回生を迎えた一九七四年であった。そして三十二回生が最初のカルタ会を迎える前に、この書は公刊された。授業では触れることのなかった「百人一首」の歌それぞれが持っている豊穣な背景を、最後の生徒たちには是非伝えたい。そういう気持ちを込めて、仮想読者の第一として想定された三十二回生の中一の子供たちには難しいところがあろうと、いつまでも読むに堪える奥深い書物が出来上がることとなった。

「百人一首」鑑賞の基本

この書には、和歌それぞれの出典が詞書と共に明記されている。和歌が作られた状況を示す唯一最大の手がかりが詞書であるが、ともすると、詞書を読者に明示しない類書も多い。橋本先生は、「題知らず」の二十六首を除く七十四首のうち三十二首で、詞書及びその注に拠ってと明記して解説や余録を書かれている。また詞書と明記してはいないが、詞書を見れば、詞書を踏まえて解説・余録が書かれていることが明確なものが二十八首ある。その中には「題詠」であることを読者に意識させるものも多い。詞書に触れられていない残りの歌は、詞書が歌合名にとどまっているためにふれる内容がなかったものが相当ある。逆に、43の歌は勅撰集では「題知らず」なのであるが、別の歌集の同歌の詞書を引用して解説される。橋本先生は、殊更詞書の重要性を説いてはおられないが、一つ一つの歌の解説・余録を精読すると、和歌を理解する上で詞書がいかに重要であるかが、言わず語らずのうちに分かる仕掛けになっている。

末尾の「百人一首略説」に詳述されているが、「百人一首」はすべて勅撰集から選ばれている。だから、通常万葉歌人だと思われている柿本人麻呂や山部赤人、大伴家持らも「万葉集」から撰ばれたのではなく、勅撰集に入集していたから撰ばれたのである。そこには語の微妙な違いなどがあるが、あくまで勅撰集の言葉遣いが優先される。そのことも、出典が記されているので自ずと分かる。歌集別の採用数も「百人一首略説」に記されているが、「百人一首」の歌で唯一勅撰集に二重に撰入した20の歌は時代が古い「後撰集」の歌としてカウントされている。興味深いのは、定家が撰んだはずの「百人一首」に、定家死後に撰集された「続後撰集」から二首撰ばれていることである。橋本先生は99の歌の解説で「定家の死後十年たって、定家の子、為家によって撰進された『続後撰集』から、最後の二首が撰ばれていることは、百人一首の原典とされる『百人秀歌』の差し替えに、為家の手が大きく働いていることを思わせる」とお書きになっている。これは、織田正吉氏や林直道氏らが一九七〇年代末から一九八〇年代初にかけて盛んに論じた「百人一首」成立論に先んずる見解であるが、決して声高にではなく、一つの歌の解説にさりげなく差し挟んでいるところが奥ゆかしい。

一方、「百人一首」は、声に出して詠まれるものだという立場から、頭韻や脚韻が踏まれているもの、声調や音の響きに特徴がある歌については、「音調の上からいっても、上の句下の句が『み』の頭韻を踏んでおり、『みちのくのしのぶもぢずりたれゆゑにみだれそめにしわれならなくに』と、ナ行音の響き合いが快調である」（五九頁）など具体的に指摘され、その総数は十七首に及んでいる。

また余録には、「百人一首」歌人たちの相互的関係が綿密に記されている。親子、夫婦、恋人、たった百人でありながら、その関係は、結構入り組んだ所があり、それらを辿ることが、歌の鑑賞だけでなく、史実に基づくもっと生臭い人間ドラマを浮かび上がらせてくれる。

この書では、橋本先生は「百人一首」以外の和歌にもふれておられる。在原業平の「世の中にたえて桜のなかりせば……」（一四八頁）や、藤原敏行の「秋来ぬと目にはさやかに見えねども……」（七一頁）など、有名な歌が多いが、橋本先生らしさが顕著なのは、87の歌の解説で取りあげられた寂蓮、西行、定家の〝三夕《さんせき》の歌〟についての評言である。橋本先生御自身はやや遠慮がちに記しておられるが、「三夕の歌」は「上の句と下の句とに分けて、どれとどれを組み合わせてみても不自然さなく成り立つ」「類型化」された和歌で、「当時の歌壇の」片寄りの反映だというのである。「歌というものは、表現された結果を味わうべきものである。このことばの醸し出すムードとか、表現上の技巧の巧拙とかによって評価すべきものである」（九九頁）と、古今や新古今の歌ぶりに理解の深い先生であるが、「三夕の歌」に関しては世評の高さに惑わされることなく、スパッと切って捨てておられる。このように、この書を読むと、自身の感性や感覚を大切にして権威や世評に阿らなかった橋本先生の姿を、あちこちで感じることが出来る。

自由闊達な文章の魅力

この書の魅力は、橋本先生の自由闊達な書きぶりにある。灘校赴任以来、生涯住み続けた神戸について、「神戸の街はどこに住んでも山が見え、あるいは海が見える」(二四九頁)と記され、「私の住んでいる阪急沿線は桜が多く、電車に乗っているだけで花見としゃれこむことができる」(一一五頁)と自慢される。極めつけは、当時から熱烈なファンであった宝塚歌劇を引き合いにした、「宝塚歌劇の舞台を見ているような、キビキビとした華麗さが声調の上から感じとられる」(五二頁)という批評である。読んで思わずにんまりしてしまう。また、歌の解説の用語においても、「たいそうなプレイボーイだったらしい」(七五頁)とか、「フリー・セックスの平安時代にもかかわらず、プラトニックな恋情が表現されている」(九八頁)や「それは単なるポルノ短歌にすぎなくなってしまう」(二七九頁)などの大胆な語句の使用があるかと思うと、「愛の誓いを破り、訪れの遠のいた相手に、大げさな表現で皮肉を利かせ、一矢を報いる恋愛テクニックのにおいが濃厚に感じられる」(一三二頁)や「はっきりした〝色・恋〟というのではなくて、女性への〝あこがれ〟に似た思いが、恋愛と言えるような心情に傾きはじめた微妙な変化を詠じているというようなロマンチックな受け取り方は、実は平安時代の歌からは無理というものであろう」(一四六頁)、更には「私も作者といっしょになって、こんなことを言ってよこした男をとっちめてやりたい気がする」(一九一頁)など、平安人の恋の駆け引きについての思いは実に細やかなのである。そして時には、「〝国土開発〟という美名にかくれ、人間のいとなみは、日本の国土から〝緑〟を失いつつあるが、〝自然破壊〟はそれのみにとどまらず、〝季節感の喪失〟にまで及んでいる」（三〇九頁）と憂国の情をも開陳される。

最後に、この書の最も優れている点を指摘して、拙い解説文の締めくくりとしたい。それは、「百人一首」の歌それぞれの解説・余録に引用された古典作品の数の多さということである。それぞれの歌人の私家集や、書の性格からして当然と思われる「百人一首一夕話」は言うに及ばず、「伊勢物語」「大和物語」の歌物語、「枕草子」「方丈記」「徒然草」の随筆、「今昔物語」「宇治拾遺物語」「古今著聞集」「十訓抄」「沙石集」などの説話集、「大鏡」「栄花物語」の歴史物語、更には「土佐日記」「源氏物語」「平家物語」や謡曲など、その博捜ぶりはすさまじいのである。我々読者が、橋本先生の筆の流れに従って、引用された古典作品群をひもといていけば、「百人一首」からの「横道、寄り道」は尽きることがない。この書は永井文明氏のイラストや「教室かるた会」のやり方の紹介など一見初学者用の入門書の体裁をとってはいるが、姉妹編の『解説 徒然草』とは味わいを異にし、古典や「百人一首」に相当親しんでいる人が読んでも、読めば読むほど味があり、発見が尽きない、著者がそれまで蓄積してきた古典の知識を総動員して書き上げた渾身の書なのである。

二〇一四年九月三十日

ちくま学芸文庫

解説《かいせつ》百人一首《ひやくにんいつしゅ》

二〇一四年十二月十日　第一刷発行
二〇一五年　四　月五日　第二刷発行

著　者　橋本武（はしもと・たけし）
イラスト　永井文明（ながい・ふみあき）

発行者　熊沢敏之
発行所　株式会社　筑摩書房
東京都台東区蔵前二―五―三　〒一一一―八七五五
振替〇〇一六〇―八―四一二三
装幀者　安野光雅
印刷所　株式会社加藤文明社
製本所　株式会社積信堂

ISBN978-4-480-09640-1 C0192